KB059081

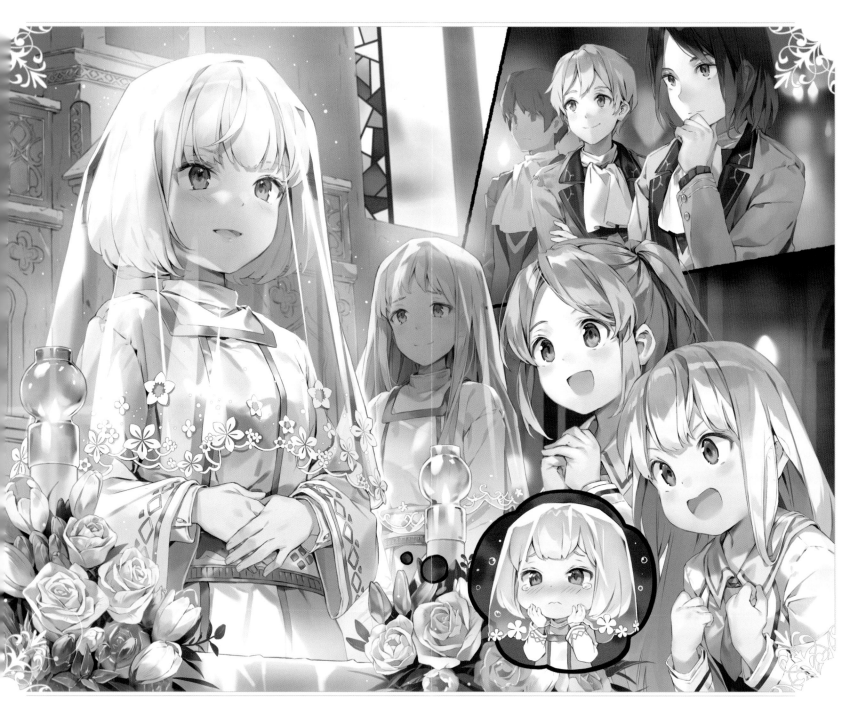

단두대에서 시작하는 황녀 님의 전쟁 역전 스토리

티어문 제국이야기

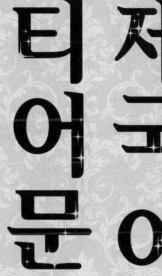

TEARMOON
EMPIRE STORY
WRITTEN BY
NOZOMU MOCHITSUKI

III

모치츠키 노조무 지음
Gilse 일러스트

TEARMOON EMPIRE STORY WORLD MAP

변경지

티어문 제국
TEARMOON EMPIRE

소국

신월지구

제도

초기 제국 영토
(중앙 귀족 영지군)

내해

정해의 숲

루돌폰
변경백작령

페르쟝 농업국
PERUGIAN
AGRICULTURAL COUNTRY

티어문
제국 이야기

TEARMOON
EMPIRE
STORY

선크랜드 왕국

키스우드
시온 왕자의 종자.
시니컬한 성격이지만
실력이 좋다.

시온
[조력]
제1왕자. 문무겸비의 천재.
이전 시간축에선 티오나를 도와
훗날 단죄왕으로 이름을 떨친
미아의 원수.
이번 삶에선 미아를
'제국의 예지'로 인정하고 있다.

[바람 까마귀] 선크랜드 왕국의
첩보대.

[백아(白鴉)] 어떤 계획을 위해 바람 까마귀 내부에
만들어진 팀.

성 베이르가 공국

[지원]

라피나
공작 영애. 세인트 노엘 학원의
학생회장이자 실질적인 지배자.
이전 시간축에서는 시온과
티오나를 후방에서 지원했다.
필요하다면 웃는 얼굴로 살인할 수 있다.

[세인트 노엘 학원]
인근국의 왕후·귀족 자제가 모이는
엘리트 중의 엘리트 학교.

렘노 왕국

[지원]

아벨
왕국의 제2왕자.
이전 시간 축에서는
희대의 플레이보이로 유명했다.
이번 삶에선 미아를 만나 진지하게
검 실력을 단련하기 시작했다.

[포크로드 상회]

클로에
여러 나라에서 활동하는
포크로드 상회의 외동딸.
미아의 학우이자 독서 친구.

혼돈의 뱀
성 베이르가 공국과 중앙정교회를 적으로 보며
세계를 혼돈에 빠뜨리려고 하는 파괴자 집단.
역사의 그늘 속에서 암약하지만, 상세는 불명.

S T O R Y

붕괴한 티어문 제국에서 이기적인 황녀라 경멸받았던 미아는 처형당했지만, 눈을 뜨자 12세로 돌아가 있었다.
두 번째 인생에선 단두대를 회피하기 위해서 제국을 바로잡고자 동분서주한다.
과거 기억과 주위의 착각 덕분에 기근 시의 밀가루 확보 및 내전 회피에 성공.
마침내 회귀 전의 일기장이 소멸했지만, 이웃 나라 렘노 왕국에서 혁명이 발발한다.
아벨 왕자를 만나기 위해 시온을 비롯한 동료들과 함께 렘노 왕국에 쳐들어간 미아는
의도치 않게 혁명을 진압했는데——

CHARACTERS

티어문 제국

원수

미아

주인공. 제국의 유일한 황녀이자
제멋대로 굴던 황녀.
하지만 사실은 그냥 소심할 뿐.
혁명이 일어나 처형당했지만
12세로 회귀했다.
단두대 회피에 성공했지만,
벨이 나타나서는……?!

손녀와 할머니

미아벨

미래에서 시간을 거슬러온
미아의 손녀딸.
통칭 '벨'.

원수

혁명

변경백가 루돌폰

티오나

루돌폰 변경백작가의 장녀.
이전 시간축에서는 혁명군을
이끌어 제국의 성녀라
추앙받았다. 이번 삶에선 미아를
학우로 따르고 있다.

세로
티오나의 남동생.
우수하다.

리오라
티오나의 전속 메이드.
정해의 숲에 사는 부족 출신.

원수

루드비히
젊은 문관. 독설가.
지방으로 좌천될 뻔한 걸
미아가 구해주었다.
미아를 '하늘이 내려주신
위대한 지도자'라고 생각한다.

안느
미아의 전속 메이드.
가족은 가난한 상가.
회귀 전에 미아를 도와줬다.
이번 삶에선 미아를
신봉하고 있다.

디온
백인대의 대장으로
제국최강의 기사.
이전 시간 축에서
미아를 처형한 인물.

※ ── 미래 시간축에서의 관계   ※ ……… 이전 시간 축에서의 관계

제2부
이정표의 소녀 I

THE GIRL FROM THE FUTURE

프롤로그 그 긍지 높은 이름을 품고!

끝없이 황폐해진 도시를 한 소녀가 달리고 있었다.

한때 《아름다운 달의 도시》라 불리던 제도(帝都)도 거듭되는 전란 앞에 불바다가 되었고, 건물 파편으로 뒤덮인 무법지대가 되었다. 길거리엔 해골이 굴러다니고 있는데 그걸 거두는 사람도 없다.

과거의 빈민가, 신월지구보다 더 심각한 모습이었다.

그렇기에…… 아직 어린 소녀가 무장한 남자들에게 쫓기는데도 그녀를 구해주려고 하는 괴짜는 나타나지 않았다.

소녀는 숨을 헐떡이며 달렸다.

아마도 오랫동안 씻지 못한 건지 탁해진 백금발은 땀으로 젖어서 소녀의 뺨에 달라붙었다. 진흙으로 더러워진 뺨은 창백하고 혈색이 나빴다.

가녀리게 야윈 어깨가 거친 호흡에 맞춰서 위아래로 흔들렸다.

하지만 소녀는 발을 멈추지 않았다. 몇 번이고 뒤를 돌아보면서도 추적자에게서 도망치기 위해 열심히 발을 움직였다.

더는 도망칠 곳이 없는 곳까지 달리고, 달리고, 달리고——이윽고 소녀가 넘어졌다.

"앗……."

그와 함께 소녀가 들고 있던 것이 땅바닥을 굴렀다.

그것은 오래된 책이었다. 분서(焚書) 당해 지금은 이 세계에 거의 남아있지 않은 그 책의 이름은 '미아 황녀전'.

소녀의 부모나 마찬가지였던 사람이 쓴 책이었다.

"……에리스 어머니."

지금은 죽은 그 사람의 따스한 미소를 떠올렸다.

"알겠니? 벨. 그 책에는 '진실'이 적혀있어. 너는 진실을 알아야해. 네 할머니가 어떤 분이셨는지……. 아무리 세계가 사실을 거짓으로 뒤덮어버리려고 해도, 너만은 알아야 한단다……."

그렇게 말하며 '벨'이라는 애칭으로 불리는 소녀의 머리를 쓰다듬어주었다.

"안느 어머니."

수많은 애정을 쏟으며 길러준 사람의 온기를 떠올렸다.

"도망쳐. 긍지 높은 그 이름을 가슴에 품고. 너는 그분의 피를 이어받은 아이야. 이런 곳에서 죽으면 안 돼."

자신의 몸을 피로 물들이면서도 벨을 껴안고 다정하게 웃었다.

더는 볼 수 없는 사랑하는 사람의 얼굴을 떠올린다.

상냥한 사람들의, 그 얼굴을 떠올린다.

"티오나 아주머니, 클로에 아주머니, 루드비히 선생님, 디온 아저씨……."

다들 죽어버렸다.

그녀에게 친절히 대해주던 사람은 그녀를 지키기 위해…… 죽어버렸다.

어떤 사람은 아쉬워하며, 어떤 사람은 쓴웃음을 지으며.

하지만 모두 같은 말을 속삭였다…….

그분께서 살아계셨다면……, 이런 일은 일어나지 않았을 텐데…….

제국의 예지가, 자애로운 성녀가 건재했다면 분명 제국은…… 세상은……, 이렇게 망가지지 않았을 텐데. ……그렇게 아쉬워하며.

벨에게는 다들 입을 모아 칭송하는 '그 사람'의 기억이 없다.

그저 어렴풋하게 다정한 사람이었다는 인상만이 남아있다.

그러니 그녀가 지닌 '그 사람'의 지식은 전부 책에서 얻은 것이었다.

'그 사람'은 말 그대로 사물의 이치를 꿰뚫어 보는 지혜, '예지'라 불리기에 걸맞은 사람이었다.

자비로운 성녀이자 구국의 황녀였다.

어느 순간부터 '그 사람'의 존재도 황실의 이야기도 입 밖에 내면 안 되는 금기가 되어버렸지만, 그래도 몰래 '그 사람'에 대해 말하는 사람은 반드시라고 해도 좋을 만큼 웃고 있었다.

그렇기에……, 벨은 자랑스러웠다.

자신의 몸에 그 사람의 피가 흐르고 있다고 생각하기만 해도 가슴에 따뜻한 빛이 깃드는 것 같았다.

"드디어 포기한 거냐, 꼬마야."

따뜻한 추억에 잠겨있던 벨을 난폭한 목소리가 현실로 되돌렸다.

시선을 움직이자 투박한 가죽 갑옷을 입은 남자가 폭력적인 미소를 짓고 있었다.

"미안하다. 우리도 내키진 않는데, 네 목에 걸려있는 금화가 매력적이거든."

그 옆에 있는 남자가 허리에 찬 검을 뽑았다.

"얌전히 따라와 주실까. 아, 굳이 말할 것도 없겠지만 도망치면 죽인다? 생사 불문이라고 했거든. 교수대인지 이 몸의 검인지, 원하는 걸 선택해."

"근데 이렇게 꾀죄죄하니 현상 수배서와 같은 꼬맹이인지 못 알아보겠는데. 야, 꼬마야. 너 이름 뭐냐? 솔직하게 대답해."

끈적하게 달라붙는 살의──벨은 공포에 질려 떨었다.

──무서워……. 무서워, 어머니…….

품속의 책을 꽉 끌어안았다.

──살려줘……, 할머니…….

그 순간……, 소중한 사람들의 목소리가 들린 듯한 기분이 들었다.

"그 긍지 높은 이름을 품고…… 가. 그리고 부디 살아남아서…… 전해줘. 그분을, ……님을…… 부디…….."

그녀는 별안간 떠올렸다.

자신이 어떤 사람의 후예인지를…….

자신의 몸에 흐르는 피는, 사람들의 희망을 체현한 사람에게서 물려받았다는 사실을.

벼락과도 같은 감정이 벨을 덮쳤다.

가녀린 몸을 휘감은 떨림의 종류가 바뀌었다. 두려움이 아닌, 투지로.

그 격정이 등을 밀어주듯 그녀는 조용히 일어나 남자들을 응시했다.

그 눈동자에는 맑고 푸른 빛이 담겨 있었다.

"물러나라……, 무례한 것!"

가슴을 펴고 언성을 드높였다. 그 목소리에는 제국의 예지의 핏줄에 걸맞은 위엄이 깃들어 있었다.

……진짜 제국의 예지와는 비교도 되지 않을 만큼 진지한 박력이…….

그렇게 그녀는 고했다. 자신의, 그 긍지 높은 이름을.

"내 이름은 미아벨. 미아벨 루나 티어문. 제국의 예지이자 성녀, 긍지 높은 미아 루나 티어문의 피를 이어받은 자다!"

──그 순간! 벨의 시야를 빛이 태워버렸다.

가슴에 안고 있던 책이 펼쳐지면서 그곳에 적혀있던 글자가 황금빛 광채를 띠고 허공에 떠올랐다.

글자가 녹아내리고 황금빛 실이 되더니 그녀의 몸에 달라붙었다.

"……어? 어? 어?"

어안이 벙벙해져서 우두커니 서 있던 벨의 몸이 두둥실 떠오르더니── 다음 순간, 빛과 함께 홀연히 사라졌다.

……이리하여 시간은 과거로 되감긴다.

제1화 제국의 예지의 우아한 봄방학

제국의 예지, 미아 루나 티어문은 세인트 노엘 학원에서 우아한 봄방학을 보내고 있었다.

여자 기숙사의 자기 방 침대 위에서 우아하게, 참으로 우아하게…… 뒹굴거리고 있었다.

넓은 침대를 확인하듯이 데굴데굴……. 아슬아슬 떨어질락 말락 한 곳까지 갔다가, 이번에는 반대쪽으로 데굴데굴…….

베개를 끌어안고 데굴데굴데굴…….

참으로 우아……, 다른 말로 표현하자면.

"아아, 심심하네요……."

방탕하고 무의미한 시간을 보내고 있었다.

원래대로라면 이럴 생각이 아니었다. 개학 전까지는 제국에서 느긋하게, 신나게 놀 예정이었다. 그럼에도 그녀가 세인트 노엘에 있는 건 작은 사정이 있었다.

렘노 왕국에서 무사히 귀환한 미아는 그대로 본국에 돌아가지 않고 세인트 노엘로 향했다. 그 후 겨울방학이 시작될 때까지 한 번도 돌아가지 않았는데…….

그게…… 크나큰 패착이었다.

제국에 돌아간 미아를 맞아준 이는 눈물을 글썽이는 황제였다.

"오오, 미아, 미아여! 나의 사랑스러운 딸아! 대체 제국에 돌아오지 않고 무엇을 했던 게냐!"

돌아온 미아를 힘껏 껴안은 황제는 무모한 짓을 한 미아에게 벌을 내렸다.

미아의 자존심을 잘근잘근 짓밟는, 지극히 굴욕적인 벌을.

즉!

"다음 겨울이 올 때까지 짐을 아빠라고 부르거라. 그 외의 호칭은 용서하지 않겠다."

참으로……, 참으로 비정한 선고였다.

"그, 그럴 수가. 그건! 아, 아바마마!"

"아빠다, 아빠. 그 외의 부름에는 대답하지 않겠다!"

고개를 홱 돌려버리는 황제를 빛이 죽은 도자기 인형 같은 눈동자로 바라보며 미아는 배를 문질렀다.

──아아, 어쩐지 배가 아픈 것 같아요.

심지어 막상 '아빠'라고 불러주자 기분이 좋아진 황제는 틈만 나면 미아를 찾아오게 되었다.

……그게……, 너무나도 짜증이 났다.

섬세한 나이에 접어든 미아였다.

참고로 루드비히도 디온도 티오나도 안느도 렘노 왕국 건으로는 아무런 벌을 받지 않았다. 오히려 폭주한 미아를 지켰다면서 황제 폐하께서 친히 치하하셨을 정도였다.

그렇게 하지 않았다면 네 사람은 처형당할 수도 있었으니 어쩔 수 없다고 하지만…… 자신만 벌을 받는다는 상황에도 은근히 불만을 느낀 미아였다.

그런 식으로 처참한 겨울방학을 경험한 미아는 봄방학엔 일부러 제국에 돌아가지 않고 세인트 노엘에 잔류하는 걸 선택했다.

거기까진 좋았으나…….

"아아, 심심해요. 너무 심심해요. 클로에도 없고, 아벨도……."

미아와 놀아줄 친구들은 현재 학원에 한 명도 없었다.

물론 라피나는 있지만…… 미아로서는 편하게 놀러 갈 마음이 들지 않았다. 라피나 쪽에서 권유하면 가줄 수도 있지만, 자기가 먼저 권할 생각은 없었다.

그 결과, 미아는 안느와 함께 섬 내의 마을에 나가서 디저트를 먹거나, 나태하게 자거나……, 이따금 승마하는 것 말고는 할 일이 없었다.

대단히 방탕한 생활이었다.

"미아 님……."

방에 돌아온 안느는 그렇게 게으름의 화신이 되어버린 주인에게 기가 막힌다는 듯, 진심으로 실망했다는 듯한 시선을 보내…………… 지 않았다.

오히려 그 시선은 왠지 모르게 다정했다.

마치 귀여운 여동생을 보는 듯한, 자애로 가득한 눈빛이었다.

요즘 안느는 깨달은 점이 있었다.

미아는…… 공부를 그리 좋아하지 않는다.

이전 학년말 시험공부를 도왔을 때, 미아가 무척 고생했던 것을 안느는 두 눈으로 똑똑히 보았다. 울상을 지으면서도 필사적으로 공부한 미아는 무사히 학년 톱 20위에 랭크인했다. 쾌거이다!

참고로 미아의 학년은…… 약 80명이다.

뭐, 그렇다고 해도 쾌거이긴 하다. 이전 시간축이었다면 상위 4분의 1에 들어간다는 건 상상도 할 수 없는 일이었기 때문이다.

아무튼, 시험 직전에서야 허둥지둥 공부하거나, 그때 힘을 다 써버리고 게을러진 모습이 어쩐지 동생들을 보는 것 같아 조금 훈훈하게 느끼고 마는 안느였다.

──미아 님, 이런 시험 같은 공부는 적성에 안 맞으시구나…….

그리고 그걸 알았다고 해도 안느의 존경심은 털끝만큼도 흔들리지 않았다. 아니, 오히려…….

──내 동생들과 비슷한 어린 나이에…… 저 작은 어깨에는 무거운 책임이 실려있는 거야…….

그런 생각을 하며 가슴이 뜨거워졌다.

경애하는 주인의 총명함이 타고난 것이 아니라, 노력으로 탑재된 것임을 알고……. 그리고, 그런 주인이 자신을 의지하고 있다는 걸 알고…….

무언가가 벅차오르는 것이 있었다. 그래서!

──내가 든든하게 보필해드려야지.

남몰래 그런 신년 목표를 세워버린 안느였다.

──풀어줄 곳은 풀고, 조여야 할 때는 조이는 거야. 말씀드리면 알아주시는 분이시니 내가 잘 분간해서 미아 님의 부담을 덜어드려야 해.

완전히 미아의 비서라는 역할을 자청해서 떠맡게 된 안느였다.

그런고로 개학할 때까지, 짧은 방학 기간에는 최소한 여유롭게 보내게 해주려던 안느였으나…… 오늘은 그럴 수 없는 사정이 있었다.

"미아 님."

침대 옆으로 걸어가자 미아가 흐릿한 눈으로 올려다보았다.

"아아, 안느군요. 마침 딱 좋을 때 왔어요. 거기 앉아서 자장가라도……."

"아쉽지만 오늘은 낮잠을 자제해 주세요. 라피나 님께서 오후 다과회에 초대하셨답니다."

"어머나, 라피나 님께서? 하지만 다과회라면 어제도……."

"오늘은 아벨 왕자 전하께서 학원에 도착하신답니다. 그래서 같이 차를 마시는 게 어떻냐고 하셨습니다."

"어머나!"

그 말을 듣자마자 미아는 환하게 웃었다.

"더 나중에 오실 줄 알았는데, 혹시 제가 학원에 남아있다는 걸 알고 예정을 바꾸신 걸까요?"

침대 위에서 몸을 발딱 일으키고 활기찬 목소리로 조잘거렸다.

"안느, 드레스를 골라주세요. 서둘러야겠어요!"

그것은 제국의 예지에 어울리는 의연한 태도였다.

그래봤자…… 목 아래로 시선을 내리면 구깃구깃하게 구겨진 잠옷을 입고 있다는, 다소 우스꽝스러운 모습이긴 했지만…….

제2화 설렘탱천! 미아 황녀!

침대에서 일어난 미아는 신속하게 행동을 개시했다.

우선 그녀가 향한 곳은 말할 것도 없이…… 욕실이었다.

"언제든지 목욕할 수 있다는 건 역시 근사한 일이에요!"

참고로…… 목욕을 좋아하는 미아는 아침에 일어나면 목욕부터 한다.

원활한 혈액순환을 위해 아침에 일어나 바로 뜨거운 물을 끼얹는 것은 세인트 노엘에서도 권장되는 사항이긴 하지만, 미아는 조금 달랐다.

"아아, 어쩐지 몸이 따끈따끈해지니…… 조금 졸리네요."

그런 말을 하면서 그대로 침대에 돌아가 누웠다.

방탕한 생활의 극치라고 할 수 있으리라…….

뭐, 그건 그렇다 치고…….

조금 서둘러 목욕하긴 했으나, 미아는 여느 때와 같은 피부 광택과 머리카락의 윤기를 되찾았다.

거기에 세탁해서 뽀송뽀송한 드레스를 입고 한껏 멋을 낸 뒤에 미아는 라피나의 방으로 향했다.

"아, 왔군요. 미아 님."

"평안하셨나요, 라피나 님. 다과회에 초대해주셔서 감사합니다."

미아는 스커트 자락을 살짝 잡고 우아하게 인사한 뒤, 방 안으로 발을 들여놓았다. 그러자.

"안녕, 미아. 오랜만이야."

"어머! 아벨, 벌써 와 계셨어요?"

"방금 전에 도착했어. 그나저나……, 미아, 오늘은 여느 때보다 더 예쁘구나."

그렇게 말한 아벨은 상큼한 미소를 지었다.

그 얼굴을 본 미아는……, 순식간에 뺨을 붉게 물들였다.

"어, 어머! 어머나! 아벨도 참, 무척 달변가가 되셨군요. 여자에게 그런 말은 많이 안 하는 게 좋답니다. 가벼운 남자로 보이니까요!"

당황하면서 말하자 아벨은 대놓고 상처받았다는 표정을 지었다.

"다른 사람에게도 말한다고 생각하다니, 뜻밖이야. 정말로 그렇게 생각하니까 말한 것뿐인데."

그런 말을 하는 바람에……, 미아의 입에서 소리 없는 호흡이 하아하아 흘러나왔다.

──뭐, 뭐, 뭐죠? 역시 아벨, 좀 너무 순진한 거 아닌가요? 가, 갑자기, 다른 사람 앞에서 그런 말을!

그렇게 사랑에 취해서 해롱거리던 미아의 귀에 작은 헛기침이 들렸다.

"으음, 미아 황녀 전하……. 제 주군을 너무 무시하지 말아 주시겠습니까?"

"어머나! 키스우드 씨, 당신도 있었나요? 게다가, 아…… 시온. 당신도?"

그런 미아의 반응에 어깨를 축 떨군 시온은 키스우드에게 말했다.

"……키스우드, 나는 여성에게 인기를 끌고 싶다고 바란 적이 없어. 아니, 오히려 접근하는 게 귀찮다는 생각마저 했지……. 하지만 뭘까. 나는 어쩌면, 상당히 축복받은 환경이었던 걸까?"

그렇게 시온은 시무룩하게 고개를 숙였다. 죄책감이 자극된 미아는 크게 당황하며 변명했다.

"아, 아이, 참. 농담이에요. 시온, 너무 진지하게 받아들이지 마세요. 당신도 보고 싶었어요. 건강해 보여서 다행이군요."

다음 순간, 시온이 얼굴을 들고는 의기양양하게 말했다.

"아니, 신경 쓰지 마. 나도 농담이다."

"무슨!"

"그리고 나도 보고 싶었어, 미아. 너도 건강해 보여서 다행이야……. 하지만."

시온이 씩 웃으며 말을 이었다.

"미아, 너는 여전히 사람이 좋군."

"무슨!!"

미아의 얼굴이 다시 붉게 물들었다.

소위 《분기탱천》 상태이다!

──이, 이 녀석은! 전보다 성격이 더 나빠진 것 아닌가요?! 설마 저의 발차기에 아직도 앙심을 품고 있는 건가요?!

미아가 반박하려 한 그 순간, 미아의 어깨에 손이 톡 올라왔다.

뒤를 돌아보자 그곳에는 아벨이 의아해하는 얼굴로 서 있었다.

"무슨 소리야, 시온 왕자. 그게 미아의 장점이잖아."

"어……?"

다시 날아온 아벨의 달콤한 말에 미아는 또 말문이 막혔다.

그 얼굴이 한층 붉어지고 입에서 가냘픈 호흡이 흘러나왔다!

소위 《설렘탱천》 상태이다!

……그런 단어는 없다.

아무튼, 그런 달콤한 연애 공간, 러브 코미디 타임에 취해있던 미아는 완전히 방심했다.

피로 물든 일기장이 사라져 단두대의 공포에서 해방되었고……, 또 위험지역인 렘노 왕국에서도 무사히 탈출한 미아의 위기 감지용 후각은 현재 완전히 잠들어버렸기 때문이다.

동면에 들어간 곰 모드인 것은 미아 본체만이 아니었다.

하지만…… 직후, 그 후각이 각성했다.

"실례합니다. 어? 미아 님?"

한발 늦게 방에 들어온 인물은 티오나 루돌폰과 그녀의 종자, 리오라 룰루였다.

"어머, 당신들도 초대받았군요. 티오나 양, 세로 군은 건강한가요?"

"아, 네. 미아 님께서 세우실 학교를 기대하며 열심히 공부하고 있습니다."

"그렇군요. 그건 좋은 자세……, 어머?"

불현듯……, 미아의 등을 타고 오한이 퍼졌다.

──뭘까요……. 이 인원. 뭔가가 조금 걸려요.

시온과 아벨, 그리고 티오나……. 그건 렘노 왕국에 쳐들어갈 때 미아와 동행한 사람들……. 참으로 불길한 조합…….

하지만 도망칠 여유는 없었다.

"다 모였나 보군요. 그럼 다과회를 시작하죠."

생글생글 선언하는 라피나.

그 순간 미아는 자신이 새로운 위험의 소용돌이에 빨려 들어가는 걸 느꼈다.

제3화 혼돈의 뱀과 잼과 홍차

"어머나, 라피나 님. 이 쿠키가 무척 맛있어요!"

차에 곁들여 나온 쿠키를 한 입 깨물어 먹은 미아가 환호성을 질렀다.

달콤한 과자만 있다면 불길한 예감쯤은 저 멀리 날려버리는 것이 미아의 장점이다. ……장점일까?

"그래요? 마음에 들었다니 다행이야."

라피나는 기뻐하며 손뼉을 쳤다.

그러고는 기분이 좋은 듯 싱글싱글 웃으면서 말하기 시작했다.

"그런데 미아 님이 넘겨준 그 잼이라는 사람 말인데……. 미아 님의 제안대로 매일 설교해드리고 있습니다."

──어머나, 그건……. 참 불쌍하군요.

미아는 히죽히죽 웃으면서 홍차를 한 모금 마셨다.

향긋한 꽃향기에 취하면서 잼의 밉살맞은 얼굴을 떠올렸다.

──정말 꼴좋군요. 아아, 무척 개운한 기분이에요. 불길한 예감은 착각이었나 보군요.

기분이 상쾌해져서 명랑하게 웃는 미아를 보고 라피나는 작게 고개를 끄덕였다.

"역시 미아 님은 알고 있었구나. 그의 배후에 무엇이 있는지……."

──네? 배후에 있는 것……?

어리둥절해져서 고개를 갸웃거리는 미아를 대신해 시온이 입을 열었다.

"그건 무슨 의미죠? 라피나 님. 그자들은 우리 선크랜드의 간첩……."

"그래, 바람 까마귀……. 아니, 백아였던가. 선크랜드가 자랑하는 정보전의 전문가 집단."

라피나는 밝은 미소를 지으며 말했다.

"그들은 대부분 나라에 충성을 맹세하는, 선량하고 순수한 간첩이었어."

"……선량하고 순수……."

간첩에는 참으로 어울리지 않는 평가에 그 자리에 있던 전원의 말문이 막혔다.

그럼에도 라피나는 가벼운 말투로 말을 이었다.

"하지만 그 젬이라는 사람……, 그 남자만은 달랐어. 다른 사람들은 내 이야기를 듣는 것도 성전을 읽는 것도 아무런 저항을 보이지 않는데, 그만은 강한 거부감을 드러내는 거야."

"거절…… 했다고요?"

미아는 의아해하는 얼굴로 고개를 갸웃거렸다.

베이르가 공국을 중심으로 이 근방의 나라는 '중앙정교회'의 종교권을 형성하고 있다.

사상·도덕의 기초를 만드는 것이 베이르가가 소유하고 있는 신성전(神聖典)이니, 개인마다 차이는 있어도 그 가치관은 이 땅에 사는 사람들에게 널리 뿌리박혀있다.

따라서 라피나의 설교는 '너무 자주 들어서 질리고 따분한 것'이긴 해도, 강한 거부반응을 보이는 일은 거의 없다.

특히 현실주의자임을 요구받는 간첩은 애초에 그 신앙이 없을 가능성도 있다. 어린 소녀가 늘어놓는 도덕적인 이야기쯤이야 흘려들으면 그만이다.

그런데도 불구하고.

"아니, 오히려 거절이라기보다는…… 공포를 느끼는 것 같았지."

신앙심이 있다면 라피나의 이야기를 감사히 들으면 된다.

신앙심이 없다면 흘려넘기거나, 최소한 무관심을 보일 수는 있을 터이다.

그조차 못했다면, 그것은…… 반대쪽 신앙심을 지닌 사람이라는 뜻이 된다. 즉…….

"설마 부마자(付魔者)……?"

티오나가 쭈뼛거리면서 중얼거렸다.

그 말을 들은 라피나는…… 허를 찔렸다는 듯 눈을 깜빡였다.

"아, 그래. 그런 존재도 확실히 있지."

신을 적대하는 존재, 사신(邪神). 그 사신을 모시는 하급 악마에게 씌어 악행을 저지르는 사람을 부마자라고 부른다.

베이르가 공국에는 그런 자들에게 대응하기 위한 사람인, 엑소시스트라 불리는 자들이 있지만…….

"다만 내가 아는 한 부마자는 그런 식으로 행동하지 않아. 짐승처럼 발버둥 칠 뿐. 조직을 만들고 이성적으로 음모를 꾀하는 행동은 안 해. 그러니 그 젬이라는 남자는 아마도 다른 거겠지."

"다른 것……. 조금 전부터 들어보니, 아무래도 라피나 님은 그 정체도 짐작하고 있는 것처럼 들리는군요."

아벨이 진지한 얼굴로 말했다. 당사자인 이상 범인의 정체에 무관심할 수 없는 모양이었다.

참고로 이전 시간축에서의 당사자인 미아는 홍차에 넣는 잼을 발견하고는 기분 좋아져서 지금 오가는 이야기를 흘려듣고 있었다.

젬보다는 잼에 관심이 있는 미아였다. ……딱히 아재 개그는 아니다.

──아아, 역시. 이 홍차는 산딸기잼이 어울릴 거라고 생각했는데, 절묘한 조합이에요.

그런 미아를 제쳐두고 진지한 대화는 계속되었다.

"그래. 아벨 왕자의 말대로 내가 생각하는 건 더 현실적인 위협이야."

"그렇다면……?"

라피나는 한 번 뜸을 들이듯 우아한 동작으로 홍차를 마신 뒤, 조용히 입을 열었다.

"우리 베이르가 공국을, 중앙정교회를, 나아가 세계를 적으로 삼는 파괴자 집단. 역사의 그늘에서 암약하는 비밀결사. 이름은 '혼돈의 뱀'."

그 이름을 밝힐 때 성녀 라피나의 얼굴에는 드물게도 혐오의 빛이 드리워 있었다.

"혼돈의 뱀……. 들어본 적은 없는데……. 그건 소위 사교도입니까?"

눈썹을 찡그리며 시온이 물었다.

사신 숭배. 악마 숭배.

이 땅에 수도 없이 발족했다가 사람에게 기피당해 물거품처럼 사라지는 사교(邪敎).

그런 사교의 일종이냐는 질문이었으나, 라피나의 대답은 떨떠름했다.

"아마도⋯⋯. 하지만 아쉽게도 자세한 교의는 몰라. 아니, 그보다는 그들에 대해 알고 있는 게 두 가지뿐이지. 하나는 우리가 믿는 신성전을 싫어한다는 것. 그 점에서 역산해 그들이 사신을 신봉하는 자들이 아니냐는 추리가 성립되지만⋯⋯."

라피나는 일단 말을 끊고 그 자리에 있는 전원의 얼굴을 둘러본 뒤에⋯⋯.

"또 하나는 인간이 만들어내는 질서를 철저하게 파괴하려고 한다는 점. 저는 오히려 이쪽이 현실적인 위협이라고 생각합니다."

엄숙한 말투로 고했다.

"질서의 파괴⋯⋯ 라면?"

"모든 종류, 온갖 종류의 질서야. 국가도 법도 문화도 학문도⋯⋯, 평화로운 일상도."

그것은 극단적인 말로 표현하자면.

"세계의 적, 아니, 인류의 적이나 마찬가지인 자들이군요⋯⋯. 그런 위험한 자들이 방치되고 있다는 겁니까?"

괴이쩍은 얼굴로 아벨이 물었다.

"그렇지 않아. 아무것도 안 하는 건 아니지. 하지만 그들은 어디에나 있어. 때로는 귀족, 때로는 상인, 때로는 농민, 때로는 문관. 심지어 사교도 토벌군의 지휘관까지."

라피나는 고뇌가 뚝뚝 묻어나는 한숨을 쉬며 고개를 내저었다.

"그들은 우리 사회에, 나라에 교묘히 파고들었어. 간첩과 비슷하다고 볼 수 있겠지. 설마 진짜 간첩으로 활동하고 있을 줄은 몰랐지만……."

어디에나 있으며, 누가 그들인지는 알 수 없다. 따라서 대처하기 몹시 까다롭다.

"일반적인 사신교단은 신자를 모아 신전 등에서 생활하지. 때로는 조직을 만들어 싸움을 걸기 때문에 마을 등에 피해가 생기지만, 토벌하는 건 쉽고……. 확실히 어디에 있는지도 모른다는 건 성가신데……. 그래, 그렇군……. 그래서 우리에게 말을 건 거였나. 이미 뱀과 적대한 자라면 확실하게 결백하다고 할 수 있으니……."

"이해가 빨라서 다행이야, 시온 왕자."

시온의 중얼거림에 라피나는 만족스러워하며 고개를 끄덕였다. 그 후 그녀는 미아 쪽을 보았다.

그 시선을 받은 미아는……, 등에 식은땀이 줄줄 흐르는 걸 느꼈다.

──어라? 이건 혹시, 들으면 안 되는 이야기였던 거 아닌가요……?

미아의 소심한 후각이 위기를 민감하게 감지했다.

……아니, 그건 다소 늦은 깨달음이었다.

이 다과회에 초대받은 시점에서, 혹은 렘노 왕국 사건 때 젬을 라피나에게 떠넘기겠다는 제안을 해버린 시점에서…… 이미 미아는 말려든 뒤였다.

──그보다 왜 저까지 이 자리에 부른 거죠? 젬에 대해 보고하려고 했을 뿐이었다거나……. 그, 그래요. 분명 젬 이야기를 하려면 꼭 필요한 정보니까 말한 거고……, 딱히 저와는 아무런 관계도 없다는 가능성도 존재하는 것 아닐까요?

일말의 희망을 걸고 라피나 쪽을 마주 보자……. 라피나는 미아를 향해 싱긋 웃었다.

"그래, 미아 님의 예상이 맞아……. 저 라피나 오르카 베이르가는 이 자리에서 요청합니다. 혼돈의 뱀에 대항할 협력체제의 수립과 참가를!"

제4화 책에 소원을

──아. 이거 굉장히 위험한 전개예요…….

간신히 움직이기 시작한 미아의 감이 알렸다.

이건 얼마 전 혁명 미수 소동과는 비교도 되지 않을 만큼 위험한 일이라고…….

──히, 히익……. 어, 어, 어떻게든 거절해야…….

그런 생각을 하기 시작했지만 이미 늦었다.

"조금 전에도 말했지만 뱀은 어디에나 있어. 그래서 지금은 당신들에게만 권한 거야."

"음? 하지만 신성전에 반응한다면 그것으로 밝혀낼 수 있지 않습니까?"

고개를 갸웃거리는 아벨에게 시온이 심각한 표정을 지었다.

"아니, 소용없을 거다. 아벨 왕자, 백아 때를 떠올려봐. 소동의 중심인물은 확실히 젬이었지만, 실제로 움직인 건 그가 아닌 다른 자들이었지."

"그런가……. 적은 비밀결사 '혼돈의 뱀'의 구성원과 그들에게 조종당하는 사람들인가…….'

"바로 그거야. 그리고 그들은 결코 어리석지 않아. 아주 교활하지. 그러니 꼬리가 드러날 법한 장소에는 나타나지 않아. 신성전을 낭독할 법한 장소에는 절대 오지 않을 테고, 필요하다면 자신들의 입김이 닿은 자를 보낼 거다."

"그렇군. 그 젬이라는 자를 잡을 수 있었던 건 어느 의미 기적적인 일이었다는 건가⋯⋯."

아벨이 감탄한 모습으로 미아 쪽을 보았다.

"그래, 맞아. 게다가 이런 상황에서도 이만한 수의 인원에게 전면적인 신뢰를 두고 말을 걸 수 있다는 것. 오히려 이건 요행이었다고 해야겠지."

라피나도 미아 쪽을 보며 부드러운 미소를 지었다.

"이것도 다 미아 님 덕분이야. 역시 내 친구다워."

"어, 그, 음, 다, 당연하죠! 저와 라피나 님은 치, 친구이니까요."

"그래⋯⋯. 미아가 협력한다면 나도 참가하지 않을 수는 없지. 우리나라는 직접적인 피해를 입기도 했으니, 기꺼이 협력하겠습니다."

아벨이 강인하게 고개를 끄덕였다.

──어? 어? 제, 제가 무슨 말을 했던가요? 협력한다거나 그 비슷한? 어라? 그런 말은 한마디도⋯⋯.

"나도 마찬가지야. 도저히 방치할 수 있는 문제가 아니고, 다름 아닌 우리나라의 간첩 내부에도 섞여 있었던 셈이니까. 누구를 믿을 수 있을지 알 수 없는 이상, 적어도 믿을 수 있는 사람들과 정보를 공유하고 싶다."

"저기, 저는 무슨 일을 할 수 있을진 모르겠지만, 그래도! 저도 협력하겠습니다."

시온에 이어 티오나도 참가 의사를 밝혔다.

그리고 미아는⋯⋯.

——아아, 이 쿠키의 단맛이…… 가슴에 절절한 감동을 주네요. 눈물이 나올 정도로 맛있어요.

현실도피로 넘어갔다.

——이렇게 맛있는 과자라니, 혹시 이건 꿈인 게 아닐까요? 아아, 그래요! 분명 아침에 일어나면 '아아, 조금만 더 꿨다면 맛있는 디저트를 먹을 수 있었을 텐데……' 하고 후회하며 다시 잠드는 것처럼……. 저 맛있어 보이는 케이크에 손을 뻗은 순간에 눈을 떠버리는…….

결국……, 테이블 위의 디저트를 전부 먹어 치워도 미아가 꿈에서 깨어나는 일은 없었다.

그리고 배가 가득 차서 식사를 못 하게 되는 바람에 안느에게 조금 혼났다.

다음 날 저녁…….

"……아아, 역시 꿈이 아니었어요……."

미아는 간신히 어제 일을 체념하고 수용한 뒤…… 움직이기 시작했다.

어쨌거나, 이래 봬도 미아는 단두대에서 죽는 운명을 뒤엎고 생존 루트를 쟁취해낸 용사다.

도저히 그렇게는 안 보일지도 모르지만……, 게으르게 시간을 낭비하며 지내는 동안 상황이 손쓸 수 없을 만큼 악화하기도 한다는 것을 명확하게 알고 있다. ……도저히, 차마 그렇게는 보이지 않을 테지만…….

아무튼 기본적으로 미아는 귀찮은 것을 싫어한다. 편법으로 편해질 수 있다면 그렇게 하고 싶다.

그런 미아이기에…….

"무언가 방침이 필요해요. 앞으로 올 위험을 잘 극복할 수 있을 법한, 그 일기장 같은 것이…….”

자꾸만 그런 생각이 들었다.

하지만 아쉽게도 그 일기장은 사라져버렸다.

게다가 자신이 단두대에서 죽을 때까지의 나날이 적힌 일기를 읽는 건 역시 썩 내키지 않는 일이었다.

"그러고 보면…… 최근에 무언가, 비슷한 것이 있었던 것 같은데……?"

불현듯 미아는 떠올렸다.

'어머, 그 일기장과 비슷하네요!'라는 생각이 든 적이 아주 최근에 있었던 것 같은…….

"그건 분명……! 그래요……. 그 역사서. 어쩌면 그곳에 무언가가 적혀있을지도 몰라요!"

그 역사서에 적힌 미래의 서술……. 그 후 아무리 다시 펼쳐 봐도 사라진 글귀가 되살아나지는 않았지만……. 어쩌면 지금이라면 부활했을지도 모른다.

쇠뿔도 단김에 빼라 했다면서 침대에서 일어난 미아는 홀로 도서실을 향해 발걸음을 옮겼다.

세인트 노엘 학원의 도서실은 남자 기숙사와 여자 기숙사의 연결부에 해당하는 공용건물에 존재한다.

책은 귀중품이기 때문에 입구엔 경비원이 서 있으나 읽기만 한다면 학생만이 아니라 종자에게도 열린 공간이다.

따라서 평소였다면 어느 정도 사람이 북적거렸을 테지만, 지금은 아직 봄방학 기간이기 때문인지 도서실 안에는 미아밖에 없었다.

몰래 찾아보기에는 딱 좋은 상황이지만.

"아아, 역시 그리 쉽게 풀리지는 않는군요……."

역사서 자체는 바로 찾았으나, 정작 글귀 부분은 아무리 찾아봐도 보이지 않았다.

"어머? 하지만…… 그 기술 자체가 어디서 발췌해온 것처럼 적혀있지 않았던가요? 그래요, 분명……. 미아 황녀전에서 발췌였나, 그런 말이 적혀있었던 것 같은데……. 미아 황녀전……."

그 제목을 입에 담은 미아는…… 무척 거북하다는 표정을 지었다.

……잠시 시도해 보시라. 자신의 이름 뒤에 '전(傳)'이라는 단어가 붙어있는 책을 상상해보시길. 상당한 파괴력이 아니었는지.

"……경솔하게 읽었다간 마음에 상처를 입을 것 같은 제목이에요."

그렇게 중얼거리면서도 일단 찾아보는 미아였으나……, 그것도 헛수고로 끝났다.

책장에서 '미아 황녀전'이라는 기괴한 제목의 책을 찾아내지 못했다.

"……뭐, 그럴 테죠. 기대는 하지 않았어요."

그렇게 생각하면서도 적잖이 낙담하는 미아였다.

"아아, 그 일기장 정도는 아니어도 괜찮지만, 무언가 없을까요……. 행동의 지침이 될 법한 것……. 저의 이정표가 되어줄 법한 것…… 하늘에서 뚝 떨어지진 않을까요……?"

하늘에서 돈이 떨어지지 않을까? 하는 수준으로 허무맹랑한 말을 중얼거리는 미아였다.

서글프게 '하아……' 하고 한숨을 쉰 미아가 돌아가려고 자리에서 일어난 바로 그 순간이었다!

별안간 미아의 시야를 황금빛 광휘가 뒤덮었다.

"흐어어억?!"

도서실에선 정숙해야 한다고 혼날 것 같은 비명을 지른 미아가 그 자리에 엉덩방아를 찧었다.

"무, 무, 무슨 일이죠?! 대체, 무슨!?"

슬금슬금 뒤로 물러나면서 빛에서 거리를 벌리는 미아. 어느 정도 거리까지 후퇴한 뒤 다시금 괴이한 빛 쪽에 시선을 주었다.

빛은 점점 약해졌다. 하지만…… 헛것을 보는 걸까……?

미아에게는 그 빛 속에 사람 같은 게 보인 듯한 느낌이 들었다.

"저, 저건…… 뭐, 뭐죠?"

그때…… 미아는 별안간 깨닫고 말았다.

넓은 도서실에 있는 사람이 미아 한 명뿐이라는 사실을!

지금 미아가 있는 장소는 넓은 도서실의 가장 안쪽이다. 경비원이 있는 입구와는 상당히 떨어져 있다.

심지어 절묘하게 어둑하다. 공기 전체가 고요하고 정체되어있는 듯한…….

간단하게 말하자면, 좀 으스스한 장소다.

미아는 딱히 유령이나 귀신 같은 걸 믿는 건 아니다.

"오, 오호호. 아이참. 어린아이도 아니고, 그그그, 그런 게 있을 리가 없잖아요. 누, 누, 눈이 하나뿐인, 귀신이라거나? 바바바, 바보 같은 이야기예요. 이를 뽑아가는 나쁜 요정도, 사람의 몸을 빼앗아가는 악마도, 그그, 그런 게, 있을 리가, 없잖아요. 없다고요!"

그렇다. 아무튼 미아의 알맹이는 20살을 넘긴 성인 여성이다.

유령이나 귀신 같은 걸 믿을 리가 없다.

어쨌거나 미아도 성인…….

스스스스!

사라져가는 빛 속에서 인영 같은 것이 갑자기 미아를 향해 다가왔다!

기어 오듯이 다가오는 것을 본 미아는……!

"………………!"

입을 뻐끔거리면서 도망쳤다.

'안느! 안느으으!' 하며 도움을 요청하려 했으나, 너무 무서워서 목소리가 나오지 않았다.

곁눈질 한 번 하지 않고 도서실을 뛰쳐나간 미아는 전속력으로 방에 돌아와 침대 속으로 다이빙했다.

……그 후 울먹이는 미아를 안느가 달랠 때…….

"어휴, 미아 님도 참. 괜찮습니다. 유령 같은 건 없어요. 분명 무서운 꿈이라도 꾸신 거겠죠. 그렇죠……?"

어린아이를 달래듯이 머리를 쓰다듬어준 것은 미아의 명예를 위해서 비밀이다.

제5화 미아 황녀, 순풍만범!

그렇게…… 미아가 도서실에서 받은 마음의 상처를 달래는 동안 계절이 바뀌어 봄이 찾아왔다.

새 학기가 되고 미아는 무사히 2학년이 되었다.

올해 겨울에는 14살이 된다.

"언제까지고 존재하지도 않는 귀신을 두려워하며 혼자서는 잠을 못 자는 상태로 있을 수는 없어요!"

자신을 향해 그런 거창한 선언을 한 뒤, 미아는 봄방학 동안 계속 신세 졌던 안느의 침대에서 자신의 침대로 진급했다.

……결코 새 학기가 시작되니 클로에를 비롯한 친구들이 돌아와서 무서운 게 조금 흐려졌기 때문이라는 단순한 이유가 아니다. 미아의 명예를 위해서 한마디 첨부해둔다.

그렇게 클로에를 비롯한 친구들과 재회하며 미아의 새 학기가 시작되었다.

"그럼 이 문장을 해독할 수 있는 분이…… 어떠십니까? 미아 전하."

교실 앞에 붙어있는 커다란 화이트보드. 거기에 빨간색의 특수한 수액 페인트로 그려진 문장을 올려다보며 미아는 위풍당당하게 일어났다.

"후후, 이 정도는 간단하죠!"

학생들의 시선을 한 몸에 받으며 미아는 문장 앞으로 유유히 걸어갔다.

현재 미아의 반은 '문장학(紋章學)' 수업을 받고 있었다.

문장학이란, 이름 그대로 문장에 담긴 의미를 독해하는 학문이다.

특히 귀족 자제는 상대의 가문 문장을 보고 그 핏줄과 집안의 연결고리를 해독하는 것이 필수 능력이라 할 수 있다.

"흐음……."

미아는 화이트보드에 그려진 문장 앞에 서서 물끄러미 쳐다본 뒤 그 의미를 풀어나갔다.

문장을 그릴 때는 법칙이 있다.

어느 귀족 남자와 귀족 여자가 결혼할 경우, 기본적으로 가문 문장을 반씩 조합한 듯한 디자인의 새로운 가문 문장을 계승하게 되어있다.

예를 들어 미아와 아벨이 결혼한다면 티어문의 문장인 '초승달'과 렘노 왕가의 문장인 '전투 늑대'를 결합한 문장이 된다.

즉 각 귀족 가문에 전해지는 문장을 알면 상대의 가문이 어떤 가문과 어떤 가문이 결합한 것인지 알 수 있다.

……참고로 '예시'는 어디까지나 '예시'다.

딱히 미아가 심심할 때 자신의 방에 붙은 거울에 슬쩍 낙서하고는.

"아아, 아벨 왕자님과 결혼하면 이런 문장이 되겠군요……. 달을 향해 짖는 늑대. 상성이 딱 맞아요!"

……하고 중얼거리면서 혼자 황홀해했던…… 적은 없다. 대단

한 오해, 억울한 혐의다.

참고로 이전 시간축에서는 선크랜드의 문장인 태양과 티어문의 달을 조합해놓고.

"아아, 시온 왕자님과…… 이하생략."

……하고 중얼거리면서 혼자 황홀해했던…… 적도 없다. 미아에게 악의를 품고 만들어낸 가짜 뉴스다!

"흠, 이 가문 문장의 오른쪽은 갈랜트 백작가, 왼쪽 아래는 선크랜드의 문벌귀족인 웨슬레 후작, 오른쪽 위는…….

미아의 대답에 초로의 교사가 만족스럽게 고개를 끄덕였다.

"정답입니다. 역시 미아 전하세요. 잘 복습하셨군요."

평소 엄격한 그녀의 칭찬에 미아는 가슴을 펴고 혼신의 힘을 담아 우쭐거렸다.

"후훗, 이 정도는 저에게 걸리면 간단하죠."

새 학기. 미아는 순풍만범과도 같은 상태였다. ……의외로.

이것도 전부 안느의 공적이다.

어느 날, 도서실에서 깊디깊은 마음의 상처를 입은 미아는 혼자서는 자지 못하게 되었다.

안느에게 같이 자 달라고 한 것까지는 좋았지만……, 그래도 좀처럼 잠들지 못했다.

그걸 본 안느가 한 가지 계책을 짜냈다.

"미아 님, 기왕 잠이 오지 않으신다면 1학년 때 받으신 수업을 복습하시는 건 어떠십니까?"

그렇게 안느는 자장가 대신 수업에서 배운 지식을 하나씩 미아에게 들려주었다.

시험을 칠 때 고생했던 미아의 부담을 조금이라도 경감해주자는 안느의 배려였지만, 이게 의외로 효과가 좋았다.

안느가 말하기 시작하면 얼마 지나지 않아 미아가 까무룩 잠들어버렸기 때문이다. 매번 안느가 정신을 차렸을 때면 미아는 새근새근 편안한 숨소리를 내고 있었다.

하지만 신기하게도 미아는 자고 있을 때 들은 이야기를 제대로 기억했다.

《안느식 수면 학습법》이 탄생한 순간이다!

그런고로 지금 미아는 제국의 예지에 걸맞은 행동을 할 수 있는 몸이 되었다.

참으로 놀라운 기적이다!

학우들의 감탄 어린 시선을 느끼며 미아는 명랑한 미소를 머금었다.

──아아, 무척 기분이 좋군요. 역시 저는 이래야죠.

완전히 우쭐해졌다…….

하지만 뭐, 당연하다면 당연하게도…… 인생은 그렇게 쉽게 풀리지 않는 법…….

미아의 마음에 난 상처를 선명하게 되살리는 '그것'은 점심시간에 찾아왔다.

그날, 미아는 추종자 소녀들과 함께 정원에서 점심을 먹고 있었다.

식당에 샌드위치를 만들어 달라고 해서 완전히 소풍 나온 기분이었다. 맑게 갠 하늘은 푸르렀고, 봄날 햇살은 따끈따끈하니 참으로 기분 좋았다.

──아아, 소풍하기 딱 좋은 날이네요. 게다가 이 샌드위치 사이에 들어간 짭짤한 고기도 맛이 좋아요. 자꾸만 입에 들어가는군요.

그렇게 미아는 행복하게 샌드위치를 먹고 있었으나…….

즐거운 환담 시간은 그리 오래 이어지지 않았다.

점심시간이 절반 정도 지났을 무렵, 미아의 추종자 중 한 명인 그라이리히 백작가의 영애 돌라가 느릿하게 입을 열었다.

"그러고 보면 미아 님께서는 들으셨나요?"

"네? 무슨 이야기죠?"

샌드위치에 푹 빠져있던 미아는 돌라가 조성하는 위험한 분위기를 깨닫지 못했다.

"……그게, '나왔다'는 모양이에요."

목소리를 낮추는 돌라를 향해 미아는 고개를 갸웃거렸다.

"나왔다뇨? 대체 뭐가 나왔다는 거죠?"

돌라는 미아의 관심을 끌려는 듯 잔뜩 뜸을 들였다.

"유령이……."

그러고는 무시무시한 목소리로 말했다.

"네?"

미아가 충격에 입을 떡 벌리거나 말거나, 돌라는 말을 이어나가기 시작했다.

제6화 클로에와 티오나와 미아식 삼단논법

"유유, 유령, 이라고요……?"

물어보는 미아를 향해 무겁게 고개를 끄덕인 돌라가 입을 열었다.

"제 친구가 실제로 봤다고 하는데요. 밤에 여자 기숙사를 걷다가 봤다고 해요……."

거기서 말을 끊고 미아를 올려다보며…….

"너덜너덜한 옷차림의 여자아이 유령을!"

——그, 그런 쓸데없는 연출은 필요 없어요!

내심 절규하면서도 미아는 얼굴에 그린 미소를 무너뜨리지 않았다.

세심하게 살피면 그 뺨이 묘하게 경직되었다는 걸 알아챌 수 있었겠지만……. 다행히 이 자리에는 그렇게 관찰력이 뛰어난 사람은 없었다.

"소문으로는 실연한 후 스스로 목숨을 끊은 여학생의 유령이라고도 하고, 호수에 빠진 마을 아이의 유령이라고도 하던데요……."

"세상에, 무서워라! 미아 님, 역시 유령은 존재하는 걸까요?"

꺅꺅 비명을 지르며 무서워하는 추종자 소녀들. 그중 한 명이 미아에게 말을 건넸다.

"글쎄요……. 이야기로만 들으면 즐거울지도 모르지만……."

미아는 여유가 넘치는 미소를 지으며 고개를 저었다.

"아쉽게도 그런 이야기에 무서워할 수 있을 만큼 어린아이는 아니니까요."

그 후 우아한 동작으로 눈앞의 샌드위치를 입 안에 넣었다.

"그럼 실례. 저는 다음 수업 준비를 해야 하니 먼저 갈게요."

미아는 스커트 자락을 살짝 들어 올려 인사한 다음 부리나케 정원을 뒤로했다.

교사 안에 들어가자 미아의 발걸음이 뜀박질이 되었다.

계단을 올라갈 때쯤엔 전속력 달리기가 되어있었다. 스커트 자락을 나부끼는 모습은 귀족 아가씨로서는 좀 경망스러운 달리기일지도 모르지만……, 그런 건 알 바 아닌 미아였다.

계단을 두 칸씩 성큼성큼 올라가 향한 곳은 교실이었다.

"클로에, 클로에!"

교실 안에 들어오자마자 주위에 시선을 굴렸다. 그러자 목적이었던 그 인물이 조금 놀란 얼굴로 미아를 보았다.

"어라? 미아 님? 무슨 일이세요?"

클로에는 아무래도 교실에서 다음 수업 준비를 하고 있었던 듯했다. 그 옆에는 클로에와 대화를 즐기고 있었던 건지 티오나의 모습도 있었다.

참고로 미아를 통해 아는 사이가 된 이 두 사람은 의외로 대화가 잘 맞는 듯했다.

본가를 돕기 위해 농사일도 하는 티오나에게 식물에도 조예가 깊은 클로에의 지식은 무척 유용했다나.

지금도 한창 그런 이야기를 하면서 화기애애한 시간을 보내고 있었으나…… 미아에겐 그런 분위기를 파악해줄 여유가 없었다.

미아는 입을 열자마자 물었다.

"클로에, 갑자기 엉뚱한 질문이겠지만…… 유령이 정말로 있나요?"

기본적으로 미아는 유령을 믿지 않는다.

그런 걸 믿는 건 무척 어린아이 같은 생각이라고 여긴다.

하지만…… 그래도 무서워하는 것이 소심하고 겁쟁이인 소녀, 미아이다.

그렇기에 누군가가 부정해주고 보증해주길 바랄 때가 있다.

하물며 얼마 전에 목격한 '그것'도 있다.

도서실에서 일어난 일은 미아 안에선 단순한 착각으로 처리되었으나, 그래도 현재 미아는 순진한 소녀 모드였다.

어떻게든 다른 사람에게 유령 같은 건 없다는 보장을 받고 있었다.

이 경우 아무나 괜찮은 건 아니다.

안느는 부정해서 안심하게 해줄 테지만, 그건 미아를 안심시키기 위해 하는 말일 가능성이 있다.

그렇다고 아벨이나 시온에게 물어볼 수도 없다. 아벨의 웃음기 어린 목소리로 '겁이 많구나'라는 위로를 들으며 실컷 응석 부린다는 선택지는 아주 잠깐 머리를 스쳐 지나가긴 했으나…….

──그, 그, 그런 **경망스러운** 짓은 할 수 없어요!

뭐 그렇게 이상한 자존심이 방해하고 말았다. 당연히 시온에게 어린아이 취급을 받으며 웃음을 사는 건 논외다.

또 라피나는 확실히 이쪽 계통의 전문가일지도 모르지만……, 그렇다 보니 무서웠다.

"어머? 몰랐어? 유령은 있답니다. 봐, 미아 님의 뒤에도……."

……같은 말을 들었다간 미아의 마음에 회복할 수 없는 상처가 남아버릴 위험이 있다.

그렇게 생각했을 때, 가장 부정해줄 것 같으면서도 그 말에 믿음이 가는 사람이 바로 클로에였다.

자신보다 훨씬 많은 책을 읽는 클로에라면 분명 냉정하게, 이지적으로 부정해줄 게 분명하다. ……그렇게 믿고서 물어본 미아였으나…….

클로에는…… 웃지 않았다.

살짝 고개를 숙이고 무언가 생각에 잠긴 듯한 모습. 안경에 빛이 반사되어 눈동자가 보이지 않게 되자……, 그 얼굴이 조금 으스스하게 느껴졌다.

"저기, 미아 님. 저는 유령에 대해서는 잘 모르겠지만……."

대신 티오나가 입을 열었다.

"그래도 부마자는 영지 내에서 종종 나오니까 알고 있습니다."

일반적으로 부마자란 도시보다 시골 농촌에 자주 출몰한다고 한다.

티오나가 사는 루돌폰 변경백작령은 제도에서 멀리 떨어진 지역이다. 당연히 그러한 것과 접할 기회가 많았던 건지도 모르지만…….

"부마자와 유령이 무슨 관계인 거죠?"

고개를 갸웃거리는 미아에게 티오나는 생각지도 못한 말을 했다.

"아뇨, 악마처럼 눈에 보이지 않는 괴물이 있으니까 유령이 있어도 이상하진 않을 거라고…… 생각해서……."

티오나의 말은 완전한 맹점을 찔렀다. 동시에 미아에게 공포를 주기에는 충분한 위력을 지녔다.

왜냐하면 미아 또한 알 수 없는 현상에 휘말린 경험이 있기 때문이다.

시간 역행 전생. 타임 리플레이. 그러한 기적을 일으킬 수 있는 건 오직 신밖에 없다고 순수하게 믿어왔다.

"저는 위대하신 신의 은총을 받은 특별한 존재인 거군요……."

……같은 식으로 다소 거만해지기도 했지만……, 그건 그렇다 치고.

신이 존재한다면 당연히 신성전에 적혀있는 다른 것들도 존재할 가능성이 크다. 즉, 신의 적인 사신……, 그리고 악마…….

무시무시한 괴물들이 존재해도 이상하지 않다.

그렇다면 유령이 있는 것도 이상하지 않다…….

미아식 삼단논법의 완성이다.

──어, 어, 어째서 무서워지는 말을 하는 거죠?! 역시 이 아이는 싫어요!

티오나를 노려보는 미아. 그런 미아에게 추가 공격을 가하듯 조용한 목소리가 들려왔다.

"미아 님, 실은 이런 책이 있는데요…….."

그 목소리에 돌아본 미아는 무심코 비명을 지를뻔했다.

클로에가…… 무언가 소름 끼치는 해골 그림이 그려진 책을 미아에게 내밀었기 때문이다.

"힉! 무, 무무, 무슨, 책이죠?"

"우후후, 이건 말이죠. 동쪽 섬나라에 전해 내려오는 요괴도감집이라고 해요. 그러니까, 무서운 괴물 그림을 모은 거죠."

클로에는 그렇게 설명하며 책을 펼쳤다.

그곳에 보이는 건 목이 유난히 긴 무언가, 눈이 세 개 달린 무언가, 인간을 통째로 삼키고 있는 무언가, 그 외에도…….

"끄, 끄응…….."

거기까지였다. 휘청……. 미아의 몸이 천천히 기울었다.

"꺄악! 미, 미아 님. 왜 그러세요?!"

티오나가 당황하며 미아를 부축했다. 미아는 새파랗게 질린 얼굴로 작게 고개를 저었다.

"괘, 괘, 괜찮, 아요. 조, 조금, 현기증이 나서……. 금방 좋아질, 테니까요."

"세상에. 지금 안느 씨를 불러올게요."

이렇게 완전히 컨디션이 무너진 미아는 그날 오후 수업을 쉬기로 하고 방에서 긴 낮잠을 자게 되었다.

회복한 것은 저녁 식사 시간.

티타임에 먹었어야 할 간식을 못 먹었다는 이유로 실컷 먹고 마음껏 마셨지만…….

그게 더 큰 비극을 낳게 된다는 것은 생각지도 못하는 미아였
다.

제7화 만용을 부려라!
제국의 긍지를 지키기 위해!

그날 밤이었다.

한밤중에 불현듯 눈을 뜬 미아는 자신의 몸을 엄습하는 위화감에 무심코 부르르 떨었다.

위화감. 그래, 그것은…….

──으, 으으……. 화, 화장실에 가고, 싶어요…….

낮에 먹은 샌드위치가 맵고 짭짤했기 때문에 저녁 식사 때는 물을 벌컥벌컥 마시고 말았다. 그게 미아의 발목을 잡았다.

이리저리 뒤척이면서 다시 잠들기 위해 눈을 질끈 감은 미아였으나…….

──이, 이대로 잤다간 다른 의미로 심각한 사태가 일어날 것 같은 예감이 들어요…….

참을 수 없어서 몸을 일으켰다.

미아는 어두운 방 안을 은은하게 비추는 달빛에 의지하며 안느의 침대로 걸어갔다.

화장실에 같이 가 달라고 하려고 했으나……, 새근새근 편안한 숨소리를 내며 잠든 안느를 보자 그건 포기했다.

──봄방학 동안 안느는 저 때문에 계속 잠이 부족했었죠…….

방학 동안 도서실에서 본 그림자를 무서워하는 미아가 잠들 때까지 계속 이야기를 들려주었던 안느. 평범한 자장가로는 좀처럼 잠이 오지 않는다는 이유로 꽤 늦은 시각까지 함께 해주었다.

그게 안느의 부담이 되었다고 생각하니 경솔하게 깨워도 괜찮은 것인지…….

미아는 무심코 주저했다.

──만약 안느가 앓아눕기라도 하면 큰일이에요.

신하에게 자상한, 성녀 같은 미아였다.

──이, 이 방에서 혼자 잘 수는 없다고요!

…………마이 퍼스트일 뿐이었다.

참고로 여담이긴 하지만, 세인트 노엘 학원의 소등시각은 오후 9시다.

하지만 건강우량아인 미아는 소등시각보다 1시간 일찍 침대에 눕는다. 그리고 '잠이 안 와요!' 하고 마음이 급해지기 시작하는 건 대체로 침대에 누운 지 1시간이 지난 뒤, 즉 소등시각과 비슷한 시각이다.

그 후 30분 정도 무서운 상상을 하며 괴로워한 뒤 가까스로 잠든다.

즉, 미아가 전혀 잠들지 못할 때는 소등시각보다 30분 늦게 잠들었다는 계산이 나온다. 충분히 자고 있다…….

게다가 안느가 자장가 대신 수업을 복습하는 이야기를 들려주게 된 뒤에는 침대에 들어가자마자 몇 초 만에 잠들게 되었다.

안느는 그 후에도 1시간 정도 계속 수업 내용을 읊다가 잠들고, 다음 날 아침 5시에 기상한다.

수면시간으로 치자면 대략 8시간은 자고 있다.

꼭 그렇다고는 할 수 없으나……. 아마 안느의 건강이 나빠진다고 해도 수면 부족이 아닌 다른 게 원인이 될 것이라 추측되지만……, 그런 건 눈곱만큼도 떠올리지 못하는 미아였다.

"으, 으으. 어쩔 수…… 없군요."

미아는 실내화를 신고 방 밖으로 나왔다.

기숙사 복도는 완전한 어둠에 잠겨있…… 지는 않았다.

벽에 장식해둔 반디 진달래가 은은한 빛을 뿌리고 있기 때문에 램프가 없어도 걸을 만했다.

평상시였다면 마치 꿈나라에 들어온 것 같은 환상적인 광경으로 보였을 테지만……, 지금의 미아에게는 그저 으스스하게 비쳤다.

복도에 남아있는 약간의 어둠 속에서 클로에가 보여준 책에 그려져 있던 무시무시한 무언가가 불쑥 고개를 내밀 것 같았기에…….

"여, 역시 참는 게 좋을까요……. 그래요, 아침까지는 어떻게든……."

발걸음을 돌리려던 미아의 등을 불현듯 불어온 바람이 어루만졌다.

이른 봄철의 바람이 차가워 미아는 몸을 부르르 떨었다. 동시에 깨닫고 말았다.

이미 자신이 진퇴양난 상태에 빠져버렸다는 것을…….

──아, 아아. 여기서 만용을 부려 화장실에 가지 않으면 저는…………, 완전히 다른 마음의 상처를 입게 될 거예요.

지도가 그려진 시트를 말리는 안느의 모습을 상상해보고⋯⋯ 미아는 파르르 떨었다.

──지, 지금이 바로 용기를 내야 하는 순간이에요, 미아 루나 티어문! 저는 제국의 황녀, 티어문을 대표하는 자. 저의 수치는 제국의 수치. 제국의 긍지가 짓밟히려는 순간에 싸우지 않고 언제 싸우라는 건가요!

전장에 나가는 고고한 기사처럼 비장한 각오를 품은 미아가 복도에 발을 내디뎠다.

운이 나쁘게도, 목적지인 화장실은 미아의 방과 꽤 떨어져 있었다.

대제국의 황녀인 미아의 방을 화장실 근처에 둘 수 없다는 배려심에 의한 배치였지만⋯⋯ 지금의 미아에게는 그저 민폐였다.

"으⋯⋯, 으으⋯⋯. 멀어요⋯⋯. 왜 이렇게 먼 거죠? 게다가 어둡⋯⋯ 히익!"

어둠을 두려워하고, 바람 소리에 두려워하고⋯⋯. 몇 주 치의 수명이 깎여나가는 기분을 느끼며 미아는 간신히 화장실에 도착했다.

잠시 시간이 지난 뒤⋯⋯.

"후우⋯⋯."

화장실에서 나온 미아는 개운한 얼굴로 한숨을 쉬었다.

"역시 용기를 내길 잘했군요. 이제 마음 편히 잘 수 있겠어요⋯⋯."

그렇게 중얼거리면서 시선을 앞으로 옮겼다가⋯⋯ 불현듯 공포가 되살아났다.

"……지금부터 돌아가야 하는 거죠. 하, 하지만 돌아가기만 하면 되니까, 빨리 가면 문제는 없을 거예요……."

미아는 자신을 격려하듯 그렇게 말한 뒤 걷기 시작했다.

제8화 미아의 이른 봄날 괴담의 밤

복도를 걷기 시작한 지 얼마 지나지 않아 미아는 갈증을 느꼈다.

"……방에 물병이 있을 텐데요……."

늘 자기 전에 안느가 마련해주던 게 있을 것이라고 생각하면서도, 한 번 잠들면 아침이 될 때까지 일어나지 않는 미아이다.

밤중에 눈을 뜨고 물을 마시는 경험은 한 번도 없었다. 따라서 책상 위에 놓여있는 물병 속의 액체가 밤에 준비해놓은 건지, 아니면 안느가 아침에 일어난 뒤에 떠온 것인지 영 자신감이 없었다.

실제로는 안느가 자기 전에 떠왔다가 아침에 일어나면 다시 떠놓는다. 충신이다.

그건 그렇고…….

"……아아, 방에 돌아갔는데 만약 물이 없다면 목이 말라서 잠이 오지 않을 것 같아요."

한 번 마음에 걸리기 시작하면 막을 수 없는 노파심 덩어리의 미아다. 물을 마셨다간 또 화장실에 가고 싶어질 것 같았지만, 지금은 어쨌거나 물을 마시고 싶었다.

──여기서 식당까지는 그리 멀리 떨어져 있지 않아요. 한 번 방에 돌아가는 것보다는…….

식당에는 언제든 마실 수 있도록 물을 끌어다 놓았다. 물이 풍부한 베이르가 공국답게 방마다 하나하나 연결해놓지는 않아도, 전체적으로 물 관련 설비는 잘 갖춰져 있었다.

화장실까지 아무 일도 없이 올 수 있었던 게 미아의 배짱을 키워준 걸까.

미아는 그대로 식당 쪽으로 발을 옮겼다.

…………마치 무언가에게 홀린 것처럼.

식당 입구까지 왔을 때였다.

"어머? 뭐죠……?"

미아의 귀가 포착한 소리. 그것은 '흑, 흑' 하고 코를 울리는 듯한…… 소리였다. 더 정확하게 말하자면, 여자아이가 울고 있는 듯한………….

그 순간 미아의 뇌리에 낮에 들었던 이야기가 되살아났다.

스스로 목숨을 끊은 여학생 유령의 이야기가……!

"서, 설마. 말도 안 돼요. 그런 일은, 절대로……."

발걸음을 돌려 도망쳤어야 했다.

하지만 미아는 무심코 보고 말았다.

소리가 들리는 쪽을…….

"힉!"

미아는 자신도 모르게 숨을 삼키고 굳어버렸다.

그곳에 있는 건 한 소녀였다. 나이는 아마 미아보다 조금 연하 정도.

부스스하게 기른 머리카락, 너덜너덜하게 닳아서 해진 옷과 꾀죄죄한 피부는 세인트 노엘 학생에겐 어울리지 않는, 빈민가의 주민 같았다.

하지만……, 그 이상으로 미아의 눈길을 끈 것. 그것은 소녀의 온몸을 물들이는 붉은색이었다.

식당을 비추는 불빛은 결코 강하지 않다. 그럼에도 그 붉은색은 미아의 망막에 달라붙었다.

머리부터 상반신에 걸쳐 뚝뚝 흐르는 붉은 액체……. 그것은, 마치……!

"히이이이익!"

미아는 절규할 생각이었다.

하지만 입에서 튀어나온 건 갈라진 듯, 가냘픈 비명뿐이었다.

──뭐, 뭐, 뭐죠?! 저건, 피, 피투성이의 여학생 유령?! 히이이익!

비틀비틀 식당에서 나온 미아는 자신의 방을 향해 달렸다.

실내화가 어딘가로 날아갔지만 그런 걸 주워 올 여유는 없었다.

맨발로 복도를 박차고 온 힘을 다해 달리려고 했다. ……하지만 마치 악몽 속 세계에 잡힌 것처럼 몸이 영 앞으로 나아가지 않았다.

게다가 착각이라고 치부하고 싶었지만…….

──히이이이익! 무무, 무언가가, 무언가가 쫓아오고 있어요!

가벼운 발소리가 미아의 뒤를 따라오고 있었다. 그 발걸음은 확실하게 미아보다 빨랐다.

미아는 점점 다가오는 발소리에 울상을 지으며 자신의 방으로 도망쳤다.

"안느! 안느!"

가냘픈 비명을 지르며 안느의 침대에 뛰어들었다. 하지만 어째서인지 침대에는 아무도 없었다.

"안느, 어, 어째서! 어째서 없는 거죠?"

그때 문득 미아의 뇌리에 불길한 상상이 스쳤다.

이 세계에 자신과 정체를 알 수 없는 무언가 말고는 사라진 것 같은…….

그런 이야기를 이전 시간축에서 들은 적이 있었던 것 같다.

그때도 괴담을 아주 좋아하는 돌라가 즐겁게 말해주었던 것 같은, 그런…….

──어어어, 어째서, 이럴 때 그런 무서운 이야기를 떠올린 거죠! 그런 일이 일어날 리 없잖아요! 분명, 그래요! 안느는 눈을 떴을 때 제가 안 보여서 걱정이 되어 찾으러 간 것뿐이에요. 다들 사라졌다니, 그런 무시무시한……. 앗.

그때 미아는 중대한 실수를 깨닫고 말았다.

──무, 문. 안 잠갔…… 히익!

철컥. 문이 열리는 소리.

미아는 급히 이불을 뒤집어쓰고 필사적으로 눈을 감았다.

──부부부, 분명, 안느예요. 안느가 돌아온 거예요. 틀림없이 그래요……! 그것 말고는 말도 안 되죠. 말도 안…… 히익!

꾸무적, 꾸무적……. 무언가가 침대 위로 올라왔다.

──이, 이상하네요. 안느라면 저에게 말을 걸 텐데!

미아는 쭈뼛거리면서 실눈을 떴다. 그러자 그곳에는……, 새빨간 무언가로 물든 소녀의 얼굴이 가까운 거리에서 이쪽을 들여다보고 있었다!

──히, 히이이이이익! 아…….

까무룩. 미아는 의식을 잃었다.

제9화 미아 황녀, 추리하다

흔들, 흔들…….

몸이 흔들리는 감각. 미아는 '으응……' 하고 신음하며 눈을 문질렀다.

──꿈? 왠지 무척 무서운 꿈을 꾼 것 같은 느낌이 드는데요…….

미아는 천천히 눈을 떴다. ……그러자 눈앞에는 자신을 들여다보는 소녀 유령의 얼굴이…….

"으, 응……."

다시 의식을 잃어버릴 뻔했다. 하지만──.

"저기, 자는 척하지 마세요."

──네? 지, 지금, 목소리가……?

조심스럽게 날아온 그 목소리에 미아는 간신히 의식의 끈을 붙잡았다.

그 후 조심조심 소녀를 관찰했다.

미아를 올려다보는 소녀. 표정이 희박한 그 얼굴에서 아주 조금, 당혹스러워하는 기색이 보였다.

──앗, 이 아이……. 유령이 아니네요.

미아는 알아차렸다. 유령은 당황하지 않는다고 미아의 상식이 알려주었다.

동시에 손을 뻗어 소녀의 머리카락을 만졌다. 그곳에 묻은 끈

적한 액체…….

——이 붉은 액체는…….

자세히 보자 피라기에는 너무 선명한 빨간색인 그 액체는…….

"아아, 그렇군요. 이건…… 화이트보드에 판서할 때 쓰는 수액이죠?"

그렇게 묻자 소녀는 작게 고개를 갸웃거렸다.

"아, 뭔지는 모르겠지만 용기를 엎어버렸거든요. 하지만 제대로 정리했으니까 걱정하지 마세요."

그러고는 성실하게 대답했다.

"그래요. 그런 거였군요……."

미아는 생각에 잠겼다.

——뭐, 물론 유령이 아니라 그냥 인간이라는 건 처음부터 알고 있었지만요……. 그럼요. 유령이 있을 리 없다는 건 당연히 알고 있었죠……. 으음? 그럼 이 아이는 대체 정체가 뭐죠?

외모는 제도의 신월지구에 있어도 이상하지 않은 모습이다. 며칠 동안 감지 못한 듯 엉망인 머리카락과 닳아 해져서 누더기 같은 원피스. 그 아래로 뻗은 바싹 마른 팔다리…….

『먹을 것이 없어 학원에 숨어들어 온 어린아이.』

얼핏 보면 그런 인상을 주는 소녀였지만…….

"그런데 대체 여기에는 뭘 하러 오신 거죠?"

"……이걸 떨어뜨리신 것 같아서 가져다드리러 왔습니다."

소녀가 그렇게 말하며 내민 것은 조금 전에 미아가 신고 있었던 실내화였다.

"어머나. 일부러 이걸 가져다주러 온 건가요?"

미아가 묻자 소녀는 작게 고개를 저었다.

"아뇨, 그것만이 아니에요. 부탁이 있어서 왔습니다."

——부탁……. 먹을 것이라도 나눠달라는 걸까요?

소녀는 그런 미아의 예상과는 전혀 다른 말을 했다.

"제*가 여기에 있다는 걸 아무에게도 말하지 말아 주세요. 부탁 드립니다."

소녀가 머리를 푹 숙였다.

——일인칭이……? 아하, 알았어요……?

미아는 그 말을 듣고 잠시 숙고한 뒤, 심술궂게 히죽 웃었다.

보아하니 소녀는 가난하기 그지없는 무고한 평민 같은 모습이다.

수업에 쓰는 화이트보드용 수액을 실수로 뒤집어썼다고 말하며 과도할 만큼 불쌍한 모습……. 하지만! 그건 다 위장이다!

미아는 알고 있다.

——가난한 일반 백성이 먹을 것을 찾아 들어올 수 있을 만큼 세인트 노엘의 경비는 허술하지 않아요.

섬에 들어오는 것만으로도 고생이다. 게다가 학원 자체는 성이라고 해도 과언이 아닐 정도의 경비 시스템을 자랑한다.

——그렇다면 이 아이는 엄중한 경비를 비집고 들어올 수 있는 자라는 뜻이 되죠.

심지어 미아는 깨달았다. 소녀는 남자가 쓰는 일인칭을 사용했다.

---

*남성형 1인칭을 사용한 상황. 한국과 다르게 일본은 남성과 여성이 사용하는 1인칭 명사가 다르다.

어딜 봐도 여자아이로 보이는데, 남자아이가 쓰는 일인칭을…….

──어쩌면 소년처럼 행동하려는 건지도……. 즉, 정체를 숨기고 싶은 거예요.

그런 짓을 해가면서까지 이 세인트 노엘에 숨어들어야만 하는 존재. 그리고 그것을 실현할 수 있는 존재는 하나밖에 떠오르는 게 없었다.

즉, 세계의 파멸을 꾀하는 비밀결사…….

──혼돈의 뱀! 그 정체, 이 미아가 정확히 간파했습니다!

미아의 추리가 빛났다!

……뭐, 굳이 말할 필요도 없을 테지만 망한 추리다…….

──흐흥. 바로 행동을 개시했군요! 라피나 님께 연행해 가겠어요.

미아는 의욕을 불태우며 소녀를 노려보았다.

──정체를 알았더니 무섭지 않아졌네요. 지금은 속아 넘어간 척하는 게 좋겠죠.

아무리 소녀라고 해도 이렇게 잠입할 정도이니 강할지도 모른다.

그렇다면 속은 척하면서 반대로 속이는 게 상책이다.

책사 미아의 뇌세포가 불을 뿜었다!

함정에 빠지지 않는다면 좋겠지만…….

"제 존재를 비밀로 해주셨다는 걸 들켰다간 큰일이 난다는 건 압니다. 하지만 부디 부탁드립니다. 아무에게도 말하지 말아 주세요. 제발."

"후후후, 네. 물론이죠."

미아는 자상한 미소를 지으며 말했다.

"당신의 존재를 비밀로 해드리겠어요."

"네······?"

그 대답에 소녀는 놀란 표정을 지었다.

"그보다 당신, 혹시 배가 고픈 건 아닌가요?"

미아는 책상 위에 놓여있는 작은 상자를 가져왔다.

상자 안에는 쿠키가 담겨있다.

미아의 방에는 여차할 때를 위한 비상식량(=간식)이 비축되어 있다. 적어도 사흘은 방에서 농성(=방콕)할 수 있도록 했다.

심지어 이 쿠키는 평범한 쿠키가 아니다.

미아가 안느에게 명령해서 이뤄진 조사의 결과, 저렴하게 입수할 수 있는 쿠키 중에서는 가장 맛이 좋다고 판단된 쿠키다.

——후후후. 배가 고플 때 이걸 먹으면 마음을 빼앗길 수밖에 없죠.

그렇게 내심 신나게 짱돌을 굴리고 있던 미아였으나······, 소녀는 작게 고개를 저었다.

"아뇨, 괜찮습니다. 배고프지 않습니다."

"네? 하지만······."

"정말이에요. 괜찮습니다."

그런 소녀의 말을 부정하듯 애절하게 꼬르륵 소리가 울렸다.

"············."

말없이 소녀 쪽을 바라보는 미아. 소녀는 표정 하나 바꾸지 않고, 오히려 가슴을 펴고 말했다.

"거짓말이 아닙니다. 정 그러시다면 제가 존경하는 할머니의 이름에 걸고 맹세합니다."

──어머나, 참으로 저렴하게 끌려 나오는 할머니로군요!

미아는 어이없어하면서도 쿠키를 꺼냈다.

"딱히 사양할 필요 없답니다. 보세요. 많이 있으니까……."

"하지만……, 먹을 것은 귀중하니까……."

소녀는 쿠키에 구멍이 뚫릴 기세로 응시하면서 말했다.

"……제가 있다는 걸 비밀로 해주시는 것만으로도 무척 폐를 끼치는 셈이고……."

그렇게 말하면서도 소녀의 시선은 쿠키에 못 박혀 있었다.

시험 삼아 미아는 손에 든 쿠키를 옆으로 스윽 움직여봤다.

그러자 그걸 쫓아가듯 소녀의 얼굴 방향이 바뀌었다.

"…………그런데다 머, 먹을 것을 받는 건……."

미아는 소녀를 향해 쿠키를 휙 던졌다.

소녀는 그걸 덥석 받아먹었다!

쿠키를 우물우물 씹어 먹은 그녀의 눈동자가 촉촉해졌다.

"마, 맛있어……."

그리고는 미아 쪽을 물끄러미 쳐다보았다.

"당신은 자애의 여신님이신 건가요?"

소녀가 코를 훌쩍이며 말했다.

──앗. 이 아이, 굉장히 쉽네요…….

미아는 확신했다. 그 후 접대용 미소를 지었다.

"많이 있으니까 사양할 필요 없답니다. 우선 지금은 이것밖에 없지만, 내일 아침이 되면 무언가 식사를 만들어달라고 하죠. 그리고……."

소녀의 몸을 훑어본 뒤 미아는 고개를 끄덕였다.

"목욕을 해야겠네요."

라피나에게 연행한다고 해도 이렇게 더러운 상태로는 데려갈 수 없다.

──저조차 연민을 느끼게 되는 모습이니까……. 라피나 님께서도 잘못된 판단을 내리실 가능성이 있어요.

그때였다. 방문이 열렸다.

"아아, 미아 님! 다행이다. 돌아오셨군요."

문을 열고 들어온 사람은 안느였다. 미아의 얼굴을 보고 작게 안도의 숨을 내쉬었다.

아무래도 미아가 걱정되어 찾으러 나갔던 모양이다.

"네, 화장실에 다녀왔습니다. 마침 좋은 타이밍에 돌아왔네요, 안느. 미안하지만 목욕 준비를 해주겠어요?"

"그건 상관없지만, 미아 님. 그분은……."

──으음, 뭐라고 대답해야 할까요…….

미아는 살짝 고민하면서 소녀 쪽을 보았다. 그러자.

"어……? 안느, 어머, 니……? 게다가 지금, 미아라고…… 어?"

소녀는 혼란스러운 듯 안느 쪽을 보았다가 미아를 바라보았다.

"으음……?"

한편 미아는 영문을 알 수 없어 고개를 갸웃거릴 뿐이었다.

제10화 할머니와 손녀의 감동적인 대면

"미아 님, 어떻게 하시겠습니까?"

"글쎄요⋯⋯. 일단은 공중목욕탕에 데려갈까요."

미아는 어안이 벙벙해진 소녀를 살피며 안느에게 지시를 내렸다.

여자 기숙사의 공중목욕탕은 기본적으로 목욕 시간이 정해져 있다. 하지만 그건 어디까지나 대외적인 규칙이다.

온천을 끌어오기 때문에 상시 뜨거운 물이 고여있다. 그리고 피치 못할 사정이 있을 때는 관리인에게 말해서 몰래 들어갈 수도 있다.

천장의 일부가 스테인드글라스로 되어있는 목욕탕에서 은은한 달빛을 받으며 목욕하면 대단히 운치 있는 시간을 보낼 수 있다.

물론 밤에는 잠자는 데 극상의 환희를 느끼는 미아에게는 거리가 먼 이야기이긴 하지만.

"우선 이 아이의 옷은 빨고⋯⋯. 갈아입을 옷은 제 옷에서 적당히 골라주세요."

"미아 님께선 어떻게 하시겠어요?"

"네? 저 말인가요?"

미아는 문득 자신의 몸을 내려다보았다.

어느새 미아는 땀투성이가 되어있었다. 조금 전 복도를 힘껏 달렸으니 당연했다.

──확실히, 이대로 자는 건 조금 찜찜할 것 같네요.

작게 고개를 끄덕인 미아는 침대에서 일어났다.

"그래요. 달밤의 목욕도 운치 있는 시간이죠."

미아는 소녀와 안느를 데리고 공중목욕탕에 왔다.

그러는 동안 소녀는 계속 침묵을 유지했다.

──왜 그러는 걸까요? 뭔가 꾸미고 있다거나……?

힐끔힐끔 곁눈질로 감시하는 미아. 하지만 소녀는 무언가를 꾸미는 것 같지 않았다. 오히려 살짝 묻어나오는 것은 당혹스러운 감정이었다.

탈의실에 도착하자 안느가 빠르게 소녀의 옷을 벗겼다.

소녀는 딱히 저항하는 기색도 없이 가만히 몸을 맡겼다.

미아는 은근슬쩍 그 광경을 바라보았으나…….

──흐음, 무기는 갖고 있지 않은 것 같고……. 무언가 무술을 하는 것처럼 보이지도 않네요.

자신과 별 차이가 없다…… 기보다는, 오히려 빈약하기까지 한 몸뚱이었다.

갈비뼈가 살짝 도드라져있어서 잘 먹지 못했다는 게 보였다. 피부도 거칠거칠했고, 뺨은 야위었으며 안색도 창백하다.

조금 전 만졌을 때도 느낀 거지만 머리카락도 상태가 나빴다.

빈민가의 주민으로 위장한 혼돈의 뱀의 관계자……. 그렇게 예상했던 미아였으나, 그 모습에는 자꾸만 동정하게 되었다.

──지하 감옥에서 보낸 생활이 떠오르는군요.

먹지 못한다는 건…… 참으로 괴롭다.

미아는 조금 전 소녀의 반응을 보고 쉬운 아이라고 생각한 걸 무심코 반성했다. 배가 고프면 미아도 먹을 것을 준 사람을 여신이라고 숭상하는 것쯤은…….

──아뇨, 아무리 그래도 그 정도는 아니에요! 역시 이 아이는 조금 단순한 아이라고 봐요.

"미아 님…….”

문득 고개를 들자 안느가 미아에게 진지한 시선을 보냈다.

"미아 님의 샴푸와 비누, 그리고 피부에 바르는 향유를 사용해도 괜찮으시겠어요?"

평소 미아의 온갖 몸단장을 도와주는 안느는 그 업무에 자부심을 지니고 있다. 그런 안느이기 때문에 소녀의 상황을 보고 피부 관리&모발 관리 전문가의 영혼에 불이 붙은 모양이었다.

"네, 괜찮아요. 저는 땀을 좀 씻어낼 뿐이니까요. 그 아이의 목욕을 도와주세요."

그 후 미아는 장난스러운 미소를 지었다.

"이번 기회에 무도회에 내놓아도 부끄럽지 않을 만큼 아름답게 만들어 보세요."

빠르게 땀을 씻어낸 미아는 욕조에 몸을 담그고 길게 숨을 내쉬었다.

──하아, 살 것 같아요…….

팔다리를 길게 뻗으며 피로가 쌓인 근육을 풀어주었다.

…………별다른 운동은 하지 않았으나, 태만하기 그지없던 몸에는 조금 전의 전력 질주가 상당한 부담이 된 모양이다.

──아차, 방심할 수는 없죠.

심기일전한 미아는 다시금 소녀 쪽을 보았다.

안느가 시키는 대로 가만히 따르는 소녀. 지금은 긴 머리카락에 거품을 듬뿍 내서 씻어내고 있다. 눈을 질끈 감고 얌전히 있는 그 모습은 마치 목욕 중인 고양이 같았다.

──저 아이는 대체 정체가 뭘까요……?

처음에는 혼돈의 뱀이 보낸 파괴공작원이 아닌지 의심하던 미아였으나, 소녀를 보고 있으면 왠지 의심하는 게 허탈해진다.

──게다가 아까 저 아이가 중얼거렸던 말은…….

"안느 어머니…… 라고 했었죠."

이윽고 때를 씻어낸 소녀가 욕조에 들어왔다.

"그럼 미아 님, 저는 갈아입을 옷과 향유를 준비하겠습니다."

"네, 잘 부탁해요."

허리를 숙여 인사한 뒤 발걸음을 돌리는 안느. 그 뒷모습을 소녀가 물끄러미 응시했다.

욕실 문이 닫혔을 때.

"……역시 안느 어머니야……."

작게 중얼거렸다.

"……하지만 이상해. 분명 안느 어머니인데 아주 젊어……."

중얼중얼. 당황스러운 듯 중얼거리던 소녀가 별안간 얼굴을 들더니 손뼉을 쳤다.

"아! 그렇구나. 이건 꿈인 거군요."

영문을 알 수 없는 상황을 '꿈'으로 치부해버리는 사고회로에 미아는 묘한 친근감을 느꼈다.

──왜, 왠지 이 아이…… 도저히 남 같지 않네요.

그런 생각을 하며 다시금 소녀를 쳐다보자 그 얼굴은 어쩐지 미아와 비슷했다.

깔끔하게 감은 머리카락은 미아와 같은 백금색. 그 사랑스러운 눈동자도 미아와 같은 파란색이며, 모양도 비슷했다.

그 눈동자가 미아 쪽을 보고는 놀라서 눈을 부릅떴다.

"아, 죄송합니다. 으음, 늦어졌지만 인사를. 처음 뵙겠습니다. 저는 벨. 미아벨 루나 티어문. 미아 할머니의 손녀예요."

"네…………?"

미아의 입이 떡 벌어졌다.

제11화 제국의 예지의 허상

"저, 저의 손녀라고요……? 손녀라면, 제 아이의, 딸이라는 거 잖아요?"

미아는 지극히 초보적인 단어의 의미를 확인하며 얼떨떨하게 소녀를 쳐다보았다. 확실히 듣고 보니까 소녀의 얼굴은 왠지 자신을 닮은 것처럼 보이기도 하지만…….

일반적으로는 의심할 일이다. 하지만 미아는 말도 안 된다고 할 수 없었다.

왜냐하면 만약 벨이 혼돈의 뱀의 관계자이고, 미아를 속이려는 것이라면 그런 황당무계한 거짓말을 할 필요가 없기 때문이다.

애초에 시간을 넘어 과거에 왔다니, 동화책에서도 본 적이 없는 이야기다. 미아가 유일하게 짐작 가는 것은 바로…… 자신의 경험이었다.

상상 밖의 사태. 소설보다도 기이한 현실…….

따라서 미아는 벨의 말을 믿을 수 있었다.

"그렇다면……, 혹시 미아벨, 당신은……."

"아! 벨이라고 불러주세요. 할머니."

벨은 희미하게 수줍은 미소를 지으며 말했다.

"알겠습니다. 그럼 저도 이름으로."

"네, 알겠습니다. 미아 할머니."

끄윽. 미아의 목에서 이상한 소리가 나왔다.

미아는 이전 시간축에서 20년이라는 인생을 살았다. 그리고 지금 시간축으로 역행한 뒤에는 3년 가까운 시간이 흘렀다.

정신연령은 제쳐놓고, 실질적으로 22, 23살의 여성이라 할 수 있으리라.

……하지만 아무리 그래도 할머니라고 불리는 건 거부감을 느꼈다.

어머니였다면 갈등과 함께 받아들일 수 있었을지도 모르지만……. 할머니라고 불리는 건, 뭐라고 해야 할까……. 그, 가슴을 쑤셔놓았다.

퐁당. 미아는 물에 파문을 일으키며 벨을 향해 다가갔다. 그 후 말없이 벨의 가냘픈 어깨를 꽉 붙잡은 뒤 웃었다.

"언. 니. 그렇게 불러주세요."

"네? 하지만 할……."

벨에게 얼굴을 바싹 들이대고 생글생글 웃었다.

"언니. 아시겠어요? 언니."

"네? 네? 하지만, 악, 아야! 아파요. 어깨에 손가락이, 파고들……."

"연습해보도록 하죠. 저를 따라서 말해보세요, 벨. 자아, 미. 아. 언. 니."

"미아…… 언…… 니……?"

무서워서 그런지 바들바들 떨기 시작한 벨을 본 미아는 드디어 손을 놓았다.

"아무튼, 사소한 일은 넘기기로 하죠. 벨, 혹시 당신…… 단두대에서 목이 날아갔나요?"

"……네?"

미아의 갑작스러운 질문에 벨은 눈을 깜빡거렸다.

"후후후, 재미있는 말씀을 하시네요. 미아 언니."

그러고는 키득키득 웃었다.

"그럼 언니는 단두대에 올라간 적이 있으신가요?"

네, 있고말고요! ……라는 말은 차마 할 수 없는 미아였다.

──그렇군요, 즉 시간을 거슬러 과거로 오는 조건은 단두대가 아니라는 거예요……. 하지만 잘 생각해보면 애초에 시간을 역행한 것도 저와는 다르네요. 어쩌면 이건 완전히 다른 경우일지도……?

그 순간 미아의 뇌리에 떠오르는 기억이 있었다.

──그러고 보면, 그때 확실히 저는…… 이정표가 나타나길 바랐죠…….

피투성이의 일기장 같은, 행동의 지침이 되어줄 법한 것을…….

──그렇다면 이 아이가 바로?

미아는 벨을 보았다. 그러자 벨은 쓸쓸한 미소를 지었다.

"하지만 미아 언니의 말씀이 맞을지도 몰라요."

"네? 무슨 이야기죠?"

"사실 저는 추적자들에게 잡히기 직전이었거든요. 그러니 분명 그때 의식을 잃어버린 거겠죠. 이 꿈에서 깨면 언니의 말씀대로 단두대에 올라가게 될지도 모릅니다."

그 후 벨은 미아를 똑바로 바라보았다.

"하지만 마지막으로 꾼 꿈이 이런 즐거운 꿈이라서 다행이에요. 저는 계속 할머니…… 아니, 언니를 만나 뵙고 싶었답니다."

그러고는 작게 미소 지었다. 그건 잘 웃지 않는 아이가 억지로 웃는 것처럼 어색한 미소였다.

자신도 모르는 사이에…… 미아는 벨의 손을 잡고 있었다.

"괜찮아요, 벨."

벨의 눈동자를 직시했다.

"괜찮아요. 당신의 꿈은 저 미아 루나 티어문이……, 아니."

미아는 살며시 고개를 저은 뒤 부드럽게 웃었다.

"당신이 존경하는 할머니가 절대로 끝나지 않게 하겠어요."

그러면서 가슴을 폈다.

"그러니 말하세요. 대체 무슨 일이 있었던 거죠? 왜 황실의 일원인 당신이 쫓기는 몸이 된 건가요?"

"그건…….."

"그건?"

미아는 침을 꼴깍 삼키고 이어질 말을 기다렸다. 하지만…… 그 대답이 돌아오기 전에…….

"앗……, 눈이…….."

별안간 벨의 몸이 기울어졌다. 그대로 뜨거운 물 속으로 풍덩 쓰러졌다.

"잠깐, 벨……! 아, 너무 오래 목욕한 거군요?"

미아는 당황하며 벨의 몸을 끌어안아 부축했다.

"정말이지, 어쩔 수 없네요…….."

그대로 벨을 데리고 욕조에서 나오려다가…….

"앗, 어머?"

그 직후, 눈이 핑그르르 돌았다.

잘 생각해 보면 미아가 벨보다 훨씬 오래 욕조에 들어가 있었으니…….

"누, 눈앞이 빙글빙글……."

휘청휘청 흔들리던 미아의 몸이 목욕탕 바닥으로 풀썩 쓰러졌다.

"아아……, 바닥이 기분 좋네요……."

몇 분 뒤, 목욕탕에 돌아온 안느는 얼굴이 새빨개진 미아와 벨이 바닥에 쓰러져 있는 걸 보고 크게 당황했다고 한다.

하지만 운이 좋게도 먼저 기절해버린 벨은 존경하는 미아의 추태를 보지 않았기에, 제국의 예지의 허상은 무사히 지켜지게 되었다.

해피엔딩!

제12화 할머니와 손녀의 파자마 토크 (심각함)

──신기한 꿈…….

뜨거운 물에 몸을 담그고 눈앞의 소녀와 대화하면서 벨은 생각했다.

추적자에게 잡히기 직전 빛에 삼켜졌고, 정신을 차리자 이상한 건물 안에 있었다.

크기도 크고 아주 호화로운 실내 장식으로 꾸며진, 마치 성 같은 건물.

갑작스러운 변화에 놀란 벨은 경계하며 바로 몸을 숨겼다.

──조금 아까워…….

처음부터 꿈이라는 걸 알았다면 더 여기저기 돌아다녔을지도 모른다. 먹을 것이 없어서 배를 부여잡지 않았을지도 모르고, 게다가…….

──어쩌면 안느 어머니와도 더 일찍 만날 수 있었을지도 몰라. 게다가…….

눈앞에 있는, 벨의 할머니라고 하는 소녀. 미아 루나 티어문.

벨의 주위에 있던 사람들이 다들 좋아하고, 그 죽음을 아쉬워한 사람…….

그 모습은 벨을 조금 닮았다. 하지만…….

"당신이 존경하는 할머니가 절대로 끝나지 않게 하겠어요."

강인한 선언과 함께 벨을 안심하게 해주듯 웃었다. 그 든든한 미소에 벨은 넋을 놓았고, 동경했다.

　——아아, 이것이…… 이것이 제국의 예지…….

　벨의 모습을 보고는 바로 과자를 아낌없이 나눠주었다.

　사양하는 벨에게 억지로 먹이고, 그 후엔 돌봐주듯이 목욕탕에
데려가 주었다.

　——무척 따뜻하고, 의지할 수 있는 사람……. 존경하는 할머
니……. 더 일찍 만나 뵙고 싶었어. 그랬다면 더 많은 이야기를
할 수 있었을 텐데…….

　처음에는 조금 무서운 꿈이라고 생각했다. 하지만 지금은 무척
즐거워서, 벨은 오랜만에 웃었다. 그건 정말로, 정말로 오랜만이
었다.

　안느와 에리스가 죽어버린 뒤로 즐거움을 느끼는 일이 없어졌
기 때문이다.

　——어쩌면…… 내가 마지막까지 긍지를 잃지 않았으니까, 그
포상으로서 이런 멋진 꿈을 꾸게 된 걸까…….

　마지막……. 그렇다. 벨은 자신의 명운이 이미 다했다는 걸 알
고 있었다.

　추적자의 손아귀에 들어간다면 황실의 피를 이어받은 자신은
확실하게 처형당한다.

　단두대에서 목이 날아가거나, 아니면 또 다른, 무시무시한 방
법으로 죽을지는 모르지만…….

　그걸 생각하자 공포심에 몸이 떨렸다.

　——가능하다면 조금만 더 이 세계에 있고 싶어…….

따뜻하고 다정한 세계.

소중한 사람들이 아직 살아있고…… 자신을 껴안아 주는 행복한 세계.

계속 여기에 있고 싶다고, 진심으로 그렇게 생각했다.

하지만 그런 벨의 마음과는 달리 눈앞의 풍경이 흐려지기 시작했다.

꿈의 끝…….

아무리 즐거워도 꿈은 끝난다. 계속 꾸고 싶다고 생각해도, 사람은 꿈속에서 살 수 없게 되어있다.

──할머니……. 만나 뵈어서 기뻤습니다.

그렇게 벨의 의식은 하얀 수증기 속으로 녹아들어 갔다…….

"앗……."

눈을 뜨자 벨은 자신이 울고 있다는 걸 깨달았다.

급히 눈을 비볐다.

꿈은 끝났다.

앞으로 찾아오는 건 괴롭고 고통스러운 현실이다.

자신은 추적자에게 잡혀서 현재 절망적인 상황. 발버둥 쳐봤자 헛수고일지도 모르지만, 그래도……. 그렇게 대비하려던 벨은…… 퍼뜩 알아차렸다.

자신이 푹신푹신하고 안락한 침대에 누워있다는 사실을.

몸을 내려다보자 어느새 옷도 갈아 입혀져 있었다. 지금 입은 옷은 묘하게 보들보들하고 촉감도 근사한 고급품이었다. 게다가 그윽하게 퍼지는 꽃향기가 참으로 향기로웠다.

　——나…… 대체 어떻게 된 거지?

"어머, 눈을 떴군요."

그 침대에 앉아 벨의 얼굴을 들여다보는 한 명의 소녀가 있었다. 아직 새벽이 밝기 전, 희미한 달빛을 받은 그 아름다운 머리카락이 은은한 백금빛으로 빛났다.

"음? 왜 그러시죠? 그렇게 울다니……. 벨은 눈물이 많군요."

벨의 눈꼬리에 맺힌 눈물을 손끝으로 닦아주는 그녀는 바로…….

"미아, 할머니……?"

"언니라고 했죠!!"

미아는 조금 언짢아하는 목소리로 지적했다.

　——드디어 깨어났다 했더니, 무례하잖아요!

미아는 흥흥 화를 내면서 벨의 옆에 누웠다.

"저기, 안느 어머니는……?"

"곧 식당이 요리 준비를 시작할 시간이니 당신이 먹을 것도 만들어 달라고 부탁하러 갔답니다. 일어나기엔 아직 이른 시간이니 저희는 조금 더 여기서 쉬도록 해요."

"네? 할……, 언니의 옆에서, 요……?"

벨은 당황하면서 몸을 작게 웅크렸다.

"그런 황송한……."

"당신이 쓸 침대를 당장 준비할 수는 없잖아요? 안느의 침대를 쓸 수도 있겠지만…….”

미아의 시선을 따라간 벨은 깜짝 놀라 고개를 갸웃거렸다.

“어라? 하지만 미아 언니, 아까는 저쪽 침대에 누워계시지 않으셨어요?”

“……착각이에요.”

미아는 은근슬쩍 시선을 피했다.

“아무튼, 당신에게 묻고 싶은 게 있답니다.”

그렇게 말한 미아는 이불을 머리 위까지 끌어 올렸다.

아담한 두 소녀의 몸이 이불 속으로 쏙 들어갔다.

대화 내용이 밖으로 새어 나가는 걸 차단한 미아는 다시금 벨에게 물었다.

“벨, 대체 당신에게 무슨 일이 일어난 건지 들려주지 않겠어요? 이런 말을 하는 건 조금 그렇지만, 당신은 도저히 황실의 일원으로 보이지 않는 모습이었는걸요.”

닳아서 해진 조잡한 옷, 아무렇게나 길러서 손질도 하지 않은 머리카락, 바싹 야윈 몸뚱이…….

황실의 일원은커녕, 귀족 영애로도 보이지 않는 비참한 몰골이었다.

“티어문 제국은, 황실은……, 제 아이들은 어떻게 된 거죠?”

미아의 질문에 벨은 잠깐 침묵했다가, 이윽고 작게 입을 열었다.

“티어문 제국은…… 이젠 없습니다.”

제13화 미아 황녀, 저지르다……

벨의 말에 미아는 충격을 받았다.

그녀의 모습을 보고 어느 정도는 예상했었다 한들, 충격은 쉽게 사라지지 않았다.

"세상에, 대체 어째서죠? 역시 기근을 극복하지 못한 건가요?"

"기근이요……? 아마도 그건 괜찮았을 거예요. 제가 태어나기 훨씬 전이라고 해야 하나, 제 어머니도 태어나기 전의 일이라서 잘 모르지만……. 미아 언니의 공적을 칭송하는 책에 적혀있었습니다. 비축해둔 식량으로 충분히 극복했고, 반대로 곤경에 처한 주변국에도 구원의 손길을 내밀었다고 적혀 있었으니까요."

"그렇, 겠죠. 듣고 보니 확실히, 그 기근이 일어나는 건 지금으로부터 몇 년 뒤의 일이니 벨과는 관련이 없겠군요……."

미아가 안도의 숨을 내쉬며 가슴을 쓸어내린 것도 잠시…….

"아! 그리고 그때 미아 언니의 영예를 칭송하기 위해 금으로 동상을 세웠어요."

"네……? 그, 금동상…… 이라고요?"

"네. 하늘을 찌를 듯이 높고 큰 동상이었다고 에리스 어머니도 말씀하셨어요."

"하, 하늘을 찌를 듯이……."

미아는 거대한 자신의 동상이 세워진 모습을 상상했다.

팔짱을 끼고 의기양양한 미소를 지은 자신의 모습. 그런 금덩

어리가 제도의 광장에 우뚝 서 있는 모습을 떠올리고……, 겸사 겸사 그게 혁명군의 손에 의해 무너지는 장면까지 생생히 상상하고 말았다.

　──심지어 금으로 된 동상이라니, 무너뜨린 뒤에는 조각조각 분해해서 팔아치울 게 뻔해요. 딱히 제가 당하는 것도 아닌데 그건 꽤 충격이란 말이죠…….

　이전 시간축에서 자신의 초상화가 어떤 식으로 다뤄졌는지 잊지 않은 미아였다. 루드비히와 함께 가난한 백성들을 방문했다가 돌아오는 길, 광장에서 초상화를 산더미처럼 쌓아놓고 불태우는 걸 보고는 몹시 서글퍼했었다.

　"그건 반드시 그만두게 해야겠군요……. 루드비히에게 단단히 일러둬야겠어요……."

　"네? 어째서죠? 무척 근사한 동상이었다고 들었는데요……."

　"기억해두세요. 벨. 황실은 절대 세금을 자신의 돈이라고 생각하면 안 됩니다."

　미아는 날카로운 표정으로 말했다.

　"세금을 자신의…… 피라고 생각하세요!"

　"피…… 말인가요?"

　"그래요! 그것이야말로 살아남기 위한 요령입니다!"

　단두대의 첫 번째 피해자인 미아의 말에 벨은 오묘한 얼굴로 고개를 끄덕였다.

　"이야기를 되돌려서, 결국 제국에 무슨 일이 있었던 거죠?"

　"저도 직접 겪은 건 아닙니다. 전부 루드비히 선생님에게 들은 일이지만요……."

그렇게 서두를 늘어놓은 뒤 벨은 설명하기 시작했다.

"제 증조부, 즉 미아 언니의 아버지께서 돌아가신 뒤에 미아 언니는 황위를 이어받지 않았습니다. 따라서 사대공작가 중 하나가 황위를 이어받게 되었는데요……."

일단은 미아의 친구인 에메랄다 에트와 그린문의 가문인 그린문가와 막대한 자산을 보유한 블루문가, 군부에 강한 인맥이 있는 레드문가에 옐로문가를 더한 티어문 제국의 사대공작가는 현 황제의 혈족이다. 즉 정당한 황위 계승권을 지니고 있다.

각 가문의 권세에는 약간 차이가 있으나, 어느 가문이든 황제 다음가는 대귀족으로 유명하다. 당연하게도 각 가문이 귀족 사회에 파벌을 이루고 있으며, 권력투쟁을 반복해오고 있다.

"혹시나 해서 하는 말인데, 계승권을 둘러싸고 경쟁하다 악화되어 내전…… 이라고 하진 않겠죠?"

"역시 미아 언니세요. 잘 알고 계시는군요. 두 가문씩 손을 잡고 대립했습니다. 제국 내의 각 귀족은 극히 일부만 제외하고는 어느 쪽의 진영에 들어갔기에 제국이 두 갈래로 나뉘고 말았죠."

벨은 작게 한숨을 쉬었다.

"루드비히 선생님께서 한탄하셨어요. 만약 미아 님께서 여제가 되셨다면 이렇게까지 엉망이 되진 않았을 거라며……."

그 후 당황한 듯 덧붙였다.

"아! 물론 분명 무언가 생각이 있으셨던 거라고 말씀하셨지만요……."

그 말을 들은 미아의 등을 타고 식은땀이 줄줄 흘렀다.

──아, 아아. 저, 저질러버렸어요. 이건 분명 그거예요. 아마 저는, 아무런 생각도 없었던 거예요…….

미아에겐 미래의 자신이 어떤 생각을 했을지 훤히 보였다. 자기 자신이기 때문이다.

──그, 그 역사서를 읽었기 때문이에요. 거기에 8명의 아이를 낳고 나라가 안녕해졌다고 적혀있었으니까…….

미아는 확신했다. 분명 미래의 자신은 귀찮아서 여제가 되지 않은 거다. 적극적으로 거부한 건지, 아니면 소극적으로 '여제가 될 노력'을 하지 않았던 건지는 모른다.

어쨌거나 딱히 이유도 없고, 깊은 생각도 없이 그 자리를 다른 사람에게 양보해버린 게 분명하다.

"그래도 내전이 일어나서 제국이 두 갈래로 분열되려 할 때, 루드비히 선생님을 비롯한 다른 분들은 미아 언니를 여제에 옹립하려고 하셨다고 해요. 하지만……."

"하지만……?"

"그러려던 차에 언니가 독살당하셨어요."

"도……, 독살?!"

그 말을 듣고 미아는 퍼뜩 생각했다.

──으, 으음. 그래도 단두대보다는 나은가요……?

미아의 뇌리에 어떤 동화가 스쳤다.

서로를 사랑하는 영애와 기사가 이뤄지지 않는 사랑 끝에 함께 독을 마시고 숨을 거두는 이야기.

——목이 날아가는 것보다는 훨씬 낫······.

"의연한 최후였다고 합니다. 미아 언니는 30일이나 되는 시간 동안 맹독과 고고히 싸운 끝에······."

미아의 머릿속에선 30일 동안 독 때문에 괴로워했다고 번역되었다.

"전신이 심홍빛 선혈로 잠기면서도 나의 인생에는 한 점의 좌절도 없었다고 당당히 선언하셨노라고."

미아의 머릿속에선 온몸에서 피를 흘리며 고통스러워하다 죽었다고 번역되었다.

"미아 황녀전에 적혀있었어요."

——히이이익! 전혀 나은 최후가 아니잖아요! 에리스의 각색이 잔뜩 들어갔지만, 이건 실제로는 어마어마하게 비참한 죽음이에요!

생생하게 상상해버린 미아의 몸이 파르르 떨렸다.

——심지어 그 이야기는 어쩐지 무척 부풀려진 기분이 들어요.

독에 당해 쇠약해진 몸으로 당당하게 멋있는 말을 외치는 자신의 모습을 전혀 상상할 수 없는 미아였다.

반짝반짝 빛나는 눈으로 바라보는 벨을 본 미아는 뒤늦게 불안해졌다.

——이 아이는 저에 대해 어떤 식으로 배운 거죠······?

물어보고 싶지만 무서워서 묻지 않고 제쳐놓기로 한 미아였다.

"그래서 미아 언니의 자식, 즉 저에게는 3촌에 해당하는 친척 어르신들이 신변의 위험을 느끼고 뿔뿔이 흩어져야 했습니다. 저희는 처음엔 루돌폰 변경백작의 저택에 의탁하게 되었지만, 어머니가 돌아가시기 직전에 안느 어머니에게 맡겨졌죠."

벨은 한 번 말을 끊은 뒤, 조금 갈라진 목소리로 이어나갔다.

"하지만 안느 어머니는 저를 감싸다가……. 그리고 그 후에 키워주신 에리스 어머니도……."

──아아…… 안느……, 그리고 에리스. 당신들은 제가 죽은 뒤에도 충성을 다해주었군요……. 하지만 에리스, 아무리 그래도 각색이 너무 심해요…….

미아는 작게 한숨을 쉬며 다시금 의문을 입에 담았다.

"하지만 설령 제가 죽었다고 해도 제국이 그리 쉽게 무너지진 않을 텐데요? 그래요, 시온. 그 참견쟁이는 어떻게 되었죠? 그가 타국의 일이라고는 해도 귀족의 어리석은 행위로 백성이 괴로워하는 걸 간과할 리 없습니다. 게다가 라피나 님……, 그분께서 그런 제국의 상태를 내버려 두신 건가요?"

"라피나 님, 이라면 성황제 라피나 오르카 베이르가를 말씀하시는 건가요?"

"네, 그렇, 죠……? 응? 성황제?"

낯선 단어에 미아는 고개를 갸웃거렸다.

제14화 성황제 라피나

그렇게 대화하는 사이에 아침이 밝았다.

완전히 잠이 부족한 미아는 하품을 짓씹으며 식당에 가 아침을 먹었다.

방에 두고 온 벨에게는 안느가 식사를 가져다주기로 했다.

같은 식탁에 앉은 추종자들의 대화도 듣는 둥 마는 둥, 미아는 갓 짜낸 달콤한 우유를 마시면서 멍하니 벨에게 들은 이야기를 반추했다.

——성황제 라피나 님……. 바로 믿기는 어려운 이야기였죠.

베이르가 공국은 군사력이 없는 소국이다.

그리고 대륙에 널리 보급된 중앙정교회의 총본산이자, 종교적 권위에 힘입은 나라이다.

베이르가에는 나라를 통솔하는 왕이 없다. 유일신을 왕으로 숭상하고, 그 왕에게 임명받은 최고위 성직자인 공작이 나라를 다스리는 왕과 종교적 지도자인 사제의 역할을 담당하고 있다.

따라서 군대가 없고, 왕이라고 칭하지도 않는다.

그건 절대적인 권력을 지닌 자신을 제어하기 위한 겸허이자, 배려였을 텐데…….

——그런데도 라피나 님께선 황제로 칭제하고, 손수 검을 뽑으셨어.

침대에 누워있을 때 벨이 말했다.

"성황제 라피나는 사교결사 '혼돈의 뱀'과 싸울 것을 호소하며 이웃 국가에서 의용병을 모집했습니다. 그렇게 모여든 병사를 베이르가의 군대, 아쿠에리안 포스로 조직했죠."

"어머나, 라피나 님께서 그러셨다고요?"

확실히 그녀는 혼돈의 뱀과 싸우겠다고 선언하고 미아에게도 협력을 요청했다.

하지만 직접 군대를 보유하고 그들을 이끌어 싸움에 참여할 줄은 상상하지 못했다.

"그것만이 아니에요. 베이르가 공국을 신성 베이르가 제국으로 이행하고, 주변국에 복종을 요구했습니다."

"그, 그건 침략이 아닌가요? 대체 왜 그런 일을?"

"철저한 관리체제에 의한 파괴 활동 저지. 성황제의 수족이 되어 움직이는 아쿠에리안 포스를 이끌어 숨어있는 사교도의 소멸(掃滅)을 꾀한 거지. ……라고 루드비히 선생님께서 말씀하셨어요."

벨의 애매한 루드비히 성대모사에 미아는 쓴웃음을 지었다.

"……그나저나 사교도 소멸이라니……, 참 뒤숭숭하군요. 티어문은 혼란스러운 상태였으니 그렇다 치고, 선크랜드 왕국의 시온은 가만히 있었나요?"

"안타깝게도 선크랜드도 내란 상태였습니다. 성황제에 복종할 것을 주장하는 귀족파와 그 방식에 반대하는 천칭왕 시온의 파벌로 갈라져서……."

선정을 베풀었던 시온조차 나라가 분열되었다. 그 정도로 '성녀'의 말은 무겁다.

"티어문에도 그 흐름이 왔습니다. 사대공작가 중 두 곳은 성황제 편에 붙었고, 다른 둘은 천칭왕 편에 붙었죠. 그리고 천칭왕 쪽에 붙은 가문들이 졌습니다. 그 결과 제국은 아쿠에리안 포스의 관리하에 놓이게 되었죠."

"이야기를 들어보면 라피나 님께서 모든 문제의 발단이 된 것처럼 들리는군요."

미아는 영락없이 혼돈의 뱀이 모든 원흉이라고 생각했다. 하지만……

──이건 모순이에요. 라피나 님께선 혼돈의 뱀을 배제하기 위해 관리체제를 강화했죠. 그 탓에 반대로 세상이 나쁜 방향으로 흘러갔어요. 이래서는 라피나 님이 원흉이 되어버리잖아요.

애초에 미아에겐 라피나가 그런 짓을 할 것처럼 보이지도 않았다.

"대체 라피나 님께선 왜 그런 일을?"

"그건…………."

"그건?"

"…………죄송합니다. 잘 모르겠어요. 루드비히 선생님께 뭐라 들었던 것 같긴 하지만. 그때 졸고 있었거든요."

──세상에, 그 루드비히의 이야기 중에 졸다니. 대단한 배짱이군요. 집요한 비아냥이 날아왔을 텐데.

순수하게 감탄해버린 미아였으나……

"에헤헤, 루드비히 선생님께선 무척 자상하게 가르쳐주셨지만, 그래서 더 졸리더라고요……."

벨의 말을 듣고 경악했다.

"자, 자자, 자상하다고요? 그 루드비히가요?"

목소리가 떨렸다.

"네. 무척 친절히 대해주셨습니다. 제가 자버린 게 잘못인데 자신의 가르침이 나빴다고 사과해주시기도 하고, 자지 않고 끝까지 들은 것뿐인데 열심히 했다면서 머리를 쓰다듬어주시기도 했죠. 제가 정말 좋아하는 선생님이에요."

──잠깐, 무슨! 루드비히, 어, 어째서죠?! 왜 이렇게 대우가 다른가요! 차, 차별이에요! 저는 무척이나 부당한 대우를 받았어요!

애초에 미아가 꾸벅꾸벅 졸다가 혼난 건 16, 17살 때였고 벨은 10살 전후일 때였으니 그 시점에서 커다란 차이가 발생하지만, 당연히 그런 건 고려하지 않는 미아였다.

그렇게 밤이 깊어갔다.

──결국 그 후에도 유익한 이야기는 듣지 못했어요. 뭐, 나중에 생각나는 것도 있을 테니까요. 그보다 라피나 님 문제가 마음에 걸리네요.

그렇게 아침 식사를 마친 미아는 마침 식당에서 나가려고 하던 라피나의 모습을 발견했다.

"라피나 님, 좋은 아침입니다."

"어머나, 미아 님. 좋은 아침. 무슨 일이죠? 어쩐지 졸려 보이네."

부드러운 미소를 머금고 있는 라피나에게 미아는 애매모호한 웃음을 돌려주었다.

"네, 조금 잠이 부족해서요. 그보다 긴히 드릴 말씀이 있는데 나중에 찾아가도 괜찮을까요?"

"어머나, 절묘한 우연이네. 나도 미아 님에게 할 말이 있었는데. 마침 잘 됐어."

생글생글 웃는 라피나를 본 미아는 어리둥절하게 고개를 갸웃거렸다.

제15화 라피나의 권유

하루 수업을 마친 미아는 바로 라피나의 방을 찾아갔다.

베이르가 공국 최고 권력자의 딸인 라피나이지만, 평소 생활하는 건 다른 학생들과 마찬가지로 여자 기숙사다.

거리만 보면 본가에서 통학해도 문제없으나, 각국의 차세대를 짊어진 자들과 교류하는 걸 중시하여 기숙사에서 생활하고 있다고 했다.

"그럼 들어가죠."

미아는 자신의 뒤에 서 있는 소녀에게 말을 걸었다.

소녀……, 미아의 손녀인 벨은 긴장해서 딱딱해진 얼굴로 미아를 바라보았다.

"저기, 할……, 언니……. 정말 괜찮은 거예요?"

"글쎄요. 당신이 저를 깜빡 할머니라고 부르지 않는다면 괜찮지 않을까요?"

"으윽. 언니, 너무 심술궂으세요……."

미아는 뺨을 통통하게 부풀리는 벨의 어깨를 밀며 문을 노크했다.

"실례합니다, 라피나 님."

"아, 들어오세요. 미아 님. 어머? 그 아이는……?"

웃는 얼굴로 미아를 맞아준 라피나는 벨을 보고 작게 고개를 기우뚱했다.

"실은 다름 아닌 이 아이의 이야기를 하기 위해 찾아온 거랍니다. 동석을 허가해주실 수 있을까요?"

"그래, 그건 상관없는데……."

라피나는 미약하게 난처한 표정을 지으면서 말했다.

"큰일이네. 찻잔과 과자를 미아 님 몫밖에 준비하지 않았거든."

"세상에! 그건 큰 문제잖아요!"

미아는 반쯤 진심으로 걱정했다.

방에 들어가 의자에 앉은 뒤 잠시 기다리자 벨이 먹을 홍차와 과자가 나왔다.

라피나는 자신 앞에 놓인 찻잔을 들어 올려 그 향을 즐기듯 깊이 호흡한 다음 미아에게 시선을 주었다.

"그럼, 무슨 이야기를 하려고 온 거야?"

"네……, 그게."

미아는 노골적으로 머뭇거리는 모습을 보인 뒤 홍차를 한 모금 마셨다. 입 안에 달콤한 꽃향기가 퍼졌다.

마음을 차분하게 다스리는——것처럼 보이게 연출한 다음 한숨을 내쉬었다.

"사실 이 아이는 저의, 그…… 동생이랍니다."

미리 준비해둔 이야기를 입에 올렸다.

자못 말하기 껄끄러운 이야기를 하는 것처럼……, 너무 깊이 파고들지 말라고 은연중에 주장하는 것처럼.

"뭐? 하지만 티어문 제국의 황녀는 분명……."

고개를 갸웃거리는 라피나에게 의미심장하게 고개를 끄덕인 미아가 대답했다.

"네. 저밖에 없다는 것으로 되어 있습니다. 공식적으로는요……."

공식이고 비공식이고, 실제로 황제의 자식은 미아 한 명뿐이지만…….

——죄송합니다, 아바마마. 조금만 오명을 뒤집어써 주세요.

그 후 다시금 어필! 라피나가 깊게 파고들면 거짓말이라는 게 들통난다. 따라서 말하기 곤란한 일이니 살며시 넘겨달라고 온 힘을 다해 어필했다.

그런 미아의 눈짓에 라피나는 모든 것을 알아차린 듯했다.

"뭐, 나라를 다스리는 자로서는 당연한 일이지. 후계자가 미아 님 한 명뿐이면 무슨 일이 있을 때 큰일일 테니……."

그 후 라피나는 벨에게 시선을 주었다.

"그렇구나. 확실히 잘 보니 미아 님을 닮았어. 그래서 미아 님의 동생, 으음……."

"아, 인사가 늦어졌습니다. 미아벨 루나 티어문입니다. 잘 부탁드립니다, 라피나 성황…… 아야!"

옆자리에서 벨의 발을 짓밟은 미아는 '오호호' 하고 웃었다.

"그래서 라피나 님께 부탁이 있습니다. 이 아이를 이 학원에 다니게 해주실 수 있을까요?"

미아는 조금 긴장하면서 말했다.

세인트 노엘 학원에 다니는 것. 그것은 일종의 특권이다.

티어문 제국 안에도 돈과 지위가 있지만, 입학이 허락되지 않은 자들이 수없이 많다. 반대로 티오나 같은 시골 귀족이나 일반 백성이라 해도 라피나의 심사를 통과하면 다닐 수 있다.

어지간한 일은 떼를 써서 이뤄지게 만드는 미아지만 이번만큼은 권력에 의지할 수 없었다.

"동생을 이 학원에……."

라피나는 순간 벨에게 시선을 주었다가 다시 되돌렸다.

"친구의 부탁을 매정하게 뿌리칠 수 없는 노릇이지."

"감사합니다, 라피나 님."

안도하면서 고개를 숙이는 미아에게 라피나는 즐겁다는 듯 미소를 지었다.

"후후, 그나저나 미아 님. 오늘은 유난히 연기가 어색하네."

"……네?"

"딱히 나는 미아 님이 하고 싶지 않은 말까지 물어볼 생각은 없어. 솔직하게 그렇게 말해주면 되는데. 동생이 어지간히 소중한가 봐. 그래서 그렇게 필사적인 거겠지."

그러면서 라피나는 벨에게 시선을 돌렸다.

"앞으로 잘 부탁해, 미아벨 님."

"앗, 그, 벨이라고 불러주세요. 라피나 님."

아무래도 벨도 긴장이 많이 풀린 모양이었다.

그런 두 사람의 대화를 곁눈질하며 미아는 눈앞의 과자에 손을 뻗었다.

이제 자신의 일은 끝났다고 생각한 그녀였으나…….

"그런데 미아 님, 나도 긴히 상담하고 싶은 일이 있거든. 괜찮을까?"

라피나의 목소리에 얼굴을 들었다.

"어머나, 라피나 님께서 제게 상담이라니……, 대체 무슨 일이죠……? 혹시 그?"

이 타이밍에 나올 법한 상담은 혼돈의 뱀 말고는 떠오르는 게 없었으나, 라피나가 입에 담은 것은 뜻밖의 이야기였다.

"아니, 그게 아니야. 사실은 곧 학생회 선거가 있는데……."

한번 말을 끊은 뒤, 라피나는 미아의 눈을 바라보았다.

"그래서 괜찮다면, 미아 님도 학생회에 들어와 줬으면 좋겠어요."

제16화 분기점

"어머나, 제가 학생회에?"

미아는 무심코 놀라서 탄성을 질렀다.

세인트 노엘 학원 학생회—— 그것은 단순한 학생들의 자치조직이 아니다.

왜냐하면 이 학원에 다니는 자들은 엄선된 존재이니까.

차세대 권력자들이 모인 이 학원에서 학생회에 들어간다는 건 대단히 명예로운 일이자, 그 이상으로 실질적인 발언력을 획득하는 셈이다.

이전 시간축의 미아도 당연히 이 학생회의 임원을 노렸다.

하지만 회장은 투표로 정해져도 그 외 다른 구성원, 즉 부회장 두 명과 회장 보좌, 서기 두 명과 회계는 학생회장이 선택한 사람이 담당하게 되어있다.

라피나에게 몹시 미운털이 박혀 있었던, 아니, 애초에 존재 인식조차 이뤄지지 않았던 미아는 당연하게도 임원에 뽑히지 못했다. 선택지에 들어가지도 않았다.

그렇다고 라피나를 밀어내고 학생회장이 되겠다는 거창한 야심은 상상도 하지 못했다.

결국 미아는 라피나에게 표를 넣고, 자신을 영입해주지 않을까 하는 기대를 품으면서 이 선거 시기를 보냈다.

물론, 단 한 번도 미아에게 제안이 오는 일은 없었지만…….

그런 미아였기에 이 권유가 솔직히 기뻤……냐고 한다면, 사실은 그렇지 않았다. 솔직히 굳이 따지자면 귀찮다는 생각을 했다.

그렇다. 미아는 그 무렵의 미아와는 다르다.

최상의 권위를 명예로 여기고 순진무구하게 기뻐하는 풋풋한 소녀가 아니다.

20살을 넘기고 이런저런 일을 알고 있는 성인 여자다.

미아는 안다. 권위와 명예에는 반드시 강한 책임이 따라온다는 것을.

만약 라피나에게 추천을 받아놓고 농땡이를 피우거나 적당히 게으름을 부리려고 하면 어떻게 될까? 당연히 라피나의 분노를 사게 될 것이다.

그렇지 않아도 혼돈의 뱀이며 벨 문제로 이래저래 머리를 써야만 하는 상황이다.

그런 귀찮은 역직을 받아들이는 건 사양하고 싶었다.

어떻게든 온건하게 거절할 수 없을지 머리를 쥐어짜던 미아는 일단 무난한 변명을 써 봤다.

"하지만 라피나 님, 저는 티어문의 황녀인걸요?"

세인트 노엘 학원 학생회에는 불문율이 존재한다.

그건 티어문과 선크랜드 및 그 진영에 속한 나라의 귀족을 역직에 앉히지 않는다는 것.

과거에 학생회가 지닌 강력한 권한을 손에 넣고자 수많은 뒷공작이 벌어졌다. 대국을 중심으로 치열하면서도 지극히 무익한 파벌공작이 이뤄지자, 이윽고 학원 생활에도 지장을 주게 되었다.

그런 과거를 반성하기 위해 학생회에는 두 대국과 그 입김이 닿은 자들을 불러들여서는 안 된다는 규칙이 생겨났다.

라피나의 권유는 그 규칙을 깨는 것에 해당한다. 하지만…….

"어머나, 딱히 명문화된 규칙은 아닌걸. 게다가 학원에 다니는 학생 전원에게 열려있는 학생회가 이상적이지 않아? 미아 님이라면 함께 이상을 추구할 수 있다고 생각했는데……."

라피나는 맑은 눈동자로 미아를 바라보았다.

"당신은 가문이나 핏줄에 현혹되지 않고 사람을 볼 수 있는 사람이잖아요?"

그 말에 미아의 뇌리에 몇 가지 기억이 되살아났다.

──그러고 보면 제가 안느와 클로에, 그리고 티오나 양과 친하게 지내는 걸 보고 왠지 기뻐하는 것 같았죠. 라피나 님…….
으으, 신뢰가 부담스러워요.

그때였다.

"학생회…………?"

작은 중얼거림이 귀에 들어왔다. 그 목소리는 아주 약하고, 희미하게 떨리고 있었다.

목소리가 들린 쪽으로 시선을 옮기자 케이크를 먹으려고 손을 뻗던 벨이 창백해진 얼굴로 라피나 쪽을 바라보고 있었다.

──대체 무슨 일이죠? 벨……, 이 이야기에 뭔가 문제라도……?

그 순간, 미아는 별안간 떠올렸다.

……벨이 누구였는지.

그녀는 미아의 손녀다. 하지만 그 전에 그녀는……, 그녀는.

──이정표. 벨은 저의 행동 지침.

미아의 소원에 응해 나타난 존재. 설령 그것이 미아의 착각이라고 해도, 미래를 아는 벨의 얼굴이 파리하게 질렸다는 건 범상치 않은 반응이다.

──이건 신중하게 고려할 필요가 있겠어요…….

찌르르. 무언가 위험한 징조를 감지한 미아의 소심한 심장이 두근거렸다.

──아무래도 여기서 잘못 대답하면 큰일이 벌어질 것 같은, 그런 느낌이 들어요.

직감이 말해주는 대로 미아는 입을 열었다.

"무척……, 그래요. 무척 영광입니다. 하지만 제가 그런 중책을 짊어질 수 있을지 조금 걱정이네요. 생각할 시간을 주시겠어요?"

미아의 대답을 들은 라피나는 미소 지었다.

"물론이야. 대답을 재촉하는 건 아니니까."

라피나는 홍차에 입을 대며 시원스러운 미소를 머금었다.

"그나저나 권력과 명예에 달려들지 않다니, 역시 미아 님."

"천만에요. 라피나 님께 폐를 끼치면 안 되니까요."

미아 또한 찻잔을 들어 올렸다.

지금까지 눈치채지 못했지만, 그녀의 목은 바싹 말라붙어 있었다.

제17화 베갯잇을 눈물로 적시는 밤

한동안 벨은 미아, 안느와 같은 방을 쓰기로 했다.

침대를 추가하니 조금 비좁은 감이 있지만, 억지를 부려놓고 그 이상은 요구할 수 없었다.

게다가 미아도 벨에게 이야기를 듣기 위해서는 같은 방을 쓰는 게 더 유리했다.

"그래서 어떻게 된 일이죠? 벨."

라피나의 방에 있을 때부터 상태가 이상했던 벨에게 말을 걸었다.

침대에 나란히 앉은 두 사람. 고개를 숙이고 창백해진 벨을 미아가 자상하게 지켜보았다.

그 눈빛에는 손녀를 지켜보는 할머니의 온기가 있었다. 미아에게 할머니의 마음이 싹튼 순간이었다.

그런 미아를 보고 벨은 쭈뼛쭈뼛 입을 열었다.

"생각났어요……, 언니."

"무엇을요?"

"루드비히 선생님께서 말씀하셨어요. 애초에 세상이 혼란 속으로 걸어가기 시작한 분수령이 이 학생회 선거였다고. 만약 미아 언니가 이 선거에 나갔다면 달랐을 거라며 무척 아쉽다는 듯 말씀하셨죠."

그 말을 듣고 미아는 피로 섞인 한숨을 쉬었다.

──아아, 잘 모르겠지만 역시 저는 게으름을 피울 수 없는 몸인가 봐요. 정말이지, 어쩔 수 없군요…….

체념에 몸을 맡기고 있던 순간에는 그나마 행복했다.

……미아는 오해하고 말았다.

벨의 말이 지닌 의미, 그 진정한 두려움을 깨닫지 못했다.

그렇기에 미아는 침착한 태도로 고개를 끄덕였다.

"알겠습니다. 사실 학생회 이야기는 거절하고 싶었지만, 그 루드비히가 말했다면 어쩔 수 없죠. 라피나 님의 권유를 정식으로 받아들……, 응? 왜 그러죠?"

미아는 깨달았다. 벨이 작게 고개를 젓고 있다는 것을.

"그게 아니에요, 미아 언니."

"무슨 말이죠?"

"루드비히 선생님께서 말씀하신 건……. 미아 언니가 선거에 나가 라피나 성황제에게 이겼다면 그 후의 역사가 달라졌을 것이라는 뜻이었어요."

"…………네?"

미아는 어리둥절해져서 고개를 갸우뚱했다.

"무, 무슨 말이죠? 벨, 하지만 아까…… 응?"

냉정해진 미아는 조금 전 벨이 한 말을 반추했다. 그 결과…….

──화, 확실히 말했네요. 벨. 제가 선거에 나갔다면……, 이라고 했어요! 하, 하지만 그건…….

그 말의 지닌 의미를 다시금 확인한 미아는 부르르 떨었다.

왜냐하면 그것은 배반 행위이기 때문이다.

누구를? 물론, 흉악한 성녀 라피나 오르카 베이르가를!

이전 시간축에서 조금도 상대해주지 않았던 트라우마가 미아의 가슴에 되살아났다.

'크으윽' 하고 신음하며 가슴을 부여잡은 미아는 그 직후 벨을 향해 웃었다.

"오, 오호호, 정말이지. 무슨 말을 하나 했더니. 벨, 그게 무엇을 의미하는지 알고 있나요?"

그런 미아에게 벨이 돌려준 대답은 지극히 비정했다.

벨은 의아한 얼굴로 말했다.

"저는 잘 모릅니다. 하지만 루드비히 선생님께서 그렇게 말씀하셨어요."

그게 벨의 말이었다면 미아는 부정할 수 있었다. 하지만 루드비히가 그렇게 말했다고 하니, 미아도 재고해볼 수밖에 없었다.

"아, 하, 하지만. 그, 그래요! 좋았다고 하지 않았나요? 그렇다면 잘못 들었을 가능성도……."

"그런 걸까요?"

"분명 그럴 거예요."

"알겠습니다. 존경하는 미아 언니가 그렇게 말씀하시니 분명 제 오해였던 거예요."

"아이참, 벨은 덜렁대는 구석이 있군요. 오호호호."

그렇게 둘이서 웃음을 주고받고…….

──아니, 벨을 설득해봤자 아무것도 해결되지 않았잖아요!

내심 절규하는 미아였다.

게다가 벨의 반응을 본 미아는 알아채고 말았다.

벨의 말은 아마도 사실. 결코 착각이 아니라는 것을.

그렇다면 루드비히는 정말로 그렇게 말했다는 뜻이고……. 미아가 학생회 선거에 나가 라피나에게 이겼다면 운명이 좋은 방향으로 흘러갔으리라 예상했다는 뜻이다.

──하, 하지만 그 망할 안경 루드비히의 예상이 틀릴 가능성도 없는 건 아니에요. 그래요. 분명 노망이 난 루드비히가 틀린 거라고요.

자신을 달래기 위해 크게 심호흡을 하고…….

불현듯…… 미아의 눈동자에서 눈물이 주르륵 흘러내려 뺨을 타고 떨어졌다.

──아, 아아, 정말, 정말 그른 거군요. 저는 포기하고 사지로 나서야만 하는 거군요.

미아의 직감이 이해하고 말았다. 루드비히가 틀릴 리 없다고.

그 루드비히가 그렇게 말했다면, 미아가 학생회 선거에서 이기지 못할시 분명 여러모로 큰 사건이 일어난다는 것을.

앞길도 지옥, 돌아가는 길에도 지옥이라는 구렁텅이에 들어가 버린 걸 이해한 미아는 자신의 덧없는 인생을 슬퍼하며…… 무심결에 눈물을 흘리고 만 것이다.

──아아, 저는 죽을 거예요. 이건 도저히 살아날 길이 없어요……. 으으, 으으으.

비척비척 침대에 올라간 미아는 눈물로 촉촉해진 눈을 베개에 파묻고…… 그대로 잠들어버렸다.

참고로 갑자기 눈물을 흘린 미아를 본 벨은 성대히 당황했으나…….

──아아, 루드비히 선생님이 날 돌봐주셨다는 말을 듣고 그 충성심에 감동하신 거구나. 분명 루드비히 선생님의 최후를 떠올리며 우신 거야…….

그렇게 홀로 수긍했다.

──할머니는 신하의 마음을 무겁게 받아들이고 그 사실에 감동하실 수 있는 분. 섬세하고, 무척 다정한 분이신 거야!

뭐 그런…… 혼자서 신나게 착각하고 미아를 존경하는 마음이 한층 두터워졌다.

이렇게 미아의 앞날에는 이정표의 소녀가 굵직하게 제시해준 길이 나타나고 말았으나…….

그럼에도 입후보 신청서를 제출한 것은 그로부터 8일이 지난 뒤였다.

미아는 8일 동안 질척거리면서 무의미한 저항을 계속했다.

그 신청서가 수리된 날, 세인트 노엘 학원에 격진이 퍼져나갔다.

제18화 미아…… 거시기를 밟다

8일 동안 미아는 온 힘을 다해 발버둥 쳤다.

벨에게 이야기를 들은 다음 날, 미아는 몸이 좋지 않다면서 수업을 쉬었다.

그날은 종일 절망의 눈물에 잠겨있었다. 첫째 날.

다음 날, 걱정되어 병문안하러 온 아벨과 시온, 그 외 같은 반 학생들이 미아가 듣기 좋은 말을 잔뜩 해준 덕분에 조금 기운이 났다. 둘째 날.

"포기하는 건 아직 이르죠. 루드비히가 했던 말을 냉정하게 분석할 필요가 있어요!"

그렇게 심기일전하고 다시금 자신이 살아날 길을 모색하기 시작했다. 셋째 날.

그다음 날, 달콤한 것을 먹고 싶어졌기 때문에 식당에 갈 수 있도록 수업에도 복귀. 오랜만에 공부하느라 열이 났다. 넷째 날.

이렇게 반이 지나갔다.

그다음 날, 즉 무의미하게 날려버린 다섯째 날 밤, 만년 동면 상태였던 미아의 회색 뇌세포가 마침내 한 가지 추리를 이끌어냈다. 즉!

──학생회 선거에서 제가 라피나 님을 이기면 그 후의 역사가 바뀐다는 건, 요컨대 라피나 님께서 학생회장이 되지 않으면 되는 거잖아요! 그러니 꼭 제가 입후보할 필요는 없는 거죠. 라피나

님 말고 다른 유력한 후보만 찾아낼 수 있다면!

마치 안개가 걷힌 듯 눈앞에 나타난 길. 미아는 용감하게 그 길에 발을 들여놓았다.

그렇게 여섯째 날.

미아는 움직였다. 자신이 위기에서 벗어나기 위해서라면 노력을 아끼지 않는 미아다.

그녀가 입후보자로서 떠올린 사람은 시온 왕자였다.

인기와 인망이 지극히 뛰어난 시온 왕자라면 라피나와 경쟁할 수 있지 않을까? 그 생각은 미아치고는 이성적인 판단이었다.

며칠에 걸쳐 준비운동을 마친 미아의 뇌세포는 충분히 달아올랐다!

그렇게 방과 후, 미아는 바로 시온의 반에 갔다.

콧노래를 흥얼거리며, 흡족한 얼굴로.

──흐흐흥, 제가 라피나 님의 원망을 받는 걸 피하는 것만이 아니라 시온에게 귀찮은 일을 떠넘길 수 있다니. 저도 참 근사한 아이디어를 떠올렸단 말이죠!

참고로 세인트 노엘 학원은 학년마다 두 개의 반으로 구성되어 있다. 시온과 아벨은 미아와는 다른 반 소속이고, 티오나와 클로에는 같은 반이다.

──기왕이면 아벨과 같은 반이었다면 좋았을 텐데요. 시온 녀석은 뭐, 아무래도 상관없지만……. 자기만 혼자 남으면 아무리 그 녀석이라고 해도 외로워할지도 모르니까요!

살짝 츤데레를 발휘하는 미아였다.

"잠시 괜찮을까요?"

교실에 들어가 문 근처에서 이야기꽃을 피우는 여학생 집단에 말을 걸었다.

"네, 앗! 미아 황녀 전하?"

갑작스러운 거물의 등장에 펄쩍 뛰어오르는 여학생들. 미아는 그런 학생들에게 대외적인 미소를 지었다.

"안녕하세요. 지금 교실에 시온은 계신가요?"

"네? 아, 네. 시온 전하께선 검술을 단련하러 가셨습니다."

"어머나, 성실하셔라. 그렇다면 연무장인가요?"

"글쎄요. 아, 그런데 아벨 전하께서도 같이 가셨어요."

살짝 당황한 듯 옆에 있던 여학생이 아벨의 정보도 추가했다. 몰래, 작은 목소리로.

"어머, 아벨도 같이? 그렇다는 건…… 어쩌면, 그 장소에 계실 수도 있으려나……."

미아의 말을 들은 여학생들은 다들 깜짝 놀란 표정을 지었다.

"음? 무슨 일이죠?"

"앗, 아뇨. 아무것도 아닙니다."

"그래요……? 뭐, 알겠습니다. 고마워요, 도움이 되었네요."

스커트를 살짝 들어 올려 인사한 미아는 교실을 뒤로했다.

미아가 떠난 뒤, 여학생들은 서로 얼굴을 마주 보았다.

"지금 그거…… 들었어?"

"들었지, 물론! 미아 황녀 전하께서 시온 전하를 시온이라고 부르셨어!"

"혹시 미아 황녀 전하와 시온 전하는……."

"뭐어? 하지만 검술대회에선 아벨 전하를 응원하셨잖아? 게다가 아벨 전하도 아벨이라고 부르셨고."

"어느 쪽이 '진짜'인 걸까?"

꺅꺅 비명을 지르는 교실에서 일약 소문의 중심인물이 되어버린 미아였다.

그런 사태가 벌어진 줄은 조금도 모르는 미아는 연무장에 찾아가 예상했던 대로 그곳에 없다는 걸 확인한 다음 이번에는 마구간으로 갔다.

어쩌면 말을 탄 상태로 검을 쓰는 훈련을 하고 있을지도 모른다고 생각했으나…….

"역시 없네요."

"오, 누군가 했더니 티어문의 아가씨잖아?"

그때 별안간 미아에게 누군가가 말을 걸었다.

시선을 굴린 미아는 그 끝에서 체구가 큰 선배의 모습을 발견했다.

말 전용 브러시를 한 손에 들고 미아를 내려다보는 그 사람은…….

"어머나, 마롱 선배. 안녕하세요. 오랜만입니다."

"그래, 오랜만이야, 아가씨. 방학 동안 승마 연습은 많이 했어?"

그렇게 말한 승마부 부장, 린 마롱은 호쾌하게 웃었다.

"네, 물론이죠. 이제 마롱 선배보다 더 잘 타게 되지 않았을까요?"

뻔뻔한 얼굴로 대답하는 미아에게 마롱은 다시 웃음을 터트렸다.

"하하하, 제법인데. 좋아, 그럼 다음에 대결해볼까?"

"네, 잘 부탁드려요. 지지 않을 겁니다."

미아는 의기양양하게 웃은 뒤 작게 고개를 갸웃거렸다.

"그런데 마롱 선배, 시온과 아벨이 이곳에 오지 않았나요?"

"아니, 못 봤어. 나는 수업이 끝난 뒤에 계속 말들을 돌보고 있었는데……."

"그렇다면 역시 그곳인가?"

미아는 고개를 끄덕였다.

"감사합니다, 마롱 선배. 저는 이만 가보도록 하죠."

"그래. 아, 맞다. 아가씨, 발밑을 조심하도록 해. 아까 이 근방에서 이 녀석이……."

"네……?"

발걸음을 옮긴 미아의 발밑에서 불현듯 불길한 소리가 났다.

조금 축축한 듯한, 물 같기도 한, 참으로 그, 뭐냐, 불쾌한 소리가…….

──지, 지금 이건…… 설마?

미아는 정말로, 진심으로 내키지 않았으나, 그래도 쭈뼛쭈뼛 발을 향해 시선을 내리고는…….

"아, 아아……."

슬픔에 젖은 신음을 흘렸다.

──으, 으으, 제 신발이……. 으으.

미아는 궁전 속 깊은 곳에서 철저한 보호를 받으며 자란 고귀한 황녀가 아니다.

이전 시간축에서는 불결한 지하 감옥에서 생활한다는 지옥을 맛보기도 했고, 빈민가에 발을 들여놓는 것에도 딱히 거부감이 없다.

그러니 거시기를 밟았다고 해도 크게 난동을 부리거나 하진 않았다.

딱히 다친 것도 아니고, 신발이 망가진 것도 아니다. 그렇게 신경 쓸 필요는 없다.

다만…… 그렇다고 해서 충격을 안 받았냐면, 그렇지도 않았다. 적어도 기분은 급하강했다.

미아는 고개를 숙이고 터덜터덜 학원 뒤쪽에 있는 좁은 길로 향했다.

마치 숲속에 난 짐승들의 길 같은 통로 끝에는 예전에 아벨이 검술 훈련을 했던 모래사장이 있다.

이윽고 길 끝에서 시야가 환하게 트였다.

"아아, 여전히 아름다운 곳이에요."

귀에 들리는 미약한 물결 소리. 다가왔다 멀어지는 물결에 희고 아름다운 모래알이 조금씩 모습을 바꾸었다. 봄날의 부드러운 햇살을 받아 모래알 하나하나가 반짝반짝 찬연하게 빛나는 것처럼 보였다.

눈이 부실 정도로 아름다운 모래사장. 그곳에 검을 거머쥔 두 왕자가 마주 보고 있는 게 보였다.

"역시 여기였군요……."

작게 중얼거린 미아는 뺨을 볼록하게 부풀렸다.

──그나저나 아벨도 의외로 소녀의 마음을 모른다니까요. 이 장소는 두 사람만의 비밀로 하고 싶었는데.

그대로 모래사장에 내려서려던 미아는 발을 멈췄다.

자신의 신발을 물끄러미 쳐다본 뒤, 희고 아름다운 모래밭을 바라보았다.

하얀 모래사장에 갈색 발자국이 생기는 광경을 상상하고는…….

"그건…… 좀 싫네요."

조심조심 신발을 벗었다.

"뭐, 모래사장이니까 이상하진 않겠죠."

맨발이 된 미아는 총총총 뛰어서 왕자들이 있는 곳으로 향하려 했다.

"어라? 미아 황녀 전하."

그런 미아를 알아보고 키스우드가 말을 걸었다.

모래사장에 솟은 거대한 바위에 기대듯 서서 두 왕자를 지켜보던 그는 미아를 보고 눈이 휘둥그레졌다.

"어머나, 안녕하세요. 키스우드 씨. 잘 지내셨나요?"

미아는 스커트 자락을 살짝 들어 올려 키스우드에게 인사했다.

제19화 백사장에 나타난 무자각 불여우! 미아 황녀!!

아벨이 모래 먼지를 흩날리며 땅을 박찼다.

"하압!"

날카로운 기합을 담은 일격을 시온이 정면에서 받아냈다.

주위에 울려 퍼지는 쇳소리를 들으며 키스우드는 한숨을 쉬었다.

──아벨 왕자는 또 실력이 올라갔군…….

예전에는 시온의 실력이 압도적으로 위였으나, 지금은 아벨의 실력도 꽤 많이 따라왔다. 머리 위에서 내리긋는 필살의 일격을 손에 넣자 그 외의 검술도 전체적으로 수준이 향상되었다는 인상이다. 하지만…….

"뭐, 그 정도로 만족하진 않겠지. 둘 다."

렘노 왕국에서 일어난 사건. 그때 봤던 제국 최강의 검사, 디온 알라이아.

강철창 베르나르도의 창을 천연덕스러운 얼굴로 베어버리고는 미소 한 번 짓지 않았던 그 남자.

그 어마어마한 검술을 본 뒤로 시온은 한층 검술 연마에 힘을 쏟게 되었다.

아무래도 그건 아벨도 마찬가지였던 건지, 요즘 두 사람은 함께 열심히 수련하고 있다.

서로 높은 경지에 다다르기 위해.

"뭐, 그건 좋은 일이지. 하지만 굳이 이렇게 더운 날에 더운 장소에서 할 필요는……, 응?"

그때 키스우드의 눈이 한 소녀의 모습을 포착했다.

사부작사부작, 작은 맨발로 모래사장을 밟으며 다가오는 소녀.

──이거 참, 여전히 아름다운데.

키스우드는 순간 넋을 잃으면서도 가까스로 정신을 차리고 미아에게 말을 걸었다.

"어라? 미아 황녀 전하."

"어머나, 안녕하세요. 키스우드 씨. 잘 지내셨나요?"

그렇게 말한 미아가 스커트 자락을 살짝 들어 올렸다.

찬란한 미소를 짓는 미아를 보고 키스우드는 무심코 생각에 잠겼다.

──미아 황녀 전하……. 이건 고의인가?

그 정도로 지금의 미아는 무척 귀여웠다.

그 이유는 이 모래사장이라는 장소에 너무나도 잘 어울리는 복장 때문이었다.

희고 아름다운 모래사장에 딱 맞는 맨발.

그대로 물결이 밀려드는 곳까지 달려가 천진난만하게 물놀이를 할 것처럼 어딘가 무방비하고, 그렇기에 보호 본능을 자극하는 듯한 매력을 미아에게 더해주고 있었다.

──보통 고귀한 신분의 아가씨는 피부 노출을 싫어하는 법이지. 지난번 무도회 때는 효과적인 연출이었지만 신발을 벗고 맨발

로 밖을 돌아다니다니, 자칫 **경망스럽다**는 평을 받을 수도 있어.

하지만 이 백사장이라는 장소가 그런 미아를 지극히 매력적으로 보여주었다.

"음? 왜 그러시죠?"

고개를 갸우뚱 기울이며 자신을 올려다보는 미아를 본 키스우드는 쓴웃음을 지었다.

──내가 연하에게 관심이 없으니까 다행이지, 이건 총명한 시온 전하라고 해도 당해버릴 법한 파괴력인데.

그런 생각을 하며 키스우드는 입을 열었다.

"그나저나 무슨 일이시죠? 이런 곳에."

"네, 잠시 시온에게 할 이야기가 있어서……."

"이야기요?"

"네. 하지만 조금 용서할 수 없어요. 제가 왔는데도 눈치채지 못하다니."

미아는 아직도 대련 중인 시온과 아벨 쪽으로 시선을 주었다.

"아, 그래요. 갑자기 말을 걸어서 놀라게 하는 건 어떨까요?"

살짝 장난꾸러기 같은 미소를 지으며 그렇게 말했다.

──이건……, 의도적으로 하는 거라면 불여우지만, 만약 의도하지 않은 거라면 무자각 불여우잖아. 장래가 무시무시한데.

이렇게 키스우드 안에서 미아의 평가는 '불여우'에서 '무자각 불여우'로 격상되었다.

참고로 미아가 왜 맨발로 모래사장을 걸어온 건지……. 그 유감스럽기 그지없는 사정을 키스우드가 알게 되는 일은 없었다.

미아는 살며시 모래사장 위를 걸었다.

두 왕자는 대련에 푹 빠져서 미아의 존재를 눈치채지 못했다.

어느 정도 거리까지 다가가자 미아는 조금 큰 목소리로 말했다.

"참 열심이시네요, 두 분."

"어? 아, 미아? 어느새?"

먼저 알아차린 사람은 아벨이었다. 미아 쪽을 보고 웃었다가 바로 뺨을 붉히고는 시선을 회피했다.

──어머? 왜 그러시는 거죠?

미아는 고개를 갸웃거리면서 땀을 닦을 수건을 건넸다.

『운동한 뒤의 신사에겐 땀을 닦을 수 있도록 좋은 향이 나는 수건을 주세요!』

안느의 가르침을 충실하게 지키는 미아였다.

"어, 어어. 미안해. 고마워."

아벨은 힐끔힐끔 시선을 배회하면서도 미아에게 받은 수건으로 얼굴을 닦았다. 그 옆으로 시온은 키스우드에게 가려고 했다. 그 등이 조금 쓸쓸해 보였다.

그런 시온에게 미아는 싱긋 웃으며 수건을 내밀었다.

"시온도 땀을 닦지 않으면 감기에 걸릴 거예요."

웬일로 시온에게도 친절한 미아였다.

그도 그럴 것이, 지금 미아는 시온에게 부탁을 하러 왔다.

필요하다면 예의상의 미소는 물론이고 머리를 숙이는 것도 불사하는 미아였다.

"어, 고마워."

시온은 조금 의외라는 표정을 지으며 수건을 받았다.

"그런데 이런 곳에는 무슨 일이야? 설마 우리가 수련하는 걸 견학하러 온 건 아닐 테고."

"후후, 그것도 즐거울 것 같지만 사실은 시온에게 부탁이 있어서 왔답니다."

"나에게 부탁?"

"시온, 당신 학생회장 선거에 입후보할 생각은 없나요?"

"뭐?!"

시온은 그치고는 드물게도 얼빠진 목소리를 냈다.

제20화 미아 황녀, 퇴로가 끊어지다

"미아……, 무슨 말을 하는 건지 아는 건가? 너는."

시온은 크게 당황한 얼굴로 미아를 바라보았다.

그건 옆에서 이야기를 듣고 있던 키스우드도 마찬가지였다.

그는 진의를 살피려는 듯 미아를 응시했다.

"라피나 님과 학생회장 자리를 놓고 경쟁하라고?"

"네. 하지만 그렇게 놀랄 일은 아닐 텐데요? 딱히 베이르가 공작가의 자손만이 학생회장이 되어야 한다는 규칙은 없잖아요. 입후보할 권리는 모든 이에게 열려있어요."

미아의 그 발언에 키스우드는 숨을 삼켰다.

──그렇군……. 즉 미아 황녀 전하는 회장 선거가 유명무실한 지금 상황에 문제의식을 느꼈다는 건가?

그 지적의 의미를 깨달았을 때, 오랜만에 그의 뇌리에 충격이 퍼졌다.

제도에는 반드시 존재하는 이유가 있다.

그리고 세인트 노엘에서 학생회장 선거라는 행사를 치르는 이유는 지극히 단순하면서도 중요했다.

젊은이들이 모이는 학교라는 장소는 아무래도 문제가 자주 일어난다. 하지만 많은 귀족과 왕족이 다니는 이 학교에선 문제를 잘못 처리하면 국가 간의 알력으로까지 발전할 수 있다.

그걸 조정하는 것이 학생회장의 중요한 역할이다.

그럼 그 역할을 다하기 위해서 필요한 요소는 무엇인가.

그것은 학생들의 지지다.

권력을 지닌 자들에게 강압력을 지니기 위해서 학생회장은 절대적인 지지를 얻어야만 한다.

그리고 그걸 명백하게 보여주는 것이야말로 학생회장 선거다.

하지만 지금은 그 제도가 유명무실해지고 말았다.

당연히 라피나 오르카 베이르가가 학생회장이 된다. 키스우드의 총명한 왕, 시온조차 그렇게 믿고 있었다.

──미아 황녀는 학생회장 선거를 통해 학생 한 명 한 명이 자신의 손으로 뽑은 회장임을 분명히 표명하게 할 필요가 있는 시기라고 생각한 건가.

키스우드는 얼마 전의 일을 떠올렸다.

비밀결사 '혼돈의 뱀'에 맞서 함께 싸우자고 호소한 라피나. 이런 비상사태에서 라피나는 자신이 절대적인 지지를 얻을 수 있는 존재임을 증명해야 한다.

자신들이 선택한 사람이니까, 지지한 사람이니까 당연히 그 '선택의 책임'을 짊어져야 한다.

미아가 라피나의 말에 귀를 기울일 수밖에 없는 상황을 만들어내려는 것이라면…….

──만약 그렇다면 위협적인 대항마를 내세울 필요가 있어. 선거를 성립시키기 위해서. 그렇기에 시온 전하에게 제안했다는 건가.

쉽게 꺾어버릴 수 있는 대항마라면 의미가 없다.

라피나 말고도 다른 믿음직한 선택지를 제공하고, 그 상황 속에서 선택했다는 형태를 만들 필요가 있다.

그렇게 해야 자신의 선택에 책임을 느끼게 되고, 신임을 받은 자의 말에 무게가 생겨난다.

——정식 절차를 밟고 선택받은 것이라면 라피나 님을 밀어내 버려도 어쩔 수 없다고 생각하는 건가……. 하지만 그렇다면 왜 자신이 입후보하지 않는 거지?

그런 키스우드의 의문은 바로 날아갔다.

"괜찮습니다, 시온. 당신이라면 분명 그 중책을 짊어질 수 있을 거예요."

미아는 부드럽게 싱긋 웃으면서 말했다. 마치 시온을 격려하듯이.

시온을 입후보시키기 위해 미아는 꼼꼼히 작전을 세웠다.

그것은 연애 군사, 남자의 마음을 모조리 파악하고 있(다고 미아가 믿)는 충신 안느의 조언에 기반한 작전이다.

예전에 티오나의 동생에게도 사용한 작전.

——남성은 자신의 능력을 인정받으면 기뻐하는 법. 그 역할을 수행할 힘이 있다고 치켜세워주면 넘어올 게 분명해요!

그건 '당신이라면 할 수 있어요!'라는 주장을 과도하게 수식한 찬사를 시온에게 보내는 것. 즉!

"괜찮습니다, 시온. 당신이라면 분명 그 중책을 짊어질 수 있을 거예요."

……아부다.

물론 평범한 아부는 아니다.

어쨌거나 그 라피나에게 반기를 드는 행위. 어중간한 아부로는 시온의 마음도 움직이지 않을 것이다.

……따라서 오늘의 미아는 이미 수치심을 집어던졌다.

리미터를 해제하고 입 밖으로 내는 것도 저어될 만큼 온 힘을 다한 아부를 늘어놓기 위해, 듣기만 해도 몸이 간지러워서 미칠 것 같은 미사여구를 머릿속에 잔뜩 담아두었다.

──마구 칭찬해서 거절하지 못하도록 만들어버리겠어요!

그렇게 미아가 노도와도 같은 아부 공격을 가하려고 한 바로 그 때.

"미안하지만 미아. 그 이야기는 받아들일 수 없어."

시온은 지극히 진지한 얼굴로 말했다.

"네? 아니, 저……."

"미아, 네가 뭘 노리는지 알아."

──드, 들켰다고요?! 제가 귀찮은 일을 떠넘기려고 하는 걸 들킨 거예요?!

순간 미아의 등에 식은땀이 맺혔다. 하지만…….

"렘노 왕국에서 있었던 일을 만회하게 해주려는 거지?"

"네……?"

이 사람은 대체 무슨 소릴 하는 거냐며 고개를 갸웃거리는 미아 앞에서 시온이 고개를 저었다.

"학생회 선거를 제대로 성립시켜서 선거의 의의를 알게 하고,

나에게 라피나 님께 대항할 후보라는 중책을 짊어지게 해서 그날 내가 저지른 실수를 만회할 기회로 삼는다, 라. 그 배려는 솔직히 고맙다. 하지만 나에게도 고집이라는 게 있어."

시온은 조용히 미아 옆을 지나갔다.

"명예 회복의 기회 정도는 내 힘으로 마련할 거다. 그것까지 네가 마련해주면 너무 면목이 없으니까."

──네? 네? 무슨 소리죠? 무슨 소리인 건데요?!

영문을 알 수 없어서 얼떨떨하게 쳐다보는 미아의 눈앞으로 시온이 위풍당당하게 떠나갔다.

도움을 요청하듯 아벨 쪽을 보자 그가 쓴웃음을 지으며 고개를 저었다.

"어쩔 수 없어. 그는 긍지 높은 선크랜드의 왕자니까. 하지만 미아의 배려심은 분명히 전해졌을 거야."

──아뇨, 그런 게 아니라…….

뭐가 어떻게 된 건지 전혀 알 수 없어 혼란에 빠져버린 미아.

그 시점에서 깨달았어야 했다.

천재 군사의 전략이 무너졌다는 것을. 이미 전선을 재정비하는 것은 어려움을 넘어서 불가능 단계에 진입했고, 그렇기에 이 자리에서 신속하게 퇴장할 필요가 있다는 것을…….

하지만 안타깝게도 미아는 퇴장할 순간을 잘못 계산했다.

따라서 퇴로가 바로 봉쇄되었다.

"그나저나 미아. 만약 네가 입후보한다면 나는 온 힘을 다해 너를 응원할게."

"……네?"

"라피나 님께 대항해서 입후보한다면 분명 전교생이 기이한 것을 보는 눈으로 보게 되겠지. 하지만 적어도 나는 마지막까지 네 편이야."

"아, 아벨……."

미아의 두 손을 잡고 진지한 얼굴로 바라보는 아벨. 그 날카로운 눈동자에 미아는 머리가 몽롱해지는 것을 느꼈다.

그렇게.

"……아아, 아벨. 너무 멋있어요."

두근거리는 가슴을 붙잡고 방에 돌아온 미아는 그날 밤…….

"으, 으으……. 어째서 이런 일이……."

냉정해지자 자신이 도저히 물러날 수 없는 곳까지 와 버렸다는 사실을 가까스로 이해했다.

거기서 또 이틀 동안 베갯잇을 눈물로 적힌 미아는 마침내 결의했다.

이렇게 미아의 학생회장 선거 입후보 소식이 학원 내에 널리 퍼졌다.

드디어 음모가 꿈틀거리는 학생회 선거가 시작된다.

제21화 High-power Eye Princess, Return

학생회장에 입후보한 다음 날 아침.

기숙사 식당에 들어간 미아는 전날과는 다른 분위기를 민감하게 감지했다.

"안녕하세요, 여러분."

식탁에서 식사하던 사람들에게 말을 걸었다.

같은 반이라 자주 얼굴을 본 여학생이다. 하지만 그녀는 순간 거북하다는 듯 시선을 피하고는 작게 '안녕하세요' 하고 속삭이듯 대답할 뿐이었다.

그 후 부리나케 식사를 마치고 떠나갔다.

──아아, 어쩐지 이전 시간축이 생각나네요. 혁명 직전에 이런 식으로 절 대했죠.

다들 미아와 엮이고 싶지 않다는 분위기를 조성하는 듯한, 미묘한 분위기가 식당을 떠돌았다.

물론 노골적인 괴롭힘을 받지는 않았다.

옆을 지나갈 때 발을 걸거나, 머리에 물을 끼얹는 등의 괴롭힘을 당할 정도로 제국의 권위가 떨어지진 않았기 때문이다.

게다가 아마도 제국 귀족의 자제들은 표 자체는 넣어줄 것이라고 미아는 예상했다.

──하지만 드러내놓고 지지를 표명하진 않겠죠.

아무도 자발적으로 대륙 최고의 권위에 도전하겠다는 생각은 하지 않는다. 미아도 마찬가지다.

진심으로 원하지 않는다!!

──저는 왜 이렇게 되어버린 거죠?!

참으로 끈질기게 버티는 미아였다.

게다가 나쁜 일은 겹쳐서 오는 법. 시온과 아벨을 만나러 간 것도 불필요한 억측을 만드는 원인이 되어버렸다. 라피나를 이기기 위해 미아가 세력을 불리고 있다는 흉흉한 소문을 수군거리는 사람까지 있는 형국이다.

자신이 생각하는 것보다 더 금기의 존재가 되어버린 미아였다.

라피나와 마주치지 않도록 부리나케 아침 식사를 마치고 방에 돌아가 수업을 받을 준비를 했다.

참고로 안느에게는 벨의 교실에 따라가라고 했다. 솔직히 지금만큼 안느가 옆에 있어 주길 바란 적이 없었지만, 어쩔 수 없었다.

──사실은 누군가 믿을 수 있는 사람을 벨에게 붙이고 안느는 제 옆에 있어 달라고 하고 싶지만……, 마땅한 사람이 없으니까요…….

미아는 절절한 한숨을 쉬며 교실로 향했다.

복도를 걷는 동안에도 지나가는 사람들의 시선이 자꾸 신경 쓰이는 미아였다.

여느 때라면 미아 주위에 추종자들이 몰려들었을 테지만, 오늘은 아무도 다가오지 않았다.

교실에 들어간 뒤에도 그 상황은 변하지 않았다.

클로에만큼은 이런 일이 일어나도 평범하게 대해줄 거라고 믿고 싶은 미아였으나……. 안타깝게도 아직 교실에 오지 않았다.

——그러고 보면 클로에는 아침에 여유롭게 움직이는 편이었죠.

라피나와 마주치지 않으려고 일찍 식사하러 간 게 패착이었던 걸까.

혼자 쓸쓸히 자리에 앉아서, 할 일이 없으니 수업 준비를 시작하는 미아. 참으로 안 어울리는 모습이었다.

——뭐, 그럴 만하죠. 어쩔 수 없어요. 저도 똑같이 행동했을 테고. 수업이 시작될 때까지 옆 반의 아벨을 보러 갈까요……?

그런 생각을 하다가 퍼뜩 떠올렸다.

——아뇨, 그럼 안 되죠. 오히려 지금은 눈에 띄지 않는 게 중요해요.

라피나에게 반항하면 드러내놓고 나서는 게 더 손해가 크다. 그렇다면 이긴다고 해도 조용히, 수수하게 승리해야 한다. 정신을 차리고 보니 '어? 이겼네?' 하는 게 이상적이다.

——어차피 선거에 관심이 없는 자들이 대부분일 테니, 제국 귀족과 우호국 귀족을 동원하고……. 남은 건 시온이네요. 선크랜드 쪽 세력에도 뒤에서 손을 써달라고 하면 의외로 반 이상의 표는 모을 수 있지 않을까요?

그렇다면 제국 귀족의 표를 확보하는 게 중요해진다.

——분명 지금은 제국 사대공작가의 아이들도 이 학원에 다니

고 있었죠. 우선은 그들의 지지를 얻어내고…… 어라? 이렇게 생각해보면 지금 상황도 그렇게까지 비관할 게 아닌 것 같은……?

그런 느낌으로 미아의 의식이 은밀하게 흘러가려던 바로 그때였다.

"미아 님!"

미아에게 다가오는 사람이 있었다!

아침햇살을 받아 반짝이는 금빛 머리카락을 늠름하게 포니테일로 묶어 올리고……. 그 눈동자에는 강한 의지의 빛을 머금으며 미아를 똑바로 바라보는 소녀. 그녀는.

"어머나, 티오나 양. 무슨 일이죠?"

미아는 경악하면서도 간신히 대답했다. 지금 미아에게 먼저 말을 걸 사람은 클로에밖에 없다고 생각했기 때문이다.

어안이 벙벙해진 미아에게 티오나는 어딘가 결의가 담긴 목소리로 말했다.

"시온 왕자님과 아벨 왕자님께 이야기를 들었습니다."

"그, 네……?"

"미아 님, 저는 미아 님을 응원할게요."

"네……?"

무심코 입을 떡 벌리고 만 미아. 그러거나 말거나 티오나는 말을 이었다.

"이번 학생회장 선거에서 미아 님을 돕게 해주세요."

"잠, 깐!"

미아는 크게 당황했다.

방금 막 너무 눈에 띄지 않게 선거를 마치고 싶다고 생각하던 참이었다.

그런데도 교실에서, 이렇게 눈에 띄는 형태로 소리를 높이면…….

교실 안을 두리번거리자 학생들의 시선이 미아에게 푹푹 꽂혀 있었다.

──이, 이, 이건 곤란해요! 아주아주! 눈에 띄잖아요!

"다, 당신, 자신이 무슨 말을 하는 건지 아는 건가요?"

미아는 티오나를 회유하기 위해 입을 열었다.

'라피나 님을 거역하면 무섭다고요! 그러니까 표만 주고, 대놓고 응원 같은 건 안 하셔도 된답니다!' 하는 뉘앙스를 담아서.

그리고 아이 콘택트. 티오나의 눈동자를 물끄러미 응시했다.

High-power Eye Princess의 면목이 생생히 드러나는 광경이다.

그런 미아를 마주 보며 티오나는 크게 고개를 끄덕였다.

──아아, 이해해준 거군요?

내심 안도의 숨을 내쉬는 미아. 하지만……, 티오나가 말했다.

"네, 잘 알고 있습니다. 그렇기에 드리는 말씀입니다."

──이, 이 녀석 전혀 이해하지 못했잖아요!

미아의 절규가 마음속에서만 울려 퍼졌다.

제22화 피리 부는 미아를 선두에 세우고

조금도 주눅 든 기색이 보이지 않는 티오나.

꺾이지 않는 완고하고 강직한 의사를 느낀 미아는 불현듯 이전 시간축의 일을 떠올렸다.

──그러고 보면 이 사람은 혁명군의 성녀였죠······.

많은 일을 겪고 약체화했다고는 해도, 제국이라는 강대한 권위를 상대로 맞서 싸우겠다는 생각을 한 위인이다.

──심지어 아버지인 루돌폰 변경백은 괴롭힘을 받는 것을 좋아하는, 조금 특이한 분이시고······.

미아의 뇌리에 무모한 요구를 하자 기뻐했던 티오나의 아버지의 얼굴이 떠올렸다.

그런 말을 듣고 기뻐하다니 분명히 변태일 것이라고 확신하는 미아.

터무니없는 누명이다!

──동생인 세로 군은 귀여운 인상의 남자아이였지만, 루돌폰 가의 사람들은 기본적으로 특이한 사람이니 라피나 님께 항거하는 것쯤은 아무렇지 않다고 생각하는 건지도 모르겠네요.

미아는 빠르게 설득을 포기했다.

실제로 대대적으로 일을 벌이진 않아도 선거운동은 필요하다. 그걸 위한 도우미가 몇 명 필요한 것 또한 사실이다.

다시금 티오나를 본 미아는 한숨 섞인 목소리로 입을 열었다.

"그렇게까지 말씀하신다면 잘⋯⋯."

'⋯⋯부탁합니다'라고 이어가려 했다. 하지만 그 전에 티오나 뒤쪽으로 걸어오는 사람들의 모습이 미아의 시야에 들어왔다.

"미아 황녀 전하⋯⋯."

"어머나, 당신들은⋯⋯."

미아는 남자 두 명과 여자 두 명으로 이뤄진 그 무리를 본 기억이 있었다.

──무도회 때 티오나 양을 감금했던 범인⋯⋯. 아니, 범인은 종자 쪽이었던 걸로 되어있었죠?

고개를 갸웃거리는 미아의 눈앞에서 남학생이 무릎을 꿇었다.

"미아 황녀 전하. 란제스 남작가의 우로스입니다. 그때의 은혜를 갚고 싶어서 찾아왔습니다. 저희도 황녀 전하를 지지합니다."

이어서 다른 세 사람도 마찬가지로 공손히 미아 앞에 무릎을 꿇었다.

──어? 어? 이건 어떻게 된 일이죠?!

"퇴학당할 뻔한 저희를 황녀 전하께서 비호해주셨습니다."

"그날 이후 열심히 공부하고 다양한 봉사활동에 몸을 던졌습니다. 그건 전부 오늘, 이때를 위해⋯⋯. 저희가 얻어낸 신뢰를 미아 황녀 전하를 위해 사용할 수 있다면 그보다 더한 기쁨은 없습니다."

그러더니 네 사람은 티오나를 향해 머리를 숙였다.

"그때는 죄송했습니다, 티오나 양."

"우리를 용서해줄 수 있을까?"

그 사과를 받은 티오나는 부드러운 미소를 지었다.

"누구든 잘못을 저지를 수 있는 법이죠. 이젠 신경 쓰지 않습니다. 게다가 지금은 미아 님 아래에 모여 함께 싸우는 동료잖아요."

모든 것을 받아들이고, 허용하고, 동시에 미소를 지을 수 있는 그 정신력.

미아는 티오나의 내면에서 성녀의 자애를 분명히 본 기분이 들었다.

자기애의 성녀인 미아와는 크나큰 차이였다.

"그래……, 고마워. 네 관용에 보답하기 위해서라도 성심성의껏 미아 황녀 전하를 응원할게."

미아를 중심으로 감동적인 우정의 한 장면이 펼쳐졌다.

미아에게는 참으로 민폐라 할 수 있다.

게다가 이렇게 되자 미아의 추종자들도 가만히 있지 못했다.

애초에 평소 미아를 따르며 함께 있길 원한 자들이다.

심지어 미아 본인은 전혀 눈치채지 못했지만, 그 추종자들도 조금씩 이전 시간축과는 달라져 있었다.

최저조건으로써 '안느가 전속 메이드인 것에 아무런 말도 하지 않을 것'이라는 규칙이 있다. 그걸 허용할 수 있는 자는 사실 그리 많지 않다.

그 조건을 클리어할 수 있는 시점에서 비교적 사고방식이 유연하고, 그 이상으로 미아와 함께 있고 싶다는 강한 마음을 지니고 있다.

물론 타산도 있다. 하지만 그보다 더 미아를 개인적으로 좋아하는 사람들이 남았다. 말하자면 미아의 망에 걸러진 미아 엘리트와 같은 집단이다.

따라서…… 티오나나, 평소 미아 주변에 없는 사람들에게 선수를 빼앗길 수는 없었다.

"미아님. 물론 저희도 응원합니다."

자꾸만 주위에 모여드는 사람들을 보고, 사기가 올라가는 그들을 앞에 두고 미아는 울고 싶어졌다.

──아아, 그러지 마세요. 이렇게 눈에 띄는 짓을 하지 말라고요……. 저는 더 조용히 진행하고 싶었는데! 이대로는 라피나 님의 눈 밖에 나고 말 거예요!

"미아 님……."

벨의 옆에서 일단 빠져나온 안느는 서둘러 미아의 교실로 향했다. 역시 미아가 걱정되었기 때문이다.

교실 입구까지 온 안느는 클로에의 모습을 발견했다.

어째서인지 클로에는 문 앞에서 교실 안을 슬쩍 들여다보고 있었다.

"클로에 님……?"

"앗, 안느 씨. 쉿!"

입술에 손을 대고 조용히 하라는 제스쳐를 취한 클로에가 손짓으로 안느를 불렀다.

고개를 갸웃거리며 걸어간 안느였으나…….

"지금 감동적인 장면이니까요."

그렇게 말한 클로에가 손가락으로 가리킨 방향을 보고 자기도 모르게 미소를 지었다.

"미아 님······."

미아 주변에는 많은 학생이 모여 저마다 미아를 응원하겠다고 외치고 있었다.

그 말을 듣고 고개를 숙인 채 울먹이는 미아가 보이자······.

"역시 미아 님께서도 불안하셨군요. 사람들이 응원해줄지."

클로에의 말에 고개를 끄덕여 대답한 안느는 한 번 더 미아 쪽을 보았다.

"미아 님, 다행이에요······."

결코 많지는 않다. 그래도 미아가 예상했던 것보다는 많은 사람이 미아 주위에 모였다.

이리하여 소수 파벌, 미아파는 절대 권력자 라피나에게 반기를 들게 되었다.

티오나를 자신의 진영에 집어넣는 바람에 미아의 타산적인 희망은 산산이 부서졌다. 다만, 그렇기에 궁지에서 벗어날 수 있게 되지만······.

지금의 미아는 그런 미래를 알 방도가 없었다.

제23화 미아 황녀, 선서하다

학생회 선거는 총 20일에 걸쳐서 거행되는 큰 행사다.

여느 때였다면 입후보자가 라피나밖에 없었기에 그 일정이 5일 정도로 단축되곤 했지만, 이번에는 미아라는 무모한 도전자가 나와서 통상적인 절차를 밟아 진행하게 되었다.

그 개막을 장식하는 것이 대성당에서 이뤄지는 개회 선서 미사였다.

소위 입후보자 소개식이다.

학원 대성당에 전교생을 모으고 이뤄지는 대대적인 행사는 지극히 엄격하고 격조 높다 보니, 그 이상으로 입후보자는 대단히 눈에 띄는 존재가 된다.

일단 이날에는 복장 자체가 달라진다.

학생회 선거라는 신성한 행사를 집행하기 위해 후보자는 성의 (聖衣)라 불리는 정결한 옷을 입을 필요가 있다.

먼저 머리에는 아주 얇은 재질로 만든 순백의 면사포를 쓴다. 머리카락에는 액세서리는 물론, 간단한 리본 하나도 달면 안 된다.

다음으로 옷. 이쪽도 새하얀 재질로 만든 원피스를 입어야 한다. 허리에는 마찬가지로 하얀 벨트를 두른다. 그 표면에 수놓인 돌고래 무늬가 유일하게 장식다운 장식이라 할 수 있다.

꾸미는 것을 일절 허락받지 못한 수수한 복장, 심지어 앉는 위치는 의식을 주관하는 사제 바로 앞. 전교생과 마주 보는 장소다.

황녀로서 태어나 많은 사람의 시선을 받는 데 익숙한 미아라고 해도, 혹은 자신의 미모에 자신감(……다소 지나친)이 있는 미아라고 해도 이 상황에는 상당한 압박감을 느꼈다.

하지만 그 이상으로 압박감을 주는 것은 미아 옆에 있는 또 한 명의 후보자, 아니, 아주 유력한 후보자의 존재였다.

"어쩐지 오랜만이네요, 미아 님."

라피나가 부드러운 미소를 지으며 앉아있었다.

"그, 그렇군요. 오, 오호호. 정말 오랫동안 뵙지 못했어요……."

라피나의 시선을 받은 미아는 어색한 미소를 지었다.

그날, 벨의 입학을 부탁하러 간 뒤로 라피나와 마주친 적이 없었다.

물론 거북해서 그런 것도 있지만, 그 이상으로 무서웠기 때문이다.

호출을 받으면 어쩔 수 없이 가야 한다고 생각했고, 무시할 마음도 없었지만 그런 게 아니라면 최대한 만나지 않고 버티고 싶었다는 게 미아의 본심이다.

하지만 이날만큼은 미아도 피할 수가 없다.

앞으로 1시간 가까이 라피나 옆에 앉아있어야 한다고 생각하자 미아의 등을 타고 싸늘한 땀방울이 줄줄 흐르는 것 같았다.

"유감이야, 미아 님. 당신에게 내 휘하의 학생회 일을 맡기고 싶었는데. 다음 학생회장 자리는 당신에게 주고 싶었거든. 그러기 위해 학생회 일을 많이 가르쳐주려고 했지만……."

"라피나 님……."

조금 서글프게 고개를 숙이는 라피나를 보고 미아는 어쩐지 면목이 없어졌지만⋯⋯. 다음 순간, 라피나는 미소 지었다.

"하지만 기대하고 있기도 해. 내가 구성한 학생회엔 들어가기 싫다는 것은, 미아 님도 하고 싶은 일이 있다는 거잖아?"

"⋯⋯네?"

"내가 생각하는 것보다 더 좋은 학생회를 운영할 수 있다면 크게 환영할 일이지. 학생들을 위한 일이니까. 그렇지? 미아 님."

이때 미아는 깨달았다.

미소 짓는 라피나의 눈동자는⋯⋯ 조금도 웃지 않고 있다는 사실을!

──히, 히이이이익! 라, 라피나 님, 어마어마하게 화내고 계세요⋯⋯!

미아는 가슴 깊은 곳에서 솟구치는 떨림을 느꼈다.

"미아 님이 어떤 공약을 내놓을지 크게 기대하고 있답니다."

라피나의 말을 듣고 핏기가 싹 가시는 미아였다.

이윽고 의식이 시작되었다.

신성전을 낭독하고 성당의 촛불에 불이 붙었다. 그 후 기립하여 다 함께 성가를 부른 뒤, 기도문을 낭독하고⋯⋯.

그 모든 것을 전교생의 시선을 받으면서 수행해야 한다.

──이거⋯⋯, 라피나 님 옆이 아니었어도 꽤 가혹하네요⋯⋯.

어쨌거나 지금의 미아는 학생들 사이에 라피나에게 승산 없는 싸움을 건 분수도 모르는 녀석⋯⋯, 창피하고 민망한 녀석으로

인지되었을 가능성이 몹시 크다.

그렇게 생각하자 어쩐지 바늘방석에 앉아있는 기분이 들었다.

——아아, 왠지 다들 저를 보는 듯한 느낌이 들어요. 분명 속으로는 주제 파악도 못 하는 녀석이라고 비웃고 있겠죠……. 으으, 지독한 굴욕이에요.

사실은 주제 파악도 못 하는 녀석이라 생각하는 사람도 물론 있지만, 동시에 미아의 모습을 보고 넋을 놓은 자도 적지 않았다.

머리부터 발끝까지 하얀 복장은 보기에 따라 신부 복장 같기도 했다. 소녀가 입는 신부 복장이란 그것만으로도 신비롭고 아름다운, 뭐라 말할 수 없는 매력을 발산하는 법이다.

심지어 여름방학 이후 말 샴푸 효과로 건강한 윤기가 흐르는 머리카락과 안느의 손질 덕분에 유지되는 매끄러운 피부가 얇은 면사포 너머로 흐릿하게 보이자 사람들의 상상력을 부추기는 효과를 발휘했다.

인간의 망상력이란 위대한 법이다.

참고로 순수하게 미모로만 따지자면 라피나가 훨씬 뛰어나다. 압승이다.

하지만 의식 등에서 성의를 입을 기회가 많은 라피나와 달리 미아는 거의 처음 선보이는 복장이다. 말하자면 희귀도가 완전히 다르다! SSR이다!

자연스럽게 학생들의 눈은 익숙하지 않은 쪽, 면사포로 어렴풋하게 가려져 미소녀 같은 느낌을 주는 미아에게 쏠렸다.

이윽고……, 의식이 드디어 가경에 들어가 후보자 선서 차례가 되었다.

"그럼 입후보자 두 사람은 신 앞에서 맹세해주십시오."

늠름한 목소리로, 마치 노래하는 듯한 라피나의 선서가 끝났다.

이어서 미아가 자리에서 일어나 얼굴을 들었다.

자신에게 모이는 시선, 시선, 시선.

그걸 보고 순간 머리가 어질어질해졌다.

마음을 달래기 위해 크게 숨을 마셨다가 뱉은 미아는 목소리를 드높였다.

"저, 미아 루나 티어문은 세인트 노엘 학원 학생회장에 입후보합니다. 그리고 정정당당히 선거에 이말……."

……혀가 꼬였다.

"……거, 것을 맹세합니다. 으으……."

가까스로 끝까지 마쳤다.

참고로 중앙정교회의 신은 관대하기 때문에 선서 중간에 혀가 꼬여도 더듬거려도 혼내지 않는다.

하지만……, 미아에게는 대중 앞에서 실수해놓고 가슴을 펼 수 있을 만한 담력이 없었다.

──으으, 제도로 돌아가고 싶어요. 백월 궁전의 제 방에서 푹 자고 뒹굴고 싶어요.

완전히 울상이 되어버린 미아였지만 다행히 면사포에 가려진 덕분에 그걸 목격한 사람은 없었다.

제24화 제국의 사대공작가의 다과회

"후, 후후후, 왔어. 왔다고. 드디어 이 나에게도 기회가 왔어!"

그 다과회는 세인트 노엘 학원의 일각에서 은밀히 열렸다.

넓은 실내에 떡하니 놓여있는 커다란 책상. 그 위에는 넘쳐흐를 듯 수많은 디저트가 놓여있다.

그 양에 비해 그곳에 모인 인원은 몹시 적었다.

고작 두 명뿐이다.

하지만 그들의 정체를 아는 사람이 있다면 눈이 휘둥그레졌을 것이다. 특히 티어문 제국의 귀족이라면 절대 무시할 수 없다.

왜냐하면 그들이 바로 대국 티어문 제국의 중앙 귀족을 이끄는 자들. 제국의 사대공작가, 통칭 에트왈라의 핏줄이기 때문이다.

"어머나? 루비 양은 오늘 안 오셨군요. 모처럼 우리 사대공작가의 친목을 다지기 위해 모였는데, 제멋대로라니까. 게다가 슈트리나도. 신입 주제에 빠지다니, 정말 건방져."

그린문 공작가의 영애, 에메랄다 에트와 그린문은 부드러운 웨이브를 그리는 풍성한 머리카락을 펄럭였다.

'하아' 하고 크게 한숨을 쉬고는 우아하게 홍차를 한 모금.

"잠깐, 잠깐만! 이봐, 뭘 그렇게 침착한 거야? 에메랄다. 너 내 이야기를 들은 거 맞아?"

그런 에메랄다에게 따지는 사람은 파란 머리카락의 소년이었다. 단정하게 자른 머리카락은 시간을 들여서 다듬은 건지 거칠게 움직여도 전혀 흐트러지지 않았다.

나이는 10대 중후반. 에메랄다와 동년배인 걸까. 그런 소년에게 에메랄다는 진심으로 귀찮다는 표정을 지었다.

"저기요, 사피아스 공자. 너무 큰 목소리로 말하지 말아 줄래?"

소년, 블루문 공작가의 장남 사피아스 에트와 블루문은 한숨을 쉬며 고개를 저었다.

"저런, 너는 정말 답답하구나. 모르겠어? 이 기회. 세인트 노엘 학생회에 들어갈 수 있을지도 모르는 명예가 그리 쉽게 오는 게 아니라고. 바보 같은 불문율 때문에 우리 제국 귀족은 세인트 노엘의 학생회엔 들어가지 못했어. 하지만 미아 황녀 전하께서 학생회장이 되신다면 그런 불문율은 무시하고 우리를 임원으로 임명해주실 게 분명해."

흥분한 말투로 늘어놓던 사피아스는 작게 한숨을 쉬었다.

"그나저나 라피나 님께 반기를 들고 입후보하시다니 영 어설프시군, 우리나라의 황녀 전하께서는. 이런 말은 좀 그렇지만, 그리 현명하진 않으신 것 같아."

그 직설적인 말에 에메랄다가 말끔한 얼굴로 지적했다.

"잠깐, 불경하잖아요, 사피아스. 아무리 당신이 사대공작가의 인간이라 해도 황녀 전하를 깎아내리는 말을 입에 담는 건 금기 아닐까?"

"그런가? 너도 황녀 전하께선 너무 민중 친화적으로 행동하신다며 악담을 하지 않았어?"

"나는 정당한 비판, 당신은 근거 없는 모함. 하나로 묶어버리지

147

말아 주겠어요? 내 다과회에 결석하고 평민인 메이드의 본가에 놀러 가시다니 언어도단이지. 고귀한 핏줄에 걸맞은 행동거지를 고려해달라고 하는 게 당연한 거 아닐까?"

새침한 얼굴로 홍차를 마시는 에메랄다를 보고 사피아스는 절레절레 고개를 내저었다.

"물론 네 말도 이해하지 못하는 건 아니야. 하지만 내 이야기에도 조금은 귀를 기울여줘. 이대로면 미아 황녀 전하께선 확실하게 패배하실걸."

"어머나, 역시 불경하시네. 우리나라의 황녀 전하께서 소국의 공작 영애에게 질 거라고?"

"베이르가를 소국이라고 부르다니, 너도 참 불경하다고 생각하는데."

기가 막힌다는 듯 고개를 내저은 사피아스가 말했다.

"잘 들어, 에메랄다. 미아 황녀 전하는 솔직히 방식이 너무 어설퍼. 교실에서 소란을 일으키다니. 더 조용히, 눈에 띄지 않게 뒷공작을 했어야지. 요란하게 적대하면 안 돼. 정신을 차리고 보니까 이겼다는 선이 딱 좋은데, 그런 술수가 너무 어설프다고."

음흉한 미소를 지으며 자신의 생각을 늘어놓은 사피아스. 기이하게도 그의 고식적인 생각은 미아의 계획과 기적적으로 일치했다!

참으로 소인배의 기운이 감도는 소년이었다.

"어쩔 수 없지. 이 내가 직접 황녀 전하께 교수(教授)해 드려야겠어. 그 대신이라고 하는 건 좀 그렇지만, 학생회장 자리에 앉으신 뒤엔 나를 부회장으로 추천해주시도록 교섭해보고."

그 후 사피아스는 에메랄다에게 시선을 주며 말했다.

"참고로 너는 어떻게 할 생각이지? 에메랄다. 그린문가의 의향은 어떤지 가능하다면 들어두고 싶은데……."

에메랄다는 노골적으로 고개를 갸우뚱 기울였다.

"관심 없네요. 학생회라니. 뭐, 미아 황녀 전하께서 꼭 부탁한다고 말씀하신다면 받아들일 수도 있지만."

천연덕스럽게 말한 뒤 키득키득 웃음을 흘렸다.

"그나저나 아버지도 그렇고 참으로 직책에 집착한단 말이지, 남자들이란. 나는 도저히 이해할 수 없다니까."

그 후 눈앞의 케이크를 자르며 말했다.

"뭐, 아무쪼록 힘내보세요. 딱히 도와주진 않을 거지만 방해도 안 할 테니."

"그래? 그럼 감사히 노력해보지."

이렇게 책략가라고 착각하는 두 사람은 의미심장한 미소를 지으며 서로를 바라보았다.

…………참고로 확인할 필요조차 없을 테지만, 사대공작가의 인간에게는 미아와 같은 황실의 피가 흐르고 있다. 그 미아와 같은 피가 흐르는 셈이다.

아니, 그게 뭐 어떻다는 건 아닌데…….

제25화 미아 황녀, 미래의 자신에게 따지다!

개회 미사의 다음 날 방과 후, 미아는 비장한 각오가 담긴 얼굴로 도서실에 찾아왔다.

"뒷공작을 한다고 해도 확실한 체재를 갖추지 않으면 라피나 님께 버려질 거예요!"

미아는 자신의 생각이 무르다는 걸 통감했다.

뒷공작은 물론 할 거고, 하지 않으면 이길 수 없다는 생각도 했다. 하지만 그것만으로는 미아가 편법을 썼다는 게 일목요연하다.

편법을 전혀 쓰지 않아도 이길 수 있다고, 적어도 라피나를 설득시킬 수 있을 법한 상황을 만들어낼 필요가 생기고 말았다.

──하지만 라피나 님을 설득한다니……. 너무 어려워요…….

빠르게 우울함에 잠겨가는 미아였다.

참고로 미아 주위에는 현재 한 명의 학생도 없었다.

미아파 사람들에겐 앞으로 어떻게 선거전략을 펼쳐나갈지 계획해달라고 했다. 소위 실무적인 부분이자 무척 중요한 부분이다.

제국에는 선거라는 제도가 없으니 미아는 잘 몰랐지만, 클로에의 말로는 선거를 치르는 나라에선 다양한 후보자 홍보가 이뤄진다고 했다.

자신의 초상화를 뿌리며 이름을 알리거나, 음유시인을 고용해 자신의 공적을 사람들 사이에 퍼트리는 등 방식은 다양했다.

초상화는 이미 늦었다고 해도, 양피지에 이름을 적어 교내에 뿌리는 정도는 해도 괜찮을 것 같았다.

클로에도 진영에 끌어들여 각종 아이디어를 제시해달라고 했다. 현재 한창 기획 회의가 이뤄지는 중이다.

──클로에 혼자였다면 조금 걱정이지만, 티오나 양이 있으니 괜찮겠죠…….

클로에 혼자라면 다른 귀족 자제를 제어할 수 없을 테지만 티오나도 같이 있다.

교실에서 일어난 그 사건 이후 긴장된 분위기 속에서 가장 먼저 지지를 표명한 티오나는 미아 파 일원에게 한 수 위로 쳐주는 존재가 되었다.

능력적인 면은 제쳐놓더라도, 적어도 라피나가 화낼 법한 더러운 공작은 하지 않을 것이라고 미아도 그녀를 어느 정도 믿고 있었다.

게다가 다들 숨을 죽이고 있을 때 용기를 내서 자신을 지지해준 이상 매정하게 쳐낼 수도 없다. 그리하여 일단 리더 역할을 티오나에게 맡겨두었다.

"클로에와도 사이가 좋은 듯하니 잘 움직여주면 좋겠는데요…….
할 일이 너무 많아서 눈이 빙글빙글 돌아요."

작게 한숨을 쉰 뒤 미아는 턱을 괴었다.

"아무튼 선거공약이에요. 제가 학생회장이 되면 어떤 걸 할지……, 그걸 제대로 알려야 한다고 하니……."

클로에의 조언을 머릿속에서 곱씹으며 미아는 자신이 학생회장이 된 뒤에 하고 싶은 것을 파피루스에 적어나갔다.

① 식당의 간식을 추가한다.

② 홍차에 넣는 잼을 충실하게.

③ 겨울에는 버섯 냄비 요리 (미아 수제) 파티.

④ 입욕 시설 확장. (증기욕 등에 관심 있음)

……등등, 순도 높은 미아의 욕망이 나열되었다.

……종이를 낭비하는 행위였다.

"미아 언니."

자신의 선거공약 후보를 줄줄 적어 내려가던 도중 불현듯 뒤에서 목소리가 들렸다.

"음? 어머나, 벨, 그리고 안느! 와 줬군요."

도서실에 찾아온 지원군 두 사람을 본 미아는 눈부신 미소를 지었다.

벨은 그렇다 쳐도 자신의 심복 안느에게는 기대가 컸다.

"여기 계신다고 듣고 달려왔습니다. 저도 무언가 돕고 싶어요."

"고마워요, 안느. 꼭 지혜를 빌려주세요."

그렇게 미아는 바로 자신이 적은 내용을 두 사람에게 보여주었다.

"이것은……?"

"제가 학생회장이 되면 하고 싶은 일들이랍니다."

당당히 가슴을 펴는 미아.

"미아 언니…………, 이거."

벨은 종이를 찬찬히 읽어보고……, 이어서 미아의 얼굴을 보고는.

"너무 멋져요!"

눈을 반짝반짝 빛냈다.

"역시 미아 언니세요! 이 크림빵 꾸러미도 무척 근사해요! 저는 디저트 추가 대찬성이에요!"

엄청난 호평이다! 식당 추가 메뉴 후보를 보고는 침을 추릅 훔치기까지 했다. 역시 미아의 자랑스러운 손녀다!

"그러게요. 틀에 갇히지 않고 자유로운 아이디어를 떠올리는 게 중요하다고 에리스도 자주 말했었답니다."

안느도 역시 미아 님이라며 감탄한 표정이었다.

두 사람의 반응을 본 미아도 기분이 좋아졌다.

"음! 좋아요! 그럼 틀에 갇히지 않은 아이디어를 계속해서 적어보겠어요!"

그렇게 미아가 파멸의 낭떠러지를 향해 성큼성큼 걸어가려고 하던 차에…….

"안녕, 미아. 열심히 하는구나."

도서실에 새로운 인물이 나타났다.

"어머나, 아벨! 혹시 도와주시러 온 건가요?"

"그래. 네가 도서실에서 고민 중이라고 들었거든. 어쩌면 도움이 될지도 모른다고 생각하고 이것저것 조사해왔어. 라피나 님께서 회장이 된 후로 어떤 일을 해왔는지."

그렇게 말한 뒤 아벨은 얼굴을 찌푸렸다.

"렘노 왕국에 전해 내려오는 오래된 격언이 있거든. 전투에 승리하기 위해서는 적에 대해 잘 알아야 한다고 해."

"그렇군요. 확실히 그 말이 맞아요. 라피나 님께서 어떤 선거공약을 내세울지 예상해두는 것도 의미가 있겠군요."

그 후 미아는 아벨을 향해 생글생글 웃었다.

"역시 아벨이에요. 든든해요."

사실 미아는 이렇게 자신의 편을 들어주러 온 것만으로도 무척 기뻐졌지만…….

그런 미아를 보고 아벨은 쑥스러운 듯 시선을 돌렸다. 그 후 불현듯 고개를 갸웃거렸다.

"어? 너는……."

그 시선 끝에 있는 사람은 눈이 휘둥그레져서 아벨을 바라보는 벨이었다.

"네가 그……, 미아의 친척이라는 아가씨니?"

"네, 잘 부탁드립니다. 아벨 하…… 왕자님. 미아벨이라고 합니다. 벨이라고 불러주세요."

"그래, 나야말로 잘 부탁해, 벨. 아벨 렘노. 렘노 왕국의 왕자야."

아벨은 자상하게 웃으면서 벨을 보았다가 작게 쿡쿡 웃었다.

"어머? 왜 그러세요?"

"아니, 잘 생각해 보니 미아벨이라는 이름은 미아의 이름과 내 이름을 합친 것처럼 들려서."

그 말에 미아도 깨달았다.

미아벨=미아+아벨.

확실히 벨의 이름은 그렇게 생각할 수도 있는 이름이었다.

"어머나, 아벨도 참. 부끄럽게. 오호호."

미아는 조금 뺨을 붉히며 웃었다.

──정말이지, 아무리 저희를 좋아한다고 해도 너무 단순하잖아요. 이런 식으로 이름을 붙이다니…….. 제 아이지만 벨의 부모님도 너무하지 않나요? 아이의 이름은 더 진지하게…….

"네, 할머니께서 붙여주신 소중한 이름이에요."

──무, 무, 무, 무슨 짓을 한 건가요! 미래의 저는!

미아는 속으로 비명을 질렀다.

제26화 아벨 할아버지는 울어도 된다……

"그, 그래서 아벨, 당신이 조사하셨다는 건……."

미아는 가까스로 정신을 차리고 물었다.

"아, 그랬지. 알아보기 쉽도록 적어왔어."

아벨은 두 장의 종이를 꺼내 책상 위에 내려놓았다.

"이게 라피나 님께서 학생회장이 된 뒤로 시행한 일을 정리한 거야. 그리고 이쪽은……."

아벨은 쑥스러운 듯한 표정으로 덧붙였다.

"일단……, 뭔가 도움이 될지도 모른다는 생각에 내가 만들어 본 선거공약이고. 네게 도움이 될 거라는 자신감은 전혀 없지만……."

"어머나! 그렇지 않답니다. 무척 기뻐요!"

미아는 아벨이 가져온 종이를 고이 들어 올렸다.

"우선 라피나 님 쪽부터 읽어줘. 내 공약 쪽은 겸사겸사 보는 정도면 돼. 정말로 보여주는 게 부끄러울 정도라서……, 음?"

아벨은 먼저 책상 위에 놓여있던 미아의 선거공약을 보았다. 그걸 들고 잠시 읽어보더니……

그 후 미아 쪽을 보았다가…… 바로 이해했다는 듯 벨을 향해 시선을 보냈다.

"벨, 너도 미아를 돕고 있는 거니?"

"네! 위대하신 미아 할, 언니를 도울 수 있는 건 대단한 영광이니까 열심히 하고 있습니다!"

기운차게 대답하는 벨. 그 머리를 아벨이 부드럽게 쓰다듬었다.

──세상에! 아벨의 쓰다듬을 받다니 치사해요!

손녀에게 질투심을 불태우는 위대하신 미아 언니셨다. 은근히 유치하다…….

──애초에 왜 제 선거공약을 보고 벨 이야기를 하는 거죠?! 저건 제 아이디어인데!

그렇게 화를 내던 미아였으나 아벨이 가져온 자료를 보고 창백해졌다.

"이건…… 노후한 학원시설을 대담하게 보수, 불필요한 행사를 폐지하고 새 행사를 기획……?"

거기에는 자신이 생각했던 것과는 차원이 다른 무언가가 나열되어 있었다.

학생들의 요청에 귀를 기울이면서도 앞을 내다보고 10년 뒤, 20년 뒤까지 남을 법한 의의 있는 일 처리. 적확한 현상 확인과 그에 따른 해결법을, 심지어 미아도 이해할 수 있을 만큼 간결하게 정리하는 수완…….

──이, 이것과 비슷한 수준을 제가 만들어야 한다는 건가요?!

미아가 고안했던 '학식 디저트 증산 계획'은 어린애 장난 수준이었다.

──그렇군요, 그래서 제가 아니라 벨이 만든 거라고 생각한 거예요. 게다가 라피나 님의 선거공약은 은근히 루드비히와 비슷한 느낌이 드는데요…….

미아는 라피나의 정치 수완을 조금도 몰랐으나······ 만약 루드비히와 동등한 행정 능력을 지니고 있다면, 이것은 승산 없는 싸움이라고 할 수 있다.

——어, 어떻게 해야 하는지 짐작도 가지 않아요······.

빠르게도 울상을 지으려던 미아. 하지만 그때 새로운 인물이 찾아왔다.

"아, 미아. 여기 있었군."

"어머······, 시온?"

새로이 도서실에 들어온 사람은 시온이었다.

달려온 건지 그 이마에는 살짝 땀이 맺혀 있었다.

그대로 미아 일행이 있는 곳으로 걸어온 그는 벨을 보고 의아한 얼굴이 되었다.

"음? 너는······. 아, 그래. 라피나 님께 들었지. 미아의 친척이라는······."

"네! 미아벨입니다. 벨이라고 불러주세요."

"자기소개 고마워. 나는 시온 솔 선크랜드다."

그 이름을 들은 벨은 경악한 표정을 지었다.

"처······, 천칭왕 시온······. 우와아! 지, 진짜······?"

"천칭왕······?"

작게 고개를 갸웃거린 시온이 문득 책상 위에 놓인 종이를 보았다.

"이건 라피나 님의 실무기록인가?"

"그래, 역시 빈틈이 전혀 없었어."

어깨를 으쓱하는 아벨. 시온은 자료를 슥 훑어보고 입을 열었다.

"그렇군. 역시 라피나 님이야……. 음? 이 종이는……?"

"앗, 그건……!"

막을 새도 없이 시온은 미아의 선거공약 종이를 집었다.

한차례 읽어본 시온은 당황하는 미아…… 가 아니라, 그 옆에서 고개를 갸우뚱 기울이고 있는 벨에게 시선을 주었다.

"너도 미아를 돕고 있는 건가?"

"네! 저도 존경하는 미아 할, 언니를 온 힘을 다해 도와드리고 싶어요."

"그래. 착한 아이구나."

그러고는 시온은 자상한 미소를 지으며 벨의 머리를 쓰다듬었다.

"에헤헤……."

조금 전과 똑같은 전개였으나……, 왠지 벨의 반응은 조금 전보다 더 좋았다. 어쩐지 무척 행복한 표정인 벨. 유명인이자 미남인 천칭왕이 머리를 쓰다듬어줘서 완전히 극락에 가버린 모양이었다.

아벨 할아버지는 울어도 된다…….

──이 아이…… 의외로 유행을 따르는 타입이군요. 뭐, 저걸 제가 썼다는 걸 들키지 않으니 다행이지만…….

묘하게 복잡한 기분이 드는 미아였다. 그런 미아를 향해 고개를 돌린 시온이 말했다.

"그런데 미아, 정작 네 선거공약은 어떻게 되었지?"

'시끄러워! 네가 들고 있는 그거라고!'라는 말은 당연히 할 수 없었기에 미아는 순간 침묵했다. 찰나의 숙고. 그리고 번뜩임!

"어머나, 시온. 그렇게 걱정해주시다니, 혹시 저를 도와주러 오신 건가요?"

미아, 시온에게도 마수를 뻗다.

라피나의 분노를 산다고 해도 '이 선거공약은 시온도 같이 생각했습니다!'라고 주장한다면 조금은 가벼워질지도 모르지 않는가!

게다가 루드비히 정도는 아니어도 시온의 두뇌는 이용할 가치가 있어 보였다.

써먹을 수 있는 건 뭐든지 써먹는다. 이것저것 따지고 있을 수 없는 미아였다.

반면 시온은…….

"아니, 유감이지만 이번에는 중립에 있겠어."

그 마수를 깨끗하게 회피.

얄미울 정도로 상쾌한 미소를 지었다.

──칫, 도망쳤잖아요. 역시. 그렇게 쉽게 풀리진 않는군요…….

분해서 신음을 참는 미아를 뒤로 시온은 어깨를 으쓱했다.

"도와주고 싶은 마음은 굴뚝같지만, 입장이 있으니까. 선크랜드와 티어문이 손을 잡고 베이르가를 거역했다간 보통 일이 아니게 될 거다."

"그럼 뭘 하러 오신 건가요?"

미아는 도와줄 마음이 없다면 돌아가라고 주장하듯 가시 돋친 말투로 말했다.

"아, 깜빡 잊을 뻔했군."

시온은 싹 표정을 바꿔서 진지한 얼굴을 만들고는 벨을 힐끔 쳐 다봤다.

"뱀에 관련된 이야기인데, 그녀는 괜찮은가?"

뱀…… 비밀결사, 혼돈의 뱀.

남몰래 사회에 숨어들어 좋지 않은 꿍꿍이를 꾸미는 괘씸한 자 들…….

어디에 그 관계자가 있는지, 누굴 믿을 수 있는지 판단하기 어 려운 이상 그리 많은 사람의 귀에 들어갈 이야기는 아니지만…….

미아는 작게 고개를 끄덕였다.

"벨은 믿을 수 있는 아이입니다."

오히려 미아에게는 벨에게는 최대한 정보를 주고 싶었다.

──제국에 문제가 생겼다면 분명 혼돈의 뱀도 관여했을 테니 까요…….

"그래. 그럼 말하지. 이건 아직 확실한 건 아니니 그걸 염두에 두고 들어줬으면 하는데……. 티어문에 혼돈의 뱀 관계자가 있는 것 같다."

"그래요, 역시 그렇군요."

그건 충분히 수긍할 수 있는 범위였다.

혼돈의 뱀 구성원은 사회에 숨어들어 어디에 있는지도 모른다.

그러니 당연히 티어문에도 있으리라고 생각했으나…….

"제국의 중앙 귀족, 거기에 아마 사대공작가 중 한 가문이 관여한 것 같아."

"사, 사대공작가가요?!"

그 말은 차마 예상하지 못했다.

제27화 의심, 또 의심

"어떻게 된 일이죠? 시온, 사대공작가 중 한 가문이 혼돈의 뱀의 관계자라니……."

미아는 당황하며 물었다.

제국의 사대공작가. 다른 이름은 별을 지닌 공작가라는 뜻의 '에트왈라'. 가장 황제에 가까운 귀족.

황제와는 피로 이어진 관계이자, 황위 계승권도 지닌 자들.

그렇기에 믿을 수 있다는 건 아니지만, 적어도 일반적인 귀족보다는 믿을 수 있어야 하는 자들이다.

"그 이야기는 확실한 건가요?"

미아의 질문에 시온은 생각에 잠기듯 침묵했다.

"뭐, 일반적으로 생각했을 때 정확도는 그리 높진 않을 거다. 애초에 제국에 파견했던 바람 까마귀가 보고한 정보지만, 오래전 일이니까. 계속 방치되었던 정보다. 그리 중시되지 않았으니 묻혀있었다고 생각해야겠지."

"일반적으로 생각하면……. 여지가 있는 말투인데, 시온 왕자. 뒤집어 말하자면, 일반적이지 않은 관점에서 볼 수도 있다는 건가?"

그렇게 묻는 아벨에게 시온은 한 번 고개를 끄덕였다.

"만사에는 다양한 측면이 있으니까. 당연히 일반적이지 않은 관점으로 볼 수도 있지."

그 후 장난꾸러기처럼 씩 웃었다.

"그리고 나는 그쪽 관점이 더 그럴싸하게 보여. 즉 정보가 묻혀 있던 이유가 중시되지 않았기 때문이 아니라, 반대였다면……."

"그렇군. 바람 까마귀에도 혼돈의 뱀이 숨어있었으니까. 젬이나 또 다른 자가 의도적으로 정보를 숨겼다면…… 반대로 수상하다고 생각한 거지?"

"그건…… 확실히 수상하네요. 더 자세한 이야기를 듣고 싶어요."

만약 그게 사실이라면 큰일이다. 다름 아닌 제국의 사대공작가니까!

그들은 나라를 지탱하기 위해 귀족을 지휘하고 끝까지 황실에 충성을 맹세하는 자들……. 거기까지 생각한 미아는 퍼뜩 떠올렸다.

——어라? 하지만 이전 시간축에서는 에메랄다 양이 저를 배신하지 않았던가요……?

미아의 절친한 친구를 자칭하던 에메랄다는 혁명이 일어나자마자 제국을 버리고 외국으로 탈출했다. 심지어 일가족을 전부 데리고.

그린문가는 범선을 보유하고 있으며 해외와도 교류가 있다. 그 인맥을 이용해서 멋지게 위험지대를 탈출했다.

마지막으로 만났을 때 에메랄다는 평소와 다름없는 우아한 미소로 말했다.

"미아 님, 다음에 그린문 저택에서 다과회를 열도록 해요. 많은 손님을 불러서 성대하게. 그곳에서 긍지 높은 제국 귀족으로서 이 제국을 위해 헌신하겠다고 맹세하는 거예요. 무척 근사하죠?"

미아는 그 말에 크게 위로받았고, 용기도 얻었다.

매일 루드비히와 외출해서 제국 내의 궁핍한 모습을 보고는 우울해하던 미아였기 때문에 친구인 에메랄다의 존재가 무척 든든했다.

그렇게 약속했던 다과회 날.

미아가 본 것은 텅 빈 껍데기가 되어버린 그린문 저택이었다.

그 후 수도 없이 배신당한 미아였으나, 이때가 처음이었기 때문에 아주 큰 충격을 받았다.

"흐윽, 모처럼 오랜만에 케이크를 먹을 수 있다고 생각했는데……."

노력한 자신에게 주는 포상이라며 케이크를 기대했기 때문에 그 충격은 어마어마했다.

──흠, 지금 생각해보니 사대공작가 녀석들은 다들 비슷비슷했죠…….

기근으로 인한 백성의 고통을 누그러뜨리기 위해 협력을 요청했더니 거절하질 않나, 제도를 지키기 위해 병사를 파병해달라고 요청했더니 거절하지 않나…….

그 가문의 격이 있으니 어중간한 자를 파견할 수도 없었기에 미아가 사자로서 찾아가는 일이 많았으나……. 그때마다 상대의 차가운 태도에 가슴이 너덜너덜하게 찢겨나갔다.

게다가 옐로문가는 뒤에서 혁명군과 손을 잡은 게 아니냐는 소문까지 도는 형국이었다.

──이제 와서 그들 중에 배신자가 있다고 해도 별로 충격적이진 않네요……. 그래요! 오히려 4분의 1이라는 확률로 적의 꼬리를 잡을 수 있을지도 모르니 행운이라고 여겨야 할지도 모르겠어요! 그자의 신병을 확보하고 라피나 님께 사과하러 가면 선거공약이 좀 엉망이어도 용서해주실지도 모르고…….

조금 긍정적인 사고방식이 솟아난 미아는 시온을 보았다. 하지만 시온은 작게 고개를 저었다.

"아쉽게도……, 시간이 너무 많이 지났으니까. 상세한 정보를 조사하는 건 퍽 어려울 거다."

"뭐, 그렇겠네요…….."

"게다가 정보를 보낸 자는 연락이 끊어졌어."

"그건…….."

미아는 무심코 할 말을 잃었다.

"입막음을 위해 살해당했다고 생각하는 게 타당하겠지."

시온은 무거운 말투로 말을 마친 뒤 팔짱을 꼈다.

"어쨌거나 확실하게 어떻다고는 할 수 없어. 애초에 관련이 있는지 아닌지, 어느 수준으로 엮여있는지도 모르니까. 처음에도 말했듯이 이 정보가 얼마나 신빙성이 있는지조차 불명이다. 하지만 조심해서 나쁠 것은 없을 테니까."

미아에게 그 말은 어딘가 아득한 곳에서 말하는 것 같았다.

왜냐하면 시온이 가져온 정보를 벨에게 받은 정보와 조합하면, 다른 것이 보인다는 걸 깨닫고 말았기 때문이다. 즉…….

──제국의 패권을 둘러싼 사대공작가의 대립. 2대 2로 내전을

벌인다고 했었는데……, 그건 정말 단순한 권력투쟁이었던 걸까요?

자연스럽게 그런 의구심이 들었다. 어느 한 공작가에 숨어있는 혼돈의 뱀이 꾸민 책략에 의해 벌어진 사태라고 한다면…… 그냥 권력투쟁이라는 것보다 더 그럴싸하게 들렸다.

──사대공작가 사람들은 경계할 필요가 있겠어요…….

사대공작가의 한 축, 블루문 공작가의 장남 사피아스 에트와 블루문이 찾아온 것은 그다음 날이었다.

제28화 푸른 달의 귀공자의 유혹 (데스 트랩)

미아는 도서실에서 아벨이 가져온 자료를 참고하여 가까스로 선거공약을 완성했다.

물론 아벨이 도와주었지만, 겸사겸사 시온도 끌어들였다.

"나는 중립이니까 미아의 아군은 될 수 없는데……."

그렇게 중얼거리면서도 이러니저러니 도와준 시온.

'어머? 전에 비해 조금 물러지지 않았나요?'라는 생각을 하면서 흐뭇해하던 미아였으나……. 작업을 마칠 무렵에는 핼쑥하게 말라버렸다.

모든 작업을 끝내고 과열된 머리에서 증기를 뿜어내는 미아를 보며 시온은 조금 미안해하는 표정을 지었다.

"미안하다, 미아."

"……네? 무슨 말씀이시죠?"

몽롱한 상태로 대답하는 미아에게 시온이 말했다.

"아니, 사대공작가 일에 충격을 받아서 두뇌 회전이 평소 같지 않았잖아? 오늘은 날카로운 예지가 전혀 보이지 않더군. 정보를 가져온다고 해도 조금 더 때를 골랐어야 했어."

염려하듯 말하고 있지만, 요컨대 미아의 혼신을 담은 두뇌활동을 일축해버린 셈이다.

——무슨! 저, 저도 꽤 열심히 한 건데……!

반사적으로 발끈한 미아였지만 대꾸할 기력도 없었다.

또 시온의 협력에 큰 도움을 받기도 했으니 지금은 꾹 참기로 했다. 어른인 미아였다.

그대로 방에 돌아온 미아는 침대에 쓰러져 죽은 듯이 잠들었다.

그렇게 다음 날, 선거 대책본부로 빌린 교실에서 미아가 미아파 사람들과 함께 선거전략을 짜고 있을 때였다.

사피아스 에트와 블루문이 면회를 요청했다.

"미아 황녀 전하. 평안하셨습니까."

"어머나, 안녕하세요. 사피아스 공자님. 아버님은 강녕하신지?"

"아무렴요. 황제 폐하의 총애를 받으며 한층 노력하고 계십니다. 그나저나 오늘도 참으로 아름다우시군요. 이 사피아스, 매번 황녀 전하의 매력에 마음을 빼앗깁니다."

"어머, 말씀도 참……. 오호호."

그런 닭살 돋는 대화를 주고받으며 미아는 생각했다.

──마침내…… 왔군요!

사피아스가 면회하러 왔다고 들었을 때……, 미아는 팍 꽂혔다. 어제 시온에게 들은 이야기가 뇌리에 되살아났다.

──혼돈의 뱀……. 저를 음모에 끌어들이려고 온 것이라면 그렇게 되지 않을 거니까요! 반대로 꼬리를 잡아 라피나 님께 끌고 가겠어요!

힘차게 의욕을 불태우는 미아였다.

"그런데 갑작스럽지만 황녀 전하, 사람을 물려도 괜찮겠습니까?"

사피아스는 교실 안에 있는 사람들에게 시선을 주었다.

그것만으로도 몇 명은 서둘러 교실 밖으로 나가기 시작했다.

제국 사대공작의 권위는 어중간한 소국의 왕족을 가볍게 능가하기 때문이다.

"미아……."

아벨이 걱정하는 시선을 보냈다.

"괜찮습니다, 아벨. 다른 분들을 잘 부탁드릴게요."

그렇게 말한 뒤, 바로 옆에 있던 티오나에게도 일단 고개를 끄덕여 보였다.

검술 실력이 뛰어난 두 사람은 꼭 옆에 두고 싶었지만 어쩔 수 없다.

만족스럽게 교실을 나가는 사람들을 지켜보던 사피아스였으나, 문득 미아 뒤에 시선을 주고는 고개를 갸웃거렸다.

"어라? 들리지 않았나? 거기 메이드, 너도 나가야지."

그 시선을 받고 순간 등을 움찔 떠는 안느. 하지만 그런 그녀를 보호하듯이 미아가 한 걸음 앞으로 나왔다.

"이자는 제 전속 메이드. 저의 수족이자 제 일부입니다. 당신은 저에게 손발을 꺾으라고 말씀하시는 건지?"

미아는 그렇게 말하며 사피아스를 노려보았다.

"아뇨, 그럴 의도는 아닙니다. 황녀 전하께서 그렇게 말씀하신다면 제가 감히 참견할 일이 아니지요."

공손히 머리를 숙이는 사피아스를 보고 미아는 '흥!' 하고 고자세를 보였다.

──혼돈의 뱀의 구성원과 단둘이라니, 너무 위험하잖아요!

"미아 님⋯⋯."

그런 미아를 안느가 감동에 젖어 촉촉해진 눈동자로 쳐다보았
다.

"그럼 용건은 무엇인가요?"

다시금 묻는 미아에게 사피아스는 붙임성 좋은 미소를 지었다.

"저희 블루문가는 황녀 전하의 회장 선거를 전면적으로 지지하
고 응원하겠습니다."

"어머나, 그건 참 좋은 이야기군요. 오늘은 일부러 그 말씀을
하시러 오신 건가요?"

"아뇨, 그것만이 아닙니다. 황녀 전하께 승리를 위한 책략을 가
져왔습니다."

"⋯⋯흐음?"

미아는 조금 그의 이야기에 귀를 기울일 마음이 들었다.

현재 라피나에게 이길 계획이 전혀 없었기 때문이다.

"그런 방법이 있나요?"

"네, 간단합니다. 라피나 님의 단점을 철저하게 찌르면 됩니다."

"단점⋯⋯ 이라고요?"

그것은 소위 네거티브 전략이라 불리는 수법이다.

자신이 내세운 정책의 장점이 아닌, 상대의 오점을 찾아내서
공격 소재로 삼는다.

확실히 유효한 수단일지도 모르지만⋯⋯.

"하지만 일반 귀족이라면 모를까, 라피나 님께 그런 단점이 있나요?"

"하하, 없으면 만들면 되죠."

"네?"

"라피나 오르카 베이르가는 고결한 성녀. 따라서 작은 오점만 만들면 그것만으로도 커다란 얼룩이 됩니다. 간단한 뒷공작이죠. 전혀 어렵지 않습니다. 부디 제게 맡겨주십시오."

사피아스는 교활한 미소를 지으며 말했다.

그 말을 들은 미아는…….

──그, 그렇군요. 맹점이었어요……!

순수하게 감동해버렸다!

라피나의 정책에 빈틈이 없다는 걸 아는 미아에게 단점이 없으면 만들라는 것은 말 그대로 획기적, 혁신적! 눈이 번쩍 뜨이는 체험이었다.

──하지만 생각해보니 저도 제국 혁명 때 실컷 당한 일이었죠……. 세간에 유포된 제 험담의 8할은 유언비어였으니까요.

……크나큰 거짓말이다. 적어도 6할 이상은 진실한 비판이었다.

하지만…… 확실히 그 모든 것이 진실은 아니었다. 그리고…….

──그런 종류는 제가 거짓이라고 주장해도 믿어주지 않는 게 많았죠…….

사피아스의 책략은 미아의 눈에는 참으로 그럴싸하게 보였다. 따라서 미아의 마음이 순간 흔들렸다. 하지만……. 미아 안에서 무언가가…… 경고를 보냈다. 그것은…….

──그거, 당하면 아주 화가 난단 말이죠.

그렇다. 단적으로 말해⋯⋯, 금시초문의 루머 때문에 욕을 듣는 것은 상당히 짜증 나는 일이다. 상대방에게 강한 원한을 사게 된다.

──온화하고 관대한 저조차 발끈했을 정도이니, 라피나 님의 역린을 건드릴 게 분명해요. 만약 그렇게 되면⋯⋯.

미아는 상상해보았다.

라피나가 싸늘한 분노의 표정으로 자신을 바라보는 장면을⋯⋯⋯⋯ 상상⋯⋯ 해보고⋯⋯.

그 뒤에 이어진, 단두대로 향하는 길이 선명하게 보였다!

──히이이익! 위험해요! 이건 아무런 맥락도 없이 단두대에 끌려가는 패턴이에요!

그렇다. 과거의 미아라면 모를까, 지금의 미아는 수많은 경험을 통해 알고 있다.

자신이 뿌린 씨앗은 자신이 거둬야 한다는 사실을.

그리고 아마 사피아스가 뿌리려 하는 씨앗은 잠깐은 아름다운 꽃을 피운다고 해도, 그 끝에 영근 과일은 맛이 쓰고 독을 품고 있다는 것을.

"베이르가 같은 소국의 공작 영애 따위는 우리 위대한 제국 귀족의 손에 걸리면 싱겁게 끝나버리죠. 하핫."

거만하게 몸을 젖히며 웃는 사피아스를 본 미아는 불현듯 깨달았다.

──아하, 그렇군요. 알겠어요. 즉 혼돈의 뱀은 저와 라피나 님

173

을 갈라놓을 생각인 거군요……? 당해줄 수는 없죠!

제29화 정정당당하게……

"그리고 선거에서 이기신 뒤에는 저를 학생회 임원으로 넣어주셨으면 합니다."

아직도 득의양양하게 자신을 어필하는 사피아스에게 미아는 코웃음을 치며 말했다.

"……당신의 꿍꿍이 정도는 전부 간파했습니다."

너의 비밀은 전부 알고 있다는 듯 의미심장하게 함정을 놓아보았다!

그 말에 어리둥절해져서 고개를 갸웃거리는 사피아스.

"후후, 황녀 전하. 지나친 경계이십니다. 라피나 오르카 베이르가는 그 정도로 대단한 인물이 아니에요."

바로 정신을 차린 사피아스가 경박한 미소를 지으며 말했다.

그 말은 미아의 예상과 완전히 일치했다.

──아아, 역시. 그렇게 얼버무리려고 하는군요. 저를 치켜세우고 라피나 님을 깎아내려서, 라피나 님을 무서워할 필요가 없는 인물로 만들고 적대해도 무시할 수 있다고 주장하는 거죠. 그렇기에 저와 라피나 님의 사이를 갈라놓는 무의미한 음모를 꾸밀 이유가 없다고, 오해라고……. 그렇게 말하고 싶은 거군요?

머리가 나쁜 왕족이었다면 '성녀 라피나보다 당신이 훨씬 뛰어납니다!'라는 말을 들으면 우쭐해졌을 테지만…….

──안타깝게도 저는 그 정도로 바보가 아닙니다!

미아는 상대의 책략을 속속들이 읽어냈다는 만족감에 잠기며 잔뜩 우쭐거리는 얼굴로 말했다.

"사피아스 공자님. 당신의 교활한 꿍꿍이를 받아들일 수는 없습니다."

미아는 거만하게 가슴을 펴고 사피아스를 노려보았다.

──저와 라피나 님을 적대하게 만든다는 교활한 꿍꿍이는 결단코 수용할 수 없어요!

"후, 후회하셔도 모릅니다. 저의 책략을 받아들이지 않으신 것을!"

분한 듯 외치며 방에서 나가는 사피아스.

그 등을 개운한 표정으로 바라본 미아는 잠시 후 퍼뜩 깨달았다.

──뒷공작은 안 되지만, 사대공작가 쪽에는 표를 움직여달라고 부탁해야 하잖아요……. 일단 내일에라도 다시 만나러 가 봐야겠어요…….

그런 생각을 하던 미아였으나……. 사태는 그런 미아의 생각을 남겨두고 알아서 굴러가기 시작했다.

"젠장, 모처럼 내가 이기게 해주겠다고 했는데. 소심한 멍청이 황녀가……."

분노가 식지 않은 듯 사피아스는 복도의 벽을 걷어차…… 려고 했다가 말았다. 발이 아플 것 같았기 때문이다.

『당신의 꿍꿍이 정도는 전부 간파했습니다.』

조금 전에 들은 미아의 말이 머리에 울렸다.

"이 나의 완벽한 계획을, **라피나 님이** 간파했다고? 너무 지나친 경계 아니야? 겁쟁이 같으니……. 심지어 교활한 꿍꿍이? 그게 뭐 어떻다는 거냐. 상대를 이기는 데 필요한 책략을 짜냈을 뿐. 거기에 선악이 어디 있다고."

사피아스는 구질구질하게 불평하면서 그 자리를 떠나려고 했다.

"저기, 사피아스 님."

하지만 몇 걸음 걸어간 그를 불러세우는 목소리가 들렸다. 반사적으로 돌아본 그는 시선 끝에서 한 소녀의 모습을 발견했다.

"음? 아……, 빈곤한 시골 귀족의 딸인가. 허락도 없이 이 나에게 말을 걸다니, 미아 황녀 전하의 총애를 받고 거만해졌나?"

티오나 루돌폰. 루돌폰 변경백작의 영애.

중앙 귀족의 정점에 선 블루문가의 장남인 자신에게 말을 건 시골 귀족 영애에게 사피아스는 짜증을 부딪치듯 날카로운 시선을 던졌다.

티오나는 순간 위축된 듯이 한 걸음 물러날 뻔했지만……. 주먹을 불끈 쥐고는 그 자리에 멈춰 섰다.

그러고는 사피아스를 날카롭게 노려보았다.

"미아 황녀 전하를 방해하지 말아 주세요."

티오나가 떨리는 목소리로 말했다.

"황녀 전하께서는……, 당신들과는 다릅니다. 비겁한 행위를 싫어하십니다."

순간 놀라서 어리둥절해진 사피아스였으나, 연하, 심지어 신분이 낮은 소녀에게 비판을 들었다는 걸 깨닫고 쓴웃음을 지었다.

"뭐냐, 엿들은 건가. 역시 비천한 태생이군."

"네. 저는 시골뜨기 변경백의 딸입니다. 하지만 미아 황녀 전하께선 신분에 집착하지 않는 분이시니까요."

그 대답을 듣고 사피아스의 뺨이 꿈틀거렸다.

"가난한 귀족의 딸 주제에 제법이군. 건방지게. 조금 혼낼 필요가 있겠어……."

위협하듯이 티오나를 향해 한 걸음 내딛으려는 사피아스. 하지만 그 발이 갑자기 멈췄다.

"거기까지."

어느새 다가온 건지 티오나 뒤에 아벨이 서 있었다.

"숙녀를 위협하는 짓은 삼가는 게 좋다고 보는데……."

"아벨 렘노인가. 이류국의 왕자 주제에 제국의 사대귀족인 나에게 거스르겠다?"

사피아스는 깔보는 태도로 아벨을 노려보았다.

"뭐, 외교적으로는 곤란하겠지. 제국과 렘노 왕국은 국력에서 차이가 나니까……."

반면 아벨은 쓴웃음을 지으며 어깨를 으쓱했다.

"다만, 여기서 가만히 지켜보면 너희 나라의 황녀 전하께 혼날 것 같거든. 내 눈앞에서 레이디에게 행패를 부리는 건 피해 주겠어?"

제국의 권위로 위협해도 한 발자국도 물러나지 않을 뿐만이 아니라, 조용한 미소 속에서 적의를 보내는 아벨.

그걸 본 사피아스는…… 조금 쫄았다.

사피아스 에트와 블루문.

미아와 혈연관계이기도 한 그는 미아와 같은 미덕을 지니고 있었다.

그는…… 아픈 것을 싫어한다.

아니, 더 정확하게 말하자면 그는 피를 보는 게 싫다.

싫다기보다는, 피를 보면 기절한다.

넘어져서 까진 생채기만으로도 속이 울렁거릴 자신이 있다.

그런 사피아스이기에 아랫사람을 체벌한다고 해도 기껏해야 손바닥으로 때리는 정도다. 그조차 자신의 손이 아프기 때문에 거의 하지 않는다. 부하에게 맡기면 된다고 생각할지도 모르지만, 힘 조절을 실수해서 유혈사태가 벌어지는 바람에 자신이 기절할지도 모른다.

그런고로 그는 폭력을 아주아주 멀리하는 소년이었다.

따라서 검술대회 출장도 당연히 미뤘고, 훈련한 적도 없다. 권력을 빼고 단순한 검술 실력으로 따지면 티오나보다 약한 수준이다.

심지어 아벨은 티어문보단 못하다고 해도 일단은 이웃 나라의 왕족이자, 황녀 미아가 아끼는 사람이다. 작은 말다툼 정도라면 모를까, 사태가 커지면 자신이 불리하다.

사피아스는 머릿속으로 빠르게 계산을 마쳤다.

"흐, 흥. 우쭐대지 마. 우리 블루문 가계파인 제국 귀족은 많다고. 다른 사대공작가에도 말해두겠어. 협력을 얻을 수 있다고 생각하지 말도록!"

"그런 게…… 없어도, 미아 황녀 전하시라면 괜찮습니다. 정정당당히 라피나 님께 이길 테니까요!"

티오나는 당당하게 가슴을 펴고 사피아스에게 말했다.

"황녀 전하시라면 반드시 괜찮으세요."

그런 일련의 대화를 미아가 들은 건 다음 날이었다.

미아는 제국 귀족의 표를 끌어와달라고 부탁할 겸 언질을 줄 생각이었는데…….

──끄, 끄으응. 저, 저에게 대체 무슨 원한이 있는 거죠?! 역시 이 녀석은 천적이에요!

그런 생각을 했으나……. 아벨 왕자도 함께 있었고, 심지어 그도 티오나의 아군이었다고 하니 아무런 말도 할 수 없었다.

"으, 으음. 그것참, 고생이었군요. 티오나 양. 제, 제가 하고 싶었던 말을 대신 말해주셨네요."

"칭찬해주셔서 영광입니다."

──칭찬 아니에요! 조금도 칭찬할 생각 없거든요!

이리하여 미아는 제국 귀족의 표라는 확실한 표를 잃게 되었으나…….

이 티오나의 용기가 최종적으로 어떤 결말을 불러오는지, 미아는 아직 몰랐다.

제30화 사피아스, 호출을 받다……

"젠장, 젠장, 젠장! 그 자식들이 감히! 젠장!"

방에 돌아온 사피아스는 침대 위에 놓여있던 베개를 때렸다. 펑펑 맥없는 소리가 실내에 울려 퍼졌다.

한동안 날뛰고 나자 허무해진 사피아스는 깊은 한숨을 쉬었다.

"나는……, 꼭 학생회 임원이 되어야 한다고. 이런 곳에서 좌절할 수는 없는데……."

지극히 심각한, 궁지에 몰린 얼굴로 중얼거렸다.

그 후 사피아스는 책상에 시선을 주었다.

책상 위에는 쓰다 만 편지가 하나 놓여 있었다.

그건…….

사랑하는 마이 허니에게.

몸 건강히 잘 지내고 있을까?

나는 변함없이 건강해. 다만 널 만나지 못해서 마음이 우울해질 때가 많아.

그런 글귀로 시작하는 달콤한……, 달착지근한! 러브레터였다!

사실 이 사피아스에게는 어릴 때부터 정해진 약혼자가 있다.

그건 그리 드문 일도 아니었다. 가문 간의 결속을 단단히 엮어주는 결혼은 귀족 사회라는 정치 싸움판에서는 중요한 요소다.

때로는 가문, 때로는 재력, 때로는 무력. 다양한 타산하에 결혼하게 된다.

그중에는 원하지 않는 결혼을 하게 되는 사람도 많이 존재하지만……, 사피아스는…… 의외지만 서로 좋아하는 사이였다.

아주 그냥, 편지로 러브러브, 어디에 놀러 가도 러브러브, 서로의 집에 가도 러브러브, 러브러브…….

같은 공간에 두면 눈꼴시다는 이유로 각자의 식구들이 진절머리를 칠 정도로 알콩달콩한 닭살 커플이었다.

상대방은 사대공작가보다는 못하지만, 전통과 격식을 갖춘 후작가로, 핏줄도 흠잡을 곳 없으며 외모도 가련하고 우아하다.

게다가 사피아스를 존경할 수 있는 멋진 청년이라고 생각할 정도로 왜곡된 콩깍지를 끼고 있었다.

그 결과 이상적인 대귀족 커플이 탄생했다.

참고로 이 연애에 잠식된 뇌 구조는 미아와 몹시 흡사하지만, 당연하게도 본인들은 인정하려 하지 않는다.

아무튼 그것 자체는 문제가 없다. 하지만 문제는 사피아스가 학생회 임원이 되겠다고 큰소리를 떵떵 쳐놓은 편지를 약혼자에게 보내고 말았다는 점이다.

"이제 와서 실패했다고 말하라고? 그런 부끄러운 짓은 어찌하라는 말이야!"

머리를 부여잡고 소리쳤다.

사랑에 고민하는 남자의 서글픈 외침이었다.

참고로…… 그와 같은 방을 쓰는 종자, 다리오라는 이름의 소년은…… 사피아스의 약혼자의 동생이다. 누나의 인맥으로 사피아스의 종자로서 세인트 노엘에 들어와 대륙 최고봉의 교육을 받고 있다.

본인은 크게 만족하고 있지만……. 이따금, 이렇게 누나에게 보낼 러브레터 때문에 고민하는 장래의 매형을 봐야 한다는 상당한 지옥을 맛보는 게 단점이다.

"다리오. 어떻게 해야 할까? 나는 용서받을 수 있을까?"

"으음, 아마 괜찮지 않을까요……. 누나는 꽤 적당히 넘기는 편이니까요."

묘하게 의욕 없는 대답을 돌려주는 다리오.

집에 돌아가면 누나에게서 주야장천 사피아스의 자랑을 들어야 했던 그는 고작 이 정도의 실수로 누나의 호의가 흐려지진 않을 거라 생각하지만…….

"아니, 하지만 역시 체면이……. 크으, 젠장. 망할 미아 황녀 전하. 내가 시키는 대로 하면, 빚을 달아두면, 크으윽……."

그렇게 다리오에게는 참으로 거북하기 짝이 없는 시간은 오래 가지 않았다.

방문을 예의 바르게 노크하는 소리가 울렸다.

"아, 잠시 실례합니다. 사피아스 님."

"'님'이라니, 그렇게 남처럼 부르지 않아도 돼. 우리는 가까운 미래에 가족이 될 테니까……. 편하게 매형이라고 불러도……."

"네, 알겠습니다. 사피아스 님."

다리오는 잘됐다는 듯 문을 열러 갔다가……, 그곳에 서 있는 남자를 보고 고개를 갸웃거렸다.

"실례합니다. 사피아스 에트와 블루문 님. 라피나 님께서 부르십니다."

"……으응?"

그 말에 사피아스는 그저 의아해했다.

그것은 지옥에서 온 사자…… 아니, 학원의 지배자, 라피나 오르카 베이르가의 사자였다.

"라, 라피나 님……. 그, 제게, 무슨 용건이라도……?"

사피아스가 안내받은 곳은 학생회실이었다.

동경하는 학생회실에 발을 들여놓은 사피아스였으나……, 만족감에 잠길 여유는 없었다.

왜냐하면 바로 눈앞에 의자에 단정히 앉은 라피나가 우아한 미소를 지으며 찻잔에 입을 대고 있었기 때문이다.

보통 사람을 불러놓고 자신만 홍차를 즐긴다는 행위는 용서받을 수 없는 무례에 해당한다. 만약 그것이 성립된다면 호출을 받은 사람에게 그럴 만한 잘못이 있을 경우…….

그리고 사피아스에게는 짐작 가는 바가 있었다.

아니야, 설마, 들킬 리가……. 그렇게 생각하면서도 자꾸만 조마조마해졌다.

그런 사피아스의 심정을 아는지 모르는지, 라피나는 조용히 홍차색을 확인하듯 찻잔을 바라보고 있었으나…….

"저……, 저기?"

"후후, 죄송해요…….. 그저 잠시 생각을 좀."

"네? 어, 으음, 무슨 생각을 하셨는지?"

"이럴 때 제 친구라면 어떻게 할지를."

"친구……? 그건…… 앗!"

그때 사피아스는 깨달았다.

라피나 뒤에 있는 소녀……. 얼굴이 창백해진 그녀는 사피아스가 라피나의 악담을 퍼트리기 위해 매수했던 인물이라는 사실을.

"뭔가 뒤에서 이런저런 짓을 할 생각이었던 모양이신데…….. 조금 더 몰래 하지 않으면 멸망을 초래하게 될 거야."

늠름하고 아름다운 목소리로 말한 라피나는 그제야 사피아스에게 시선을 주었다.

청량한, 아침 이슬처럼 맑은 시선을 받은 사피아스는 파르르 떨었다.

『전부 간파했습니다…….』

미아에게 들은 말이 뇌리를 스쳤다.

──서, 설마 정말로?

경악해서 굳어버린 사피아스에게 라피나는 자상하고 부드러운 말투로 입을 열었다.

"하지만, 어떻게 해야 할까…….. 사피아스 공자, 나는 악한 자는 벌을 받아야 한다고 생각해. 물론 사람은 잘못을 저지르는 존재. 그렇기에 자비를 베풀어야 할지도 모르지만…….. 당신은 공작가의 장남이잖아?"

하지만 그 눈은 얼음장처럼 차가운 시선으로 사피아스를 찔렀다.

오싹하리만치 맑고, 순수하고……, 하지만 온기가 전혀 없는 시선으로…….

"나라는 다르지만 나와 같은 신분. 당연히 그 신분에 걸맞게, 자신의 행동에 책임을 져야만 하는 법……. 그 정도는 당신도 알고 있지?"

사피아스의 등을 타고 식은땀이 줄줄 흘렀다.

고작 소국의 공작 영애라고 우습게 봤던 소녀는 심판의 검을 내지르는, 성스러운 신의 집행관이었다. 죄는 용서하지 않고 반드시 벌한다. 라피나에게는 그런 확고한 의지가 있었다.

하지만 그 말투가 불현듯 누그러졌다.

"미아 님은 당신도 용서하겠지. 여기는 학교, 교육하는 장소. 한 번의 잘못으로 퇴학 처리가 내려지는 건 불쌍하다고. 분명 당신을 연민할 거야."

벌에는 두 가지 역할이 있다.

가해자에게 고통을 줘서 피해자의 마음을 달래는 것. 그리고 잘못을 저지른 자가 뉘우치게……, 즉 가해자를 교육하는 것.

"으음, 이번의 피해자는 내가 되는 건가?"

뺨에 손을 올리고 고개를 살짝 옆으로 기울이는 라피나.

"하지만 피해자가 되다 말았지……. 티오나 양 때와 마찬가지로. 피해자의 마음을 달랠 필요가 없다면, 잘못을 저지른 자에게 회개를 촉구하면 돼."

사피아스는 이해할 수 없는 말을 한 라피나는 키득키득 웃었다.

"사피아스 공자, 미아 님은 뭐라고 말했어?"

"라피나 님과 정정당당히 싸우겠다고……, 말했습니다."

종자의 말은 주인의 말. 그것이 귀족의 상식이다.

그리고 사피아스에게 티오나 같은 가난한 귀족은 종자나 마찬가지.

따라서 티오나가 멋대로 주장한 말은 미아의 말이 되어 라피나에게 전해졌다.

"그래……, 그렇구나. 그렇게 말하겠지. 미아 님이라면. 그런 사람이니까, 내 친구는……."

라피나는 슬픔에 젖은 듯한 한숨을 쉬었다.

"아아, 그런데 왜 내 제안을 거절한 걸까……."

제31화 성녀(眞)의 우울

"아……, 이런. 말이 조금 많았어."

사피아스가 떠난 뒤, 라피나는 쓴웃음을 지었다.

잔에 남아있던 홍차를 마저 마셨다. 라피나는 혀에 퍼지는 은은한 쌉쌀함에 얼굴을 찡그리면서 중얼거렸다.

"분명 내가 생각하는 것보다 더 충격이었던 거야. 미아 님의 거절이……."

라피나 오르카 베이르가.

베이르가의 성녀── 사람들에게 숭상을 받는 소녀에게는 원래 친구가 없었다.

그걸 불행하다고 생각한 적은 없었다. 아버지는 넘치는 애정을 쏟아주었고, 국민도 그녀를 사랑하고 따랐다. 오히려 축복받은 환경이라 할 수 있으리라.

다들 그녀를 특별하게 대했다.

특별……. 그도 그럴 것이라고 라피나는 생각한다.

그녀는 자신이 '특별'한 존재라는 걸 부정하지 않는다.

베이르가의 성녀는 한 명밖에 없다. 유일한 존재이자 특별한 존재, 그렇기에 특별한 대우를 받아야 한다.

하지만……. 동시에 라피나는 생각한다.

그건 다른 사람도 마찬가지다.

모든 이가 그런 식으로 만들어졌다.

신이 하나하나를 다르게 설계하고 만들어낸, 특별함을 받고 태어난 유일한 존재.

각자가 신의 총애를 받고 있다.

그렇기에 각자 존중받아야 하는 존재다.

신은 그렇게 가르쳤다. 베이르가의 성전에는 그런 가르침이 적혀있다.

따라서 라피나는 자신만이 특별한 대우를 받는 게 불만이었다.

자신도 다른 아이와 다르지 않다. 평범하게 친구가 되어주면 되지 않는가? 그렇게 생각했다.

그러던 어느 날, 그녀의 앞에 어떤 대귀족의 영애가 나타났다.

"라피나 님, 저와 친구가 되어주실래요?"

그 말에 라피나는 기뻐했다.

드디어 자신을 특별시 하지 않는, 평범한 친구가 되어주는 상대를 만났다고.

진심으로 기뻐했는데…….

어느 날 라피나는 보고 말았다.

그 친구가 자신의 종자를 주먹으로 때리는 광경을.

"왜 그럴 수 있는 거지?"

라피나는 혼란에 빠졌다.

그녀의 친구는 성녀나 귀족이나…… 그런 신분에 사로잡히지 않은 사람인데. 그런 '거짓 특별함'에 좌우되지 않는 사람일 텐데……. 그래서 친구가 되어준 것일 텐데…….

그런데 어째서 그런 심한 짓을 할 수 있는 걸까?

생각한 끝에 라피나는 깨달았다.

소녀가 라피나를 특별시 하지 않았던 이유.

거창한 게 아니었다. 소녀는 라피나만이 아니라 자신도 특별한 존재라고 생각하는 것뿐이었다. 신에게 선택받아 총애를 받는, 특별한 존재라고…… 자만하고 있을 뿐이었다.

참으로 제멋대로인 생각…….

라피나는 이 땅에 사는 사람들을, 신을 믿고 공경하며 그 총애를 받은 신도 공동체를 하나의 가족 같은 것이라고 생각한다. 귀족과 평민, 노예는 전부 역할이 다른 것뿐이라고.

장남으로 태어난 자에게는 가문을 계승할 권리와 의무가 부과된다. 마찬가지로 차남에게는 차남의, 장녀에게는 장녀의, 아버지에게는 아버지의, 어머니에게는 어머니의 역할과 권리, 의무가 있다.

그리고 그 역할은 다른 사람과 비교할 수 있는 게 아니다. 어느하나가 우수하고, 어느 하나가 열등하다고 말할 수 있는 게 아니다. 그저 해야 할 역할에 차이가 있을 뿐이다.

그래서 라피나는 귀족이라고 평민을 괴롭히거나 노예를 학대하는 자를 진심으로 경멸한다.

자신이 받은 특권에 어울리게 자신을 제어하고 의무를 다하려하지 않는 자를 용서할 수 없다.

그런 라피나에겐 친구가 생기지 않았다.

그녀에게 다가오는 귀족은 성녀라는 이름에 매료되어 접근하는 저열한 자들뿐. 친구가 될 가치가 없다.

반대로 평민은 라피나를 공경할지언정 결코 친구가 되려 하진 않았다.

이건 베이르가의 성녀로서 태어난 자신이 짊어져야 하는 시련인 걸까? 그렇게 라피나가 반쯤 포기하던 때, 그녀가 나타났다.

"미아 루나 티어문."

제국에서 그녀가 해온 일을 알았을 때, 라피나는 조금 놀랐다.

통치자인 황제의 딸로서 그에 걸맞은 행동을 하는 황녀. 주어진 지위에 맞게 백성에게 은혜를 베풀고 빈민에게도 배려심을 보일 수 있는 자애로운 사람.

자신과 같은 '성녀'라는 호칭으로 미아를 부르는 사람도 있다고 듣고 라피나는 가슴이 들뜨는 걸 느꼈다.

"어쩌면 이분이라면, 나와 친구가 되어주지 않을까……."

라피나는 미아가 입학하는 걸 손꼽아 기다렸다.

그렇게 공중목욕탕에서 라피나는 처음으로 미아를 보았다.

자신의 종자인 평민 메이드를 배려하고 심지어 심복이라고 말한 미아. 인간을 지위나 핏줄 같은 표면적인 요소가 아닌, 더 깊은 부분으로 볼 수 있는 그녀의 모습은 라피나에게 적잖은 충격과 감동을 주었다.

그녀는 자신이 원하던 사람이다. 라피나는 그렇게 생각했다.

하지만…… 아니었다.

"내가 생각했던 것 이상의 사람이었지, 미아 님은."

무도회 사건 때, 미아가 보인 관용. 잘못을 저지른 자에게도 가

능하다면 갱생의 기회를 주는 것. 그것을 실현하기 위해 다양한
수단을 동원하는 것.

그 자세는 라피나에게는 없는 미지의 개념이었지만…….

"사람은 잘못을 저지르는 법. 잘못임을 모르고 죄를 저지르기
도 하지. 따라서 갱생의 기회를 최대한 부여한다……. 미아 님은
나보다 훨씬 상냥한 사람이야."

라피나는 거기에서 따스함을 느끼는 자신을 깨닫고 조금 놀랐
다.

애매모호한 벌은 부패의 온상이 된다.

죄인에게 주는 벌이 가벼우면 피해를 받은 사람의 마음은 계속
고통스러워한다.

그렇기에 라피나는 미아처럼 그 범인들을 용서하려는 사람을
경멸했다.

벌은 벌. 권력을 지닌 자는 악을 벌하고 부정을 바로잡아야 한
다.

하지만 미아는 자신의 지혜로 악이 행해지기 전에, 혹은 피해
가 커지기 전에 움직여서 범인에게 《갱생할 기회를 줄 수 있는 상
황》을 만들어낸다.

생각해본 적이 없었던 다정한 방식에 라피나는 동경심마저 품
었다.

하지만.

"안타깝지만 미아 님, 당신은 날 이길 수 없어요."

라피나는 작게 중얼거렸다.

그녀에게는 앞으로 선거가 어떻게 될지 정확한 예상도가 보였다.

미아는 확실하게 패배한다.

만약 사피아스의 책략을 받아들일 만큼 '악'이 될 수 있었다면 그나마 승산이 있었다.

하지만 미아는 그것을 거절했다.

"정정당당히, 그리고 다정한 신념으로……. 그런 미아 님의 미덕이 스스로를 옥죄는 사슬이 되겠지. 그러니 절대 나를 이길 수 없어……."

라피나는 미아의 정의를 사랑하는 마음을 믿는다. 따라서 자신의 승리도 확신한다.

아이러니한 이야기다. 미아가 정의롭게 경쟁하고자 하는 한, 그녀는 결코 이길 수 없다.

왜냐하면……, 그건…….

"하아, 응원해주길 바랐는데……."

생각을 끊어내듯 라피나가 중얼거렸다. 그것은 마치 10대 소녀처럼 어리고, 조금 쓸쓸함이 감도는 목소리였다.

"친구라면 이해해줄 줄 알았는데……."

눈앞에 있는 책상에 힘없이 엎드린 라피나는 입술을 삐죽였다.

물론 라피나는 미아가 입후보한 이유도 눈치챘다.

선거라는 제도가 정당하게 기능하기 위해 라피나의 대항마로 나서는 것. 그것 자체는 라피나의 결백을 증명하기 위해서도 필요한 일이었다. 그리고 그건 라피나를 절대적인 존재로 보지 않는 친구만이 할 수 있는 일이다. ……하지만.

"하아…….."

그걸 알면서도 라피나는 쓸쓸한 한숨을 쉬었다.

"나는 열심히 하고 있는데."

혼돈의 뱀 대책과 베이르가의 성녀로서 짊어진 역할, 여기에 학생회장으로서 하는 일도 더해지자 아무리 라피나라고 해도 피로를 숨길 수 없었다.

"열심히 하고 있는데……."

작게 중얼거린 라피나는 살며시 눈을 감고 수마에 몸을 맡겼다.

제32화 성녀(엉터리)의 우울

선거기간도 중반에 접어들 무렵.

"미아 님, 지금까지의 선거전은…… 열세입니다."

미아가 선거대책본부로 쓰기 위해 빌린 빈 교실.

그곳에 클로에의 무거운 목소리가 울려 퍼졌다.

──아아, 뭐, 그렇겠죠…….

그 보고를 들어도 미아는 놀라지 않았다. 오히려 수긍이 갔다.

자신의 눈에도 라피나를 이기는 미래가 전혀 떠오르지 않았기 때문이다.

선거공약은 아벨과 시온의 협력을 받아 그럴싸한 것을 만들었다. 그야말로 라피나와 비교해도 뒤처지지 않을 만큼 준수한 공약을 뽑아냈지만…….

그게 다였다. 라피나를 크게 능가할 수 있는 건 만들지 못했다. 그걸로는 명백하게 부족했다.

──계산하지 못한 일이 너무 많이 일어났어요…….

그랬다. 미아에게도 일단은 전략이 있었다. 일단은…….

대외적으로는 제대로 된 선거공약을 만들어서 학생회장이 되어도 이상하지 않은 상황을 갖춰둔다. 그리고 뒤에서는 티어문 제국파, 선크랜드 왕국파, 각각의 표를 끌어와 아슬아슬하게 승리.

하지만 그 전략은 이미 무너졌다.

티오나가 신나게 허세를 부리는 바람에 사피아스만이 아니라

다른 사대공작가에도 협력을 구하는 게 어려워졌기 때문이다.

이 사태에는 미아도 크게 난처해했다.

아무리 '혼돈의 뱀'과 관련이 있을지도 모른다고 하지만, 제국의 귀족들을 한데 모으기 위해서는 역시 그들의 협력은 **빼놓을** 수 없다.

그렇게 제국의 표를 확보하는 게 어려워진 데다, 당연하게도 선크랜드 쪽 표를 포섭하는 것도 어려웠다. 자국의 귀족들에게도 지지를 끌어내지 못하는 자를 어찌 지지할 수 있을까?

시온도 처음부터 중립을 지키겠다고 명언했으니……, 미아는 손을 쓸 수가 없었다.

그 결과……. 사전 조사에선 대부분의 표심이 라피나에게 가버렸다.

"현재 지지자 조사 비율로는 라피나 님께서 9할, 미아 님께서 1할 정도입니다."

——세상에, 저에게 1할이나 지지자가 있다고요?!

오히려 그 사실에 놀라는 미아였다.

——어지간히 가라앉는 배에 타는 걸 좋아하는 분이 계시는군요. 오호호!

아예 자학으로 달려가고 있었다.

건조한 미소를 짓는 미아에게 클로에가 말했다.

"어떻게든 만회하기 위해 손을 써야만 합니다."

"그건 알지만요……."

미아는 패전의 기색을 뼈저리게 느끼고 있었다.

교실에 모인 사람들의 얼굴을 보고 문득 떠올렸다.

──아아, 이 표정……. 제국 혁명 말기의 근위병단 병사들의 얼굴과 비슷해요.

전멸을 각오하고 혁명군에게 돌격한 병사들. 그들은 호쾌하리 만치 숨길 기색이 없는 체념의 표정을 짓고 있었다.

그와 똑같은 표정으로 미아를 바라보는 사람들이 있다.

──이거 어쩌면, 지는 걸 전제로 행동하는 게 좋지 않을까요?

체념하는 분위기가 옮은 미아도 반쯤 자포자기하는 심정이 되었다.

아직 승리를 믿는 것처럼 보이는 사람은 아벨과 티오나, 그리고…….

"무언가 구체적인 아이디어는 없으신가요?"

현재 사회를 보고 있는 클로에뿐이었다. 참고로 클로에에게는 각 교실을 돌며 정보분석을 부탁했다.

그런 클로에의 질문에 조용히 손을 드는 한 사람…….

티오나 루돌폰이 씩씩하게 손을 들고 있었다.

"이미지 컬러를 정하는 건 어떨까요?"

사람들의 의문 어린 시선을 받은 티오나가 말을 이었다.

"미아 님을 응원하는 사람은 같은 색으로 맞추는 거예요. 옷도 전부 같은 색으로 하는 건 어려울지도 모르지만……."

"그렇군요. 알아보기 쉬운 이미지 전략이네요. 같은 색의 스카 프로 맞춰서 팔에 감는다거나. 효과는 있을 것 같습니다. 겉으로 보이는 모습은 중요하니까요."

클로에는 고개를 끄덕이고 예전에도 모 나라의 선거에서 그러한 전략이 도입되었다는 걸 설명해주었다.

"전장에서도 유효한 수법이지. 선크랜드에는 온몸을 칠흑빛으로 물들인 정예 기사단이 있다고 들었고, 아군이라는 걸 한눈에 알아볼 수 있도록 보여주는 건 단결력을 높이는 의미도 돼. 그렇다면 문제는 무슨 색으로 정하냐로군."

아벨의 말에 미아의 추종자 중 한 명이 대답했다.

"라피나 님의 이미지 컬러는 하얀색이니까, 마찬가지로 정적인 색인 파란색 계통은 어떨까요?"

"파랑⋯⋯⋯⋯."

그 말을 들은 미아는 무심코 뺨을 꿈틀거렸다.

그 색은 그, 뭐라고 할까⋯⋯. 예전에 렘노 왕국에서 혁명에 진 자들의 모습을 떠오르게 했다.

──창건당이었던가요⋯⋯. 그들이 생각나요.

참으로 불길하다. 이길 수 있는 것도 질 것 같은 느낌이 든다.

──뭐, 애초에 못 이길 테지만요⋯⋯.

자학 모드인 미아였다.

그 후에도 노란색, 녹색, 분홍색, 오렌지색 등 다양한 아이디어가 나왔지만⋯⋯.

"염료 조달 문제가 있으니 바로 사용할 수 있는 색은 그리 많지 않습니다."

클로에의 현실적인 지적을 받고 자연스럽게 선택지가 좁혀졌다.

그 결과 화려한 노란색이나 빨간색 계통 중 하나로 하기로 했다.

"빨간색은 트와일라잇 로즈라는 꽃의 염료로 물들이는 진한 빨간색입니다. 이름은 그대로 트와일라잇 로즈 레드라고 불리죠. 노란색은, 으음, 이 색입니다."

그렇게 말하며 클로에가 내민 한 장의 손수건은…… 참으로 그, 눈을 찌르는 것 같은 쨍한 노란색이었다.

──이런 색을 몸에 사용하는 건 좀 머리가 나빠 보여요…….

미아조차 그렇게 난색을 표하는 색이었다.

이런 색을 이미지 컬러로 사용하면 경박하고 요란한 걸 좋아한다는 좋지 않은 이미지가 붙을 것 같았다.

그런 회의를 거쳐 미아파의 이미지 컬러가 정해졌다.

"아아, 그냥. 뭐든 좋아요."

그렇게 반쯤 자포자기 상태로 추이를 지켜본 미아였으나 며칠 뒤에 완성된 색을 보고는 후회했다.

"이, 이 색은……."

트와일라잇. 땅거미가 진 들장미의 붉은빛. 피처럼 진한 빨간색의 다른 이름은 길로틴 레드…….

단두대의 뭐가 빨간색이라는 건지는 언급하지 않겠다.

하지만 그 색은 미아의 불길하기 그지없는 기억을 환기하기에는 충분했다.

"아아, 저는 역시 이제 끝장인 거예요……. 으, 으응……."

결국 그 자리에서 쓰러지는 바람에 안느를 비롯한 주위 사람들을 크게 당황하게 만들었지만…….

이렇게 즐거운 선거전은 종반을 맞으려 하고 있었다.

제33화 미아 황녀, 궁지에 몰리다

"미아 황녀 전하께 깨끗한 한 표를 부탁드립니다!"

이미지 컬러를 정하고 심기일전한 미아파는 행동을 개시했다.

길로틴 레드를 팔에 감고 각자 소리를 드높여 지지를 호소했다.

미아도 붙임성 좋게 자신의 선거공약을 외쳤다.

라피나가 하지 못하는 것을 해야 한다고 생각한 결과, 아벨의 발안으로 말을 타면서 연설하게 되었을 때는 '아무리 그래도 좀 막 나가는 거 아닐까요……?'라며 불안해했으나…….

참고로 그 연출은 기마민족 출신 학생들에게는 대단한 인기를 자랑해 뜻밖의 효과를 보았다. '역시 아벨!' 하고 감탄한 미아였다.

그런 식으로 조금씩이긴 해도 미아의 지지자가 늘어나기 시작했다.

하지만…… 그래도 라피나의 지지율에는 아직 멀어서 도저히 따라잡을 수 없을 것 같았다.

"클로에의 정세분석에 의하면…… 지지율은 2할이 조금 못 미치는 곳까지 온 것 같은데요……."

거기가 한계였다. 역시 승부가 되지 않았다.

선거 대책본부에서 미아는 피곤함에 젖은 한숨을 쉬었다.

──그렇다고 물러날 수도 없으니…….

어젯밤에도 미아는 벨에게 이야기를 들었다. 그 결과 '뭔가 잘 모르겠지만, 루드비히가 확신에 찬 얼굴로 미아가 학생회장이 되지 못하면 세상이 멸망한다고 했다!'는 정보만을 알 수 있었다.

정말로 그것뿐이었다!

——이래서는 대책을 세울 방법이 없어요…….

심지어 아직 벨도 안느도 티오나도 클로에도 미아의 승리를 전혀 의심하지 않았다.

만약 이랬다가 학생회장이 되지 못한다면……. 이들의 실망한 얼굴을 상상하기만 해도…….

——으, 으윽. 배, 배가 아파요…….

그런 미아 앞에 심각한 표정의 아벨이 다가왔다.

"미아, 잠시 괜찮을까?"

"어머나, 아벨. 무슨 일이세요?"

"미안해, 내가 괜히 선거공약을 만드는 바람에 이렇게 되어버려서……."

"네……?"

어리둥절하게 고개를 갸웃거리는 미아에게 아벨은 씁쓸한 기색으로 말했다.

"네가 발표한 선거공약은 거의 내가 원형을 만든 거잖아. 이 결과는 전부 나에게 책임이 있어. 미아니까 어쩌면 나는 상상도 못할 만큼 기발한 정책을 생각했을 텐데……. 하지만 날 배려해서 내가 가져온 걸 채용해준 거 아니야?"

"그럴 리가요! 전혀 그렇지 않아요!"

진심이었다.

"아벨이 없었다면 저는 선거공약을 완성하지 못했을 거예요!"

120% 사실이다.

그런 거짓 한 점 없이 진실한 말을 긍정하는 자가 있었다.

"그래. 너무 자신을 비하하지 마. 아벨 왕자."

교실에 들어온 시온은 평소에는 잘 보이지 않던 쓴웃음을 짓고 있었다.

"하지만……."

"라피나 님의 공약을 봤잖아? 흠 하나 잡을 수 없는 완벽한 정책이었지. 설령 그걸 상회하는 뛰어난 전략으로 나갔다고 해도 그렇게 큰 차이는 없었을 거다. 애초에 라피나 님과 미아의 차이를 역전시키는 건 불가능했던 거야."

라피나와 미아의 차이. 소위 현직의 강점이다.

지금까지 실적이 있는 라피나는 착실한 선거공약으로 나오면 충분하다. 반대로 정치 수완이 미지수에 실적도 0인 미아가 승리하기 위해서는 어지간히 획기적인, 학생들의 마음을 사로잡을 수 있는 공약을 내세울 필요가 있었다.

"어쨌거나 건실한 공약으로는 라피나 님을 뛰어넘지 못한다는 거지."

"어머나? 건실하지 않은 공약도 있나요?"

시온의 말에 고개를 갸웃거리는 미아. 그런 미아를 보고 시온은 고개를 으쓱했다.

"시치미 떼긴, 미아. 너는 눈치채고 있었잖아?"

"으음? 무슨 말씀이신지……."

"벨 양에게 들었어. 도서실에서 본 선거공약은 네가 쓴 거였다면서."

"······네?"

무슨 말인지 순간 이해하지 못했으나······. 그 뇌리에 자신의 욕망으로 가득 채운 선거공약이 스쳐 지나갔다.

——베, 벨! 저를 배신했군요! 모처럼 그건 제가 무덤까지 가져가려고 했는데!

미아는 속으로 절규했다.

딱히 입막음을 한 것도 아니니 배신했다고 할 수도 없지만······.

"그건 무슨······?"

"앗, 아, 아니에요. 그건, 그······."

의아해하는 아벨에게 미아는 무심코 변명하려고 했으나······.

"그건 실험이라는 측면에서는 참으로 올바른 방식이었어."

시온이 선수를 쳤다.

"···········네?"

"알고 있었던 거지? 착실하게, 혹은 공정하게······. 그런 사고 방식으로는 라피나 님을 이길 수 없다고. 그래서 사고실험 삼아 어린아이 같은 공약을 생각해본 거야."

"그렇구나. 그런 거였나."

아벨은 감탄하며 미아를 보았다.

두 왕자의 어딘가 존경 어린 시선을 앞에 둔 미아는.

"뭐, 뭐어, 그런 느낌이죠······."

편승했다! 편승할 수밖에 없었다.

미아는 등에 식은땀을 흘리면서도 오히려 '이제야 눈치채셨나요?'라는 듯한 표정을 꾸며냈다. 미아쯤 되는 실력이라면 어떤 상황에서도 굴하지 않고 의기양양한 표정을 만들 수 있다.

"그러니 아벨 왕자, 딱히 부끄러워할 필요는 없어. 미아는 라피나 님을 이길 방법을 모색했지만 그러면서도 그 길을 포기한 거다."

"어째서지? 이길 방법이 있는데 그 길을 포기하다니……."

"모르겠어? 그 방향으로 계속 가면 어디로 도달하는지……. 라피나 님과 다른 방향에 있는 공약이라는 건, 예를 들어…… 그래. 대귀족을 우대하는 공약이 포함되지."

"뭐? 아니, 시온 왕자. 그건 무슨 농담이야?"

눈을 깜빡이는 아벨을 향해 시온은 고개를 저었다.

"안타깝게도 지극히 효과적인 전략이다. 라피나 님께선 평민에게도 귀족에게도 동등하게 자애를 베푸시지. 오히려 귀족에게는 평가가 박하실 정도야. 그걸 좋게 여기지 않는 귀족도 많을 거다."

"그렇군, 라피나 님과 같은 방향성이라면 미아에게 표를 주는 의미가 없지. 그래서 만약, 라피나 님께서 완벽하고 공정하기 그지없는 선거공약을 내세우셨을 때는 손을 쓸 방도가 없다는 건가."

현재 세인트 노엘 학원의 상황, 학생회가 움직일 수 있는 예산과 노력, 그러한 제한 안에서 할 수 있는 일은 한정적이다.

예를 들어 세인트 노엘 학원에 개선해야 하는 문제점이 20 있다고 치자. 학생회에서 움직일 수 있는 노력이 10이라고 치자. 그런 경우 그 10의 힘을 어떻게 분배하는지, 그 종류는 사실 그리 많지 않다.

학원의 현황을 정확하게 파악하는 눈이 있고 학생회의 역량을 가늠하는 분석력이 동일하다고 보면, 차이가 생기는 포인트는 자연스레 우선순위를 매기는 방식이 된다.

즉, 무엇을 가장 중요하게 두고 활동하는가.

따라서 라피나가 선(善)에 해당하는 선거공약을 내세우면 미아는 악(惡)에 해당하는 선거공약을, 라피나가 모든 학생에게 공정한 선거공약을 내세우면 미아는 일부 학생이 이득을 보는 불공정한 선거공약을 내세우는 방법 말고는 차별성을 만들 수 없다.

제한이 있는 이상 그 수렴지점의 형태는 대체로 정해져 있다. 그리고 이미 최선의 것을 라피나가 가져가 버렸으니 미아는 어떻게 할 방도가 없다.

두 사람의 대화를 들으며 미아는 뺨을 부풀렸다.

──공약에 쓸 수 있을 법한 걸 전부 혼자 가져가 버리시다니, 치사해요! 라피나 님.

제34화 미아는 불량 모드로 진화했다!

이렇게 정세를 뒤엎지 못한 채 마침내 선거 당일이 왔다.

"으, 으으……. 어떻게 해야 하죠……."

모든 길이 막혀버린 미아는 뇌를 풀가동해서 타개책을 모색했다.

벌써 며칠 전부터 그런 상태라, 뇌의 만성적인 과열로 몸에도 약간 열이 나서 비틀거릴 정도다.

그렇게 생각하고 또 생각하고, 생각하고, 거듭 생각한 결과…… 좋은 아이디어는 나오지 않았다.

남은 건 투표 전에 하는 최종연설뿐.

역전할 방법은…… 없다.

그때 미아는 깨달았다.

──아아, 오지 않았어요……! 제 주위에 어떠한 흐름도 느껴지지 않아요.

여태까지는 여차할 때 미아를 떠받들어주던 힘이 지금은 전혀 느껴지지 않았다.

──무소식! 감감무소식이에요…….

어쩌면 이건 시간을 역행해온 이래 최대의 위기인 게 아닐까……?

미아는 뒤늦게 그런 생각이 들었다.

세인트 노엘에서 선거란 신성한 의식이다.

선거기간의 시작을 알리는 개회 미사가 그러했듯, 오늘의 투표도 마찬가지다.

오늘은 특히 회장을 뽑는 신성한 투표일이다. 입후보자는 조신하게 몸가짐을 바로 하고 순백의 성의를 입을 필요가 있었다.

세인트 노엘 학원 지하에는 정화의 샘이라 불리는 장소가 있다.

희고 매끈매끈한 돌이 깔린 그 공간은 고즈넉한 분위기에 감싸여 있었다.

넓은 공간 중앙에는 맑은 물이 퐁퐁 솟아나는 샘이 있는데, 입후보자는 여기에서 몸을 정결히 하는 게 관습이다.

입구에서 모든 옷을 벗고 실오라기 하나 걸치지 않은 모습이 된 미아는 그 몸을 샘물 속에 담갔다.

조금 뜨거운 물이 섞인 샘물은 오들오들 떨 정도로 춥지는 않았으나, 그래도 퍽 차가웠다. 열이 나 달아오른 몸에는 딱 좋았다.

"후우……."

작게 숨을 내쉬고 문득 옆을 보았다. 그러자.

──그나저나 라피나 님, 얄미울 정도로 아름다우세요…….

그곳에는 자신과 마찬가지로 물에 몸을 담근 라피나의 모습이 있었다.

투명하리만치 하얀 피부, 맑은 물에 잠겨 반짝이는 길고 고운 머리카락은 동성인 미아가 봐도 더없이 매력적으로 보였다.

──크으윽, 불공평해요! 치사해요!

땅파기 모드에 들어간 미아는 이제야 외모로도 라피나에게 철저히 패배했다는 것을 깨닫고 말았다.

"어머나? 왜 그래? 미아 님."

미아의 시선을 알아차린 건지 라피나가 작게 고개를 갸우뚱했다.

"아, 아뇨. 아무것도 아닙니다. 오호호."

얼버무리듯 웃고는.

"그저 무척, 피곤해 보이시는 것 같네요. 라피나 님."

미아는 드물게도 비아냥을 던졌다.

미아는 땅파기 모드에서 불량 모드로 진화했다!

──물 한 방울 새어나갈 틈 없는 완벽한 행정이라니, 퍽 피곤하시겠죠!

마음속으로 날카롭게 비아냥거리는 미아였다. 불량 모드 미아에게는 무서울 것이 없었다!

──정말이지. 이렇게 아름답고 똑똑하다면 분명 인생도 즐거울 거예요!

물론 결코 입 밖으로 내지는 않았으나…….

부글부글 속이 끓는 걸 견디려는 듯 목욕수건으로 몸을 북북 문지르고 있었더니…….

"저기……, 미아 님."

문득 라피나가 말을 걸었다. 샘물 속에 몸을 담그고 얼굴만 미아 쪽으로 돌린 라피나가 말했다.

"미아 님, 후보자에서 사퇴해주지 않을래?"

"라피나 님……. 그건, 무슨 말씀이시죠?"

미아는 딱딱한 표정으로 라피나를 마주 보았다. 그 시선을 산뜻한 미소로 흘려넘긴 라피나가 말을 이었다.

"미아 님이라면 이미 알고 있을 거야. 투표할 것도 없이, 미아 님은 날 이길 수 없어."

사전 조사로 알 수 있는 건 어느 정도의 동향뿐이다. 하지만 그래도 확정이라 부를 수 있을 만큼 두 사람의 차이는 컸다.

"결과가 나오기 전에 사퇴해준다면 상처가 더 커지기 전에 끝낼 수 있잖아."

어떠한 의도가 있다고 해도 주위에서 미아에게 내리는 평가는 그리 좋지 않았다.

분수도 모르는 떼쟁이 황녀. 이대로는 그 평가가 정착되고 만다. 하지만 여기서 물러날 때를 깨닫고 사퇴한다면, 적어도 시류는 제대로 읽을 수 있는 사람이라며 다소의 명예는 지켜지지 않을까…….

"미아 님은 친구니까……. 싸우고 싶지 않고 상처 주고 싶지도 않아. 이해해줄 수 있을까?"

그건 라피나가 친구에게 보여주는 최소한의 자비였다.

하지만…….

"죄송합니다. 라피나 님, 그럴 수는 없어요."

미아는 작게 고개를 저었다.

"저는 질 수 없으니까요……."

파멸하는 미래를 회피하기 위해……, 어떻게든 라피나에게 이겨야만 한다.

방법은 전혀 모르겠지만…….

미아의 대답을 들은 라피나는 조금 슬픈 표정을 지었다.

"……친구라고 생각했는데…….."

"친구니까…… 아닐까요?"

미아는 작은 목소리로 중얼거렸다.

순간 깜짝 놀란 표정을 지은 라피나를 미아는 원망 섞인 눈으로 바라보았다.

──'친구니까' 조금쯤은 양보해주실 수도 있는 것 '아닐까요?'

지금 세인트 노엘에 필요할 법한 정책을 전부 라피나의 공약이 커버하고 있다. 모조리. 미아에게는 한 줌도 남아있지 않았기에, 미아파가 만든 공약은 라피나와 별다른 차이가 없었다.

당연하지만 그래서는 이길 수 없다. 승산이 쌀알만큼도 보이지 않는다.

──치사해요! 혼자서 전부 가져가다니……, 저에게도 남겨주실 수 있잖아요! 친구인데, 이렇게 완벽하고 철저하게 저를 때려눕히다니! 너무해요!

미아는 불량 모드였다. 그래서.

"라피나 님은 전부 혼자서 하시는군요!"

퉁명스럽게 말했다.

제35화 눈물로 젖은 두 사람의 눈동자

"라피나 님은 전부 혼자서 하시는군요!"

"…………네?"

미아가 쏘아붙인 말. 그것은 확실하게 라피나의 의표를 찔렀다.

"미아 님, 그건 대체…….."

미아는 그 질문에 돌아보지도 않고 가버렸다.

그로 인해 라피나는 자신이 미아를 화나게 했다는 걸 깨달았다.

"미아 님…… 어째서?"

왜 미아가 화를 내는 건지 라피나는 이해할 수 없었다. 짐작도 가지 않았다.

——정말 그런 걸까?

그녀 안에서 다름 아닌 자기 자신이 물었다.

미아의 말이 뇌리를 스쳤다. 조금 전, 샘에서 몸을 씻을 때 미아는 말했다.

말하기 거북한 듯, 조금 걱정하는 듯한 모습으로…….

"그저 무척, 피곤해 보이시는 것 같네요. 라피나 님."

——나를 걱정해준 건가……?

그걸 깨닫자…… 라피나는 미아가 왜 분노했는지 이해했다.

——미아 님은 나를 걱정해서…… 내 부담을 덜어주기 위해……?

요즘 라피나는 확실히 좀 피곤했다.

그렇지 않아도 공사다망한 데다, 혼돈의 뱀이라는 존재가 그녀의 부담을 더욱 크게 늘려놓았다.

그런 그녀를 미아는 계속 친구로서 염려했던 게 아닐까?

베이르가 공작 영애의 역할을 대신 짊어질 수는 없다.

사교의 비밀결사인 혼돈의 뱀이 대항하는 자들을 통솔하는 것도 베이르가의 성녀인 라피나의 일이다.

하지만 학생회장은…… 그렇지 않다.

미아는 자신이 유일하게 대신할 수 있는 라피나의 일을 함께 짊어지겠다고, 손을 내밀어주었던 게 아닐까?

친구란 무엇인가. 그것은 무거운 짐을 나눠 들고 고락을 함께하는 자다.

미아는 말 그대로 라피나의 친구로서 행동했던 것이다.

라피나를 절대적인 존재로 보지 않고, 특별시 하지도 않는 친구이기에 미아는 입후보를 표명했다.

라피나의 옆에 서는 자로서……. 그 짐을 함께 나눠 들기 위해.

그렇게 라피나는 깨달았다.

미아의 선거공약……. 그 제국의 영지가 제시한 선거공약은 라피나와 큰 차이가 없었다.

거의 같다고 해도 과언이 아닐 정도였다.

렘노 왕국의 혁명을 저지하고 자국에서 차례차례 개혁을 거듭해온…… 그 빼어난 예지가 고작 그 정도일까?

──설마 일부러……?

혁신적인 정책을 제시하는 것쯤은 사실 간단하지 않았을까?

그럼에도 미아는 일부러 라피나의 정책을 따라가는 듯한 공약을 내세웠다.

왜냐하면, 이건 라피나를 쓰러뜨리는 게 목적이 아니니까.

라피나의 일을 이어받아 라피나의 짐을 짊어지겠다는 미아의 메시지였으니까.

라피나가 안심하고 미아에게 일을 맡길 수 있도록 배려한 것이다.

──그런데 나는, 미아 님에게 무슨 말을 했지……?

라피나는 자신의 말을 떠올리고…… 경악했다.

이길 수 없으니 후보에서 사퇴하라고…….

라피나의 짐을 함께 짊어지겠다고 손을 내밀어준 미아의…… 손을 뿌리치는 듯한 발언을 하고…….

소중한 친구에게…… 오만하게도 자비를 베풀려고 했다.

──어쩌면 나는 친구라고 말해놓고…… 미아 님을 믿지 않았던 거 아니야……?

"아……, 미, 미아 님…….."

입에서 새어 나오는 말은 생각했던 것보다 더 연약하고…… 가늘게 떨렸다.

멀어지는 등을 향해 손을 뻗었지만, 그 손은 허공을 갈랐다.

대체 무슨 말을 할 수 있을까.

어떤 표정으로 말을 걸어야 할까.

──이제 와서 친구라니, 너무 제멋대로잖아…….

그렇게 생각하자 더는 목소리가 나오지 않았다.

라피나가 절망의 구렁텅이에 삼켜지려던 바로 그때!

문득 미아가 멈춰 섰다.

"라피나 님……, 이건 제 생각이지만……."

뒤를 돌아보지 않고 말했다.

"친구는 작은 잘못이나 실수를 서로 용서하는 존재라고 믿어요."

"…………네?"

귀에 들린 그 말이 믿어지지 않아서…… 라피나는 갈라진 목소리로 중얼거렸다.

──미아 님은…… 나를, 용서해주는 거야? 하지만…….

"'친구'란 그런 존재……. 그렇죠? 라피나 님."

그렇게 말하며 돌아본 미아는 수줍게 미소 지었다.

──친구……. 이게, 내 친구……?

그 순간 라피나는 이해했다.

눈앞의 소녀, 미아 루나 티어문은 틀림없이 자신이 원했던 친구라는 사실을.

계속, 계속, 이런 식으로 서로를 이해하고 마음을 열 수 있는 사람을 찾았다는 사실을 깨닫고…….

"…………!"

불현듯 라피나의 시야가 일그러졌다.

그 아름다운 눈동자에는 굵은 눈물이 방울방울 맺혔다.

라피나는 고개를 푹 숙이고 입술을 깨물었다.

──왜 눈물이……? 나는 왜, 우는 거지?

남들 앞에서 우는 일이 거의 없었던 라피나는 억누를 수 없는 자신의 감정에 휘둘리며 당혹스러워했다.

──기쁜데, 어째서……? 이런 얼굴을 미아 님에게 보여줄 수 없어…….

어떻게든 참으려 했다. 하지만…… 눈물이 계속계속 샘솟아서 멈출 수 없었다. 어느새 코에서도 훌쩍거리는 소리가 나고…….

라피나는 발걸음을 돌려 샘으로 걸어가 차가운 물로 세수했다. 머리부터 냉수를 끼얹고 눈을 거듭 문질렀다.

그 후 다시금 미아 쪽을 보았다.

고맙다고도, 미안하다고도 말하지 못했다.

목소리를 냈다간 또 눈물로 떨릴 것 같았기 때문이다.

그저 한껏 미소를 그리며 미아를 보았다.

──아아, 미아 님과 친구가 되어서 다행이야…….

그 아름다운 눈은 눈물 때문에 살짝 붉어져 있었다.

"미아 님……."

그 목소리를 들은 순간 미아의 머리가 싸늘해졌다.

등을 타고 오르는 오한…….

그 몸에 전율이 휘몰아쳤다!

언제나 침착하고 온화했던 라피나의 목소리. 그 목소리가 떨고 있었다.

미아는 지금까지 자신이 보인 행동을 돌아보고…… 깨달았다.

아, 이거 크게 저질렀네?

불량 모드가 되어서 신나게 비아냥거린 데다, 라피나의 부름을 무시해버렸다.

그 결과 라피나는 목소리가 떨릴 정도로—— 분노했다!

이름을 부르는 게 고작일 정도로 격노! 광분 상태다!

——히, 히이이이이이이익! 크크크, 큰일이에요! 큰일 났어요!

미아는 완전히 잊어버렸다.

선거에서 진다고 해도…… 거기서 바로 세상이 끝나는 건 아니다!

라피나의 분노를 사는 건 피해야 한다!

——어, 어어어, 어떻게 하죠? 어떻게 해야 하는 거예요?! 아아, 5분 전의 저는 어쩜 그렇게 바보 같은지!

미아는 열심히 머리를 굴렸다.

어떻게든 조금 전 자신의 행동을 변명하려고 궁리하고, 궁리하고…… 그 결과!

"라피나 님……, 이건 제 생각이지만……."

무서워서 라피나의 얼굴을 볼 수 없었다. 그래서 미아는 등을 돌린 채 필사적으로 호소했다!

"친구는 작은 잘못이나 실수를 서로 용서하는 존재라고 믿어요!"

미아와 라피나는 친구. 그렇다면!

친구의 조건에 무례를 용서하는 존재라는 걸 추가해버리면 된다.

미아는 거기서 활로를 찾아냈다. 그렇게 마음대로 정의를 내리고, 강요하고, 분위기를 형성한 뒤에 말을 이었다.

"'친구'란 그런 존재……. 그렇죠? 라피나 님."

당신이 먼저 친구가 되자고 했잖아요? 그랬는데 용서하지 못하겠다고 하시진 않겠죠?

……뭐 그런, 먼저 굽히고 들어왔다는 입장을 이용하는 논법이다.

참으로 고식적이다.

여기에 미아는 미소까지 얹어주었다.

'조금 실수했지만 용서해줘!'라는 애교 섞인 미소를.

그렇다. 소위 '웃는 얼굴에 침 못 뱉는다!' 작전이다.

그걸 본 라피나는 말없이 고개를 숙였다.

잘 보자 그 고운 어깨가 부들부들 떨리고 있었다. 심지어 입술을 꽉 깨물고 있다!

──히, 히이이익! 역시 어마어마하게 화나셨어요. 큰일이에요!

순순히 사과했어야 했다고 후회하는 미아였지만, 그 말을 하기 전에 라피나가 발걸음을 돌렸다.

그대로 샘을 향해 성큼성큼 걸어가더니 찬물을 머리 위로 좌아악 끼얹었다.

──그, 그 정도예요? 냉수로 머리를 식혀야 할 정도로 깊은 분노가 끓어오르신 거예요?

라피나는 뒤로 몸을 빙글 돌렸다.

그 후 억지로 미소 지었다.

화가 났기 때문인지 뺨이 꿈틀거리고, 무엇보다 그 눈가가 새빨갛게 물들어 있었다.

——히이이이익! 무무, 무서워요……. 라피나 님, 눈이 새빨개 질 정도로 화나셨군요. 하지만 친구니까 용서하려고……. 그런 갈등을 느끼신 거예요. 이건 가까스로 용서받은 걸까요…….

그 미소를 보고 일단은 안도의 한숨을 내쉬는 미아였다.

——라피나 님과 친구가 되길 정말 잘했어요…….

미아의 눈에는 두려운 나머지 살짝 눈물이 맺혔다…….

제36화 근주자적이란……

정화의 샘에서 정신력이 확 깎여버린 미아는 비틀거리는 발걸음으로 안느 앞에 나타났다.

"미아 님, 괜찮으세요?"

"네, 문제없어요."

"그러세요……?"

고개를 갸웃거리면서도 민첩한 움직임으로 미아의 머리카락을 말리고 성의를 입히는 안느.

모든 작업을 마치고 한 걸음 물러나 전신을 훑어본 뒤 만족스럽게 고개를 끄덕였다.

"미아 님, 열심히 하고 오세요."

안느가 기운을 북돋우려는 듯 말했다.

하지만 그 말을 듣는 미아는 마음이 다른 곳에 가버린 듯했다.

조금 전 라피나의 무시무시한 얼굴을 보고 완전히 넋이 나가버렸기 때문이다.

"아, 그리고 미아 님. 예전에도 말씀드렸지만 면사포는 가벼워서 떨어지기 쉬우니 움직이실 때는 조심해주세요."

"……네? 아, 그, 그래요. 알겠습니다. 고마워요, 안느."

그제야 간신히 입 밖으로 외출 중이었던 영혼이 돌아왔다.

미아는 자신의 모습을 보고 지친 미소를 흘렸다.

──아아……. 패배가 확정된 싸움이긴 하지만, 장군이 전장에

나가지 않을 수는 없으니까요…….

학생회장 선거.
그것은 투표와 엄숙한 의식으로 구성된 학교 행사다.
회장인 대성당 앞쪽에는 커다란 성찬탁이 놓여있다. 성찬탁 위에는 커다란 은빛 잔이 놓여 있는데, 여기에는 피처럼 붉은 포도주가 가득 담겼다.
그것은 성인의 피를 가리키는 것이다.
학생회장으로 선출된 자는 잔에 담긴 포도주를 마시는 의식을 통해 성인의 피를 몸에 흘려 넣고, 청렴결백하고 공명정대한 회장이 될 것을 신 앞에서 맹세한다.
이미 대성당에는 학생들이 모여 있었다.
마지막에 입후보자인 미아와 라피나가 입장하자 투표 의식이 시작되었다.
성가를 몇 곡 부른 후 입후보자의 마지막 연설 시간이 되었다.
먼저 연설하는 사람은 미아다.
성찬탁 앞으로 걸어간 미아는 조용히 학생들에게 시선을 주었다. 그때였다.
"미아 님, 힘내세요!"
몇몇 사람의 그런 목소리가 귀에 들어왔다.
세인트 노엘 학원에서 학생회장 선거는 신성한 의식이다.
당연히 입후보자를 응원하는 함성은 당치도 않은 일이다. ……
하지만 중앙정교회의 신은 관대하므로 이 정도의 소란은 혼내지 않는다.

"거기, 조용히 하십시오."

의식을 주관하는 사제가 작게 주의를 주는 정도에서 멈추고 퇴장 처분을 받거나 하진 않는다.

미아는 성원이 들린 쪽, 팔에 붉은 천을 감은 집단── 자신의 지지자들을 향해 살며시 시선을 보냈다.

──영락없이 다들 포기하고 일찍 떠나갈 줄 알았는데요…….

완전히 패배가 보이는 싸움. 그럼에도 그들은 단결하여 누구 한 명 탈락하지 않고 미아를 따라주었다.

함께 선거기간을 달려온 자들, 함께 고생하고, 소리 높이고, 웃음을 나눈 추억이 뇌리를 스치자 미아는 조용한 미소를 지었다.

──왠지 조금 즐거웠어요.

생각해보면 이전 시간축에서는 이런 식으로 학교 행사를 즐긴 적이 없었다.

과거의 근위대에게 지지 않을 만큼 충성심을 보여준 자들에게 미아는 진심 어린 감사를 담아 깊이 머리를 숙였다.

──고마워요. 언젠가 당신들의 충의에 반드시 보답하겠습니다…….

그때였다.

미아의 머리를 덮고 있던 면사포가 사르륵 미끄러졌다.

"앗…….”

면사포는 바람을 타고 날아가 그대로 은잔 속에 빠져버렸다.

순백의 면사포가 순식간에 피를 머금은 것처럼 붉게 물들었다.

——아아, 정말. 끝까지 어설픈 모습을 보여주네요…….

미아는 당황해서 그 면사포를 거두려고 했으나…….

"……어?"

미아의 머리 위에 새 면사포가 부드럽게 내려앉았다. 그리고 미아 옆에서 뻗은 손이 그대로 젖은 면사포를 건졌다.

조심조심 그쪽으로 시선을 돌린 미아는 경악한 나머지 굳어버렸다.

"라, 라피나 님?"

자신의 면사포를 미아의 머리에 씌워준 라피나는 그대로 미아의 젖은 면사포를 가볍게 짠 다음 성의가 더러워지는 것도 개의치 않고 자신의 팔에 감았다. 붉게 물든 면사포를 팔에 휘감고 있다는 것은 증거——.

미아 루나 티어문을 지지한다는 표명이다!

"라, 라피나 님, 이건……."

옆에서 보고 있던 사제 쪽을 힐끔 본 라피나가 한 걸음 앞으로 걸어 나왔다.

"저를 지지해주신 여러분, 대단히 죄송합니다. 저 라피나 오르카 베이르가는 지금부로 학생회장 후보 자리에서 사퇴하고, 제 친구 미아 루나 티어문을 학생회장으로 추천합니다."

라피나는 늠름한 목소리로 선언했다.

"라, 라피나 님!"

세인트 노엘의 긴 역사 속에서 이런 사태는 단 한 번도 없었다.

투표일 당일에, 최종연설을 앞두고 후보자 사퇴. 심지어 그걸 저

지른 사람이 현역 학생회장이자 베이르가의 공작 영애라니…….

너무나도 상식 밖의 사태에 비명처럼 라피나의 이름을 외치는 사제.

술렁거리는 학생들.

그 속에서 라피나는 미아를 향해 고개를 돌렸다.

그대로 장난기 가득한 미소를 지은 뒤 혀를 빼꼼 내밀었다.

──이, 이건, 대체……? 뭐가 어떻게 된 거죠?

미아는 그저 혼란스러워하면서 그 자리에 우두커니 서 있을 수밖에 없었다.

세인트 노엘 학원에서 선거는 신성한 의식이다. 그것은 신에게 바치는 엄숙한 의식이다.

하지만 중앙정교회의 신은 관대하기로 유명하다.

그 행위가 못된 장난이었다면 당연히 벌을 내리고, 의식 자체가 무효라는 판단이 떨어지기도 한다.

하지만 만약 그 행동이 진지하고, 성실한 마음가짐에서 나온 행동이었다면……. 아무리 의식의 관습에서 벗어났다고 해도 허용한다.

그렇다. 개회 의식 선서에서 혀가 꼬인다고 해도…….

혹은, 투표 의식 도중에 상식 밖의 방법으로 후보자에서 사퇴한다고 해도…….

이리하여 세인트 노엘 학원에 새 학생회장이 탄생했다.

미아 루나 티어문.

제국의 황녀가 학생회장에 취임한 사실은 역사에 결코 적지 않은 영향을 미치게 되지만, 그건 여기서는 생략하기로 한다.

제37화 성녀의 비극과 미아의 야망

"흐음……."

제도 루나티어, 신월지구의 일각. 다 무너져가는 오두막 안에서 한 노인이 신음을 흘렸다.

루드비히 휴이트. 과거에는 제국의 예지, 미아 루나 티어문 아래에서 그 재능을 아낌없이 발휘했던 그도 나이를 먹고 지금은 완전히 호호 할아버지라고 부를 수 있는 모습이 되었다.

"미아벨 전하께 공부는 썩 특기가 아닌 모양이야……."

루드비히는 하얗게 센 콧수염을 쓰다듬으며 침대에 누워 잠든 미아벨을 보았다.

"잘 주무시는군……. 그나저나 역시 그분의 모습이 보여."

뺨을 덮은 찰랑찰랑한 머리카락을 손가락으로 살며시 쓸어넘기면서 중얼거렸다.

"미아벨 전하께선 아직 어리시지. 앞으로 어떤 모습으로든 자랄 수 있고, 성장하실 수 있어. 그분의 피를 이어받으셨으니까……."

조용히 눈을 감았다. 눈꺼풀 뒤로 떠오르는 것은 그의 자랑스러운 주군인 황녀 전하의 모습이다.

사람들이 희망을 품고도 남을 만큼 강렬하고 날카로운 예지. 그것을 체현한 광채로 가득한 모습.

"우리에게는 미래에 걸 희망이 필요해. 미아 황녀 전하처럼 이 정표가 되어줄 빛이."

제국을 인도하는 이정표…….

제국의 예지의 피를 이어받은 미아벨은 제국 국민을 규합하는 핵이 될지도 모르는 인물이다. 그때 필요한 최저한의 지식을 체득할 수 있도록 가르치고 싶어 하는 루드비히였지만.

"이거, 앞날이 멀군……."

쓴웃음을 지은 그는 낡은 책상 앞에 앉았다. 그곳에는 몇 장이나 되는 양피지가 아무렇게나 쌓여 있었다.

"라피나 오르카 베이르가, 라……."

나이를 먹고 이미 일선에서 물러난 루드비히였으나, 옛 민완 문관에게는 정보가 얼마든지 들어왔다.

공연히 썩힐 필요도 없으니 현재 세계정세와 그런 결과를 만든 시대의 흐름을 고찰하는 게 최근 그의 일과가 되어있는데…….

"역시 성황제 라피나가 세계에 미친 영향은 경시할 수 없어."

그녀와 그녀의 수족인 아쿠에리안 포스는 지금은 세계를 석권할 정도의 세력이 되었다.

반란분자를 색출하고 철저하게 감시, 탄압하여 거짓 평화를 실현했다. 그 폭력적인 방식에는 반발도 심했기에 대륙은 대규모 전란의 소용돌이가 되었다.

"하지만 본래 성녀 라피나는 그 정도를 예측할 수 없을 만큼 아둔하지도 않고, 그러한 압정을 펼칠 정도로 악랄하지도 않았을 텐데."

어릴 때부터 미아와 같은 학원에 다녔던 시기까지 라피나는 뛰어난 지성과 안정적인 정신력이 양립된 선량한 인물이었다.

동세대의 영웅, 천칭왕 시온 솔 선크랜드에게도 뒤지지 않을 만큼 빼어난 지도자로 보였다.

"대체 뭐가 그녀를 그렇게까지 바꿔버린 거지……?"

입 밖으로 꺼내서 중얼거리긴 했지만, 루드비히의 눈에 그 변화의 원인은 명백했다.

"성야제에 일어난 대량독살사건……."

세인트 노엘 학원에서 이뤄지는 겨울의 빅 이벤트, 성야제.

그때 일어난 무차별 테러는 성녀 라피나의 명성을 바닥에 떨어뜨렸다.

동정할 점은 있었다.

당시 라피나는 지극히 다망하여, 극도의 피로로 인해 병상에 눕는 일도 잦았다.

제전(祭典) 경비까지 꼼꼼히 살피지 못해도 어쩔 수 없었다.

게다가 적의 모략 또한 상식에서 벗어난 짓이었다.

라피나는 뛰어난 지성의 소유자이긴 하지만, 안타깝게도 그녀는 수재이지 천재가 아니었다.

그녀는 적의 꿍꿍이를 전부 간파해내진 못했다.

암살 자체는 경계했다.

혼돈의 뱀이라는 비밀결사를 상대하고 있으니 그 고려는 당연한 일이다. 자신을 포함한 중요 인물들에겐 암살의 마수가 미치지 않도록 꼼꼼한 경비체제를 갖췄다.

하지만 그녀는 판단을 그르쳤다.

설마 적이 세인트 노엘의 학생이 아니라, 사용인들을 표적으로 삼은 무차별 테러를 일으킬 것이라는 발상을 떠올리지 못했다.

제전일, 평소 열심히 일하는 그들에게 감사를 표하기 위해 대접한 호화로운 요리. 그 안에 설마 독이 들어있을 줄은 상상도 하지 못한 것이다.

'라피나의 명성을 공격한다'── 오직 그 이유만을 위해 사용인을 무차별로 학살하는, 그런 비정한 짓을 저지르는 자가 이 세상에 존재한다는 걸 라피나는 상정하지 못했다.

보통은…… 사용인이 몇 명 죽어 나가든 귀족들은 개의치 않는다.

귀족이 아니면 인간이 아니라는 것이 귀족의 가치관이기 때문이다.

하지만 라피나는 베이르가의 성녀였다.

설령 평민이라 한들 빈민이라 한들 저버리는 것을 용납받을 수 없는 입장에 있다.

따라서…… 성녀의 이름이 실추되었다.

귀족 학생들의 경비는 완벽했는데, 사용인들의 보호는 소홀히 했다……. 그렇게 비난하는 목소리가 있었다.

청렴하고 결백한 유리 같았던 성녀의 명성에 잔뜩 흠집이 갔다.

그 흠집은 여유가 없는 라피나에게 치명상이 되었다.

수도 없이 가슴을 덮치는 죄책감은 어느새 증오로 모습을 바꾸었고, 라피나를 절대권력의 지도자로 변모시켰다.

사람들 사이에 숨어든 '혼돈의 뱀'을 색출하기 위해 그녀는 가혹한 관리체제를 만들었다.

'확정'은 물론이고 '의심'조차 용서하지 않았다. 의심스러운 싹은 전부 다 뽑아버리는, 완전무결한 관리체제.

이로 인해 비밀결사 '혼돈의 뱀'은 잠시도 버티지 못하고 괴멸했다고, 그렇게 여겼지만……

루드비히는 제국 내에서 잡힌 '혼돈의 뱀' 소속의 남자를 심문했을 때를 떠올렸다.

"너희들이 저지른 짓은 너희들의 목을 조르는 결과가 된 것 아닌가?"

그렇게 물은 루드비히에게 남자는 승리했다는 미소를 지으며 대답했다.

"뱀은 죽지 않는다. 왜냐하면 이 상황이야말로 우리가 만들어낸 상황이니까."

그 말을 들은 루드비히는 전율했다.

혼돈의 뱀의 목적이 질서의 파괴라면, 확실히 그의 말은 맞는 말이기 때문이다.

성황제 라피나의 공포정치는 중앙정교회가 쌓아 올린 질서에 대한 공격이었다.

라피나가 중앙정교회의 권위하에서 강압적인 행동을 할수록, 사람들의 마음은 중앙정교회에서 멀어진다. 이 땅의 질서를 담당했던 것, 가치 기준이 되었던 '신의 권위'는 라피나 자신의 손으로 파괴되고 있다.

그리고 몇 년 후, 베이르가는 무너지고 주변국들은 정의와 공정성의 근거를 잃는다.

그 후에 남는 건 혼돈뿐.

"혼돈의 뱀……. 모든 질서의 파괴를 목적으로 한 비밀결사라……."

루드비히는 남자의 말이 맞다는 걸 인정해야만 했다.

세계는 정말로 혼돈의 도가니에 빠져버렸으니까.

"하지만 만약, 미아 황녀 전하셨다면……."

알고 있다. 그것이 희망적인 관측에 불과하다는 사실을.

그래도 루드비히는 생각할 수밖에 없었다.

"제국의 예지의 지략이라면……. 아니, 만약 그분께서 못하셨다면 누구라 한들 막지 못했을 거야. 유일하게 가능성이 있는 게 미아 황녀 전하셨던 거지."

만약 세인트 노엘 학원의 행사를 지휘하는 학생회장이 미아였다면…….

혼돈의 뱀의 악랄한 꿍꿍이조차 간파하고 세계를 구원할 수 있지 않았을까…….

"제국의 예지, 빛나는 달의 여신, 미아 황녀 전하셨다면……."

"흐암? 루드비히 선생님……?"

"아, 미아벨 전하……, 눈을 뜨셨습니까?"

루드비히는 자상한 미소를 지으며 벨을 보았다.

"지금 뭐라고 말씀하셨어요?"

"아뇨, 아무것도 아닙니다. 그보다 푹 주무셨어요?"

벨은 이때 루드비히의 혼잣말을 거의 듣지 못했다.

따라서 미아는 모른다.

성야제의 음모도. 라피나 대신 자신이 무엇을 해야 하는지도…….

루드비히의 과도한 기대가 자신의 두 어깨를 짓누르고 있다는 것은 조금도 상상하지 못하고…….

"어려운 공약은 제쳐놓고……. 우선은……, 아. 그래요! 성야제에서 제가 직접 만든 버섯 냄비 요리를 대접하는 건 꼭 하고 싶어요!!"

그렇게 흉흉한 생각을 하는 미아였다.

번외편 열흘 늦은 생일 파티

미아의 지하 감옥 생활은 기본적으로 무척 따분했다.

오락거리는 당연히 주어지지 않았고, 간수는 욕설이 날아오지 않으면 다행인 사람들뿐이었으니 즐거운 대화를 바랄 수도 없다.

그 결과 미아는.

"5601, 5602……."

지하 감옥의 돌벽에 금이 몇 개나 갔는지 센다는, 다소 위험한 놀이에 몰두하게 되었다. 정신적으로 상당히 맛이 갔다고 해도 과언이 아닐 것이다.

참고로 돌의 개수나 돌에 생긴 얼룩의 개수는 이미 다 셌다.

……여러모로 말기인 셈이다.

"안녕하세요, 미아 황녀 전하."

불현듯 지하 감옥에는 드물게도 귀여운 목소리가 들렸다.

"어머나? 환청인가요."

멍하니 얼굴을 든 미아의 시야에 들어온 것은 자신을 돌봐주는 여성, 안느의 모습이었다.

"세상에! 안느 양, 잘 왔어요!"

그것은 연말에 접어든 어느 겨울날이었다.

평민은 겨울 준비에 바쁜 시기이기에 최근 7일 정도 안느도 모습을 보이지 않았다.

드디어 버려진 건지도 모른다며 하염없이 흐느꼈던 것이 지금으로부터 3일 전.

버려진 게 아니었다는 기쁨을 느끼며 미아는 오랜만에 본 대화 상대를 환한 미소로 맞아주었다.

그 시선이 안느의 목 부근에서 멈췄다.

"어머나, 재미있는 것을 걸고 있네요."

"아, 네. 헤헤헤, 사실 오늘은 제 생일이거든요."

안느는 목에 감은 목도리를 손가락으로 살짝 들어 올렸다.

결이 성기고 싸구려 털실을 사용했기 때문에 결코 고급스럽다고는 할 수 없는 물건. 하지만 안느는 무척 행복해하는 미소를 지었다.

"……좋은 가족이군요."

작게 중얼거린 미아는 이미 처형당한 아버지를 떠올렸다.

과보호하며 자신의 응석을 받아주었던 아버지. 황제로서 어땠는지는 모르지만, 딸인 미아에게는 늘 자상한 사람이었다.

어쩐지 조금 침울해지는 걸 느낀 미아는 작게 고개를 저은 뒤 화제를 바꾸기로 했다.

"그래요, 생일이군요. 그러고 보면 저도 얼마 전에 지나갔어요."

"네……?"

안느는 깜짝 놀란 얼굴로 눈을 깜빡였다.

"미, 미아 님. 생일이셨어요?"

"……벌써 이레 전이에요."

미아는 조금 어이가 없다는 표정으로 안느를 보았다.

"아니 애초에, 제도에 살면서 제 탄신제에 간 적이 없는 건가요?"

황녀 미아의 탄신제는 매년 겨울에 닷새에 걸쳐서 거행되는 성대한 축제다. 제국이 아직 풍요롭던 시절에는 황제의 대대적인 명령하에 많은 노점이 들어서고 나라 내외로 무수한 사람이 관광하러 찾아오곤 했으나…….

"죄송합니다. 겨울에는 부모님을 돕느라 이래저래 바빴거든요……."

안느는 변명하듯이 말했다.

"그러고 보면 동생들이 졸라서 갔던 기억은 있지만, 무슨 축제였는지까지는……."

"뭐, 그것도 이제는 옛날이야기죠."

그 무렵의 떠들썩한 풍경을 떠올린 미아는 조금 쓸쓸한 미소를 지었다.

"당시에는 귀찮고 성가시다고 여겼는데, 막상 사라지니까 조금 쓸쓸하네요."

"……그러셨군요."

안느는 무언가 생각에 잠긴 듯했지만 결국 짧게 동의했을 뿐이었다.

그 후 안느의 가족 이야기, 마을 모습 이야기 등을 들으며 하루가 끝났으나…….

안느가 다시 찾아온 것은 그로부터 사흘 뒤였다.

안느는 슬쩍슬쩍 간수를 살피면서 재빠르게 미아가 있는 지하 감옥으로 들어왔다.

"왜 그러세요? 안느 양."

"쉿. 미아 황녀 전하, 평소처럼 행동해주세요."

속삭이는 목소리로 그렇게 말한 안느는 간수에게 등을 보이는 자세로 미아 쪽을 보았다.

"오늘은 머리카락을 빗겨드리겠습니다. 뒤쪽을 돌아주세요."

그러면서 미아의 몸 방향도 부리나케 돌려버렸다.

"잠깐……, 무슨 일이죠? 안느 양, 그렇게 억지로…… 어?"

안느는 미아의 머리카락을 빗는 척하면서 미아의 손에 슬쩍 '어떤 것'을 넘겨주었다.

"이건…… 쿠키?"

"네, 우연히 입수할 수 있었답니다."

"세상에!"

미아는 작게 탄성을 질렀다.

대기근이 대륙 전역을 뒤덮은 이후, 제국의 식량 사정은 극단적으로 악화했다. 황녀인 미아조차 달콤한 디저트를 먹을 기회는 몹시 귀해졌을 정도다.

하물며 지하 감옥에 갇혀버린 뒤에는 말할 것도 없다.

"어서 드세요. 들키면 빼앗길 거예요."

"앗, 그렇죠. 그럼……."

미아는 오랜만에 먹는 쿠키를 두 손으로 고이 들었다.

희미하게 떨리는 입에 그것을 넣었다. 혀 위에 올린 순간 바싹 마른 흙 같은 감촉이 느껴졌다.

하지만 이로 깨물어 부순 순간, 그것은 달콤함으로 모습을 바꾸었다. 좀 싸구려 같은, 하지만 틀림없이 달콤한 맛. 고소하게 구워낸 밀가루의 향기와 살짝 뿌린 향료에 쓰인 꽃 같은 향기…….

"아아…………."

무심코 탄성이 나왔다. 이 지하 감옥에 온 후로 최고의 만찬이었다.

"생일 축하드립니다."

불현듯 안느가 말을 걸었다.

"이건, 그걸 위해……?"

"네. 열흘이나 늦어져서 죄송합니다."

"……얻는 게 고생스럽지 않았나요?"

이 과자를 입수하는 게 얼마나 힘든지 미아도 눈치챌 수 있었다.

그걸 가족이 아닌 자신에게 주어도 괜찮은 건지……. 미아는 무척 신경 쓰였다.

"네. 특별하니까요. 미아 님께선 생일이셨잖아요."

"하지만……."

"아무래도 생일을 축하하지 않는 건 외롭잖아요. 저는 누구나 이 세상에 태어난 것을 축하받을 권리가 있다고 생각하거든요."

힘차게 선언한 안느가 빼꼼 혀를 내밀었다.

"헤헤헤, 좀 거들먹거리는 듯한 말이 되어버렸네요. 무례를 용서해주십시오, 미아 황녀 전하."

공손한 말투로 머리를 숙이는 안느를 본 미아는 자기도 모르게
웃음을 터트렸다.

그 열흘 늦은 생일을 미아는 계속 잊지 않았다.

단두대 위에서도……, 그 후에도.

그렇게 시간은 과거로 되감기고…….

"아아, 정말 피곤하네요."

나라 전체를 들썩이게 하는 탄신제, 그에 이어지는 사대공작가
에서 열린 파티.

아흐레에 걸쳐 외출해서는 계속 대외용 미소를 지어야 했기 때
문에 미아의 얼굴은 완전히 근육통에 시달렸다.

"사라져서 쓸쓸하다고 생각했지만, 역시 귀찮아요."

미아는 여름에 겨울이 그리워지고 겨울에 여름을 그리워하는
타입이다. 가을과 봄은 먹을 것이 맛있기 때문에 다른 계절을 그
리워하지 않는다.

행복한 성격이다.

드레스를 벗어 던지고 침대에 누운 미아. 몸에서 축 힘을 빼고
그대로 잠들어버릴 뻔했지만…….

"그런 차림으로 주무시면 감기에 걸리실 거예요. 적어도 실내
복으로 갈아입으셔야죠."

안느는 쓴웃음을 지으며 미아 옆으로 걸어왔다.

미아는 그녀가 들고 있는 쟁반에 시선을 주었다.

"어머, 그건?"

"주방장님이 주셨습니다. 피곤하실 거라면서요. 우유를 데운 것 같아요."

"……맛있나요?"

"모르겠지만, 벌꿀로 단맛도 더했다고 그러시던데요."

"먹도록 하죠!"

미아는 단맛이 나면 어지간한 것은 맛있게 느낀다.

행복한 미각이다.

침대 가장자리에 앉아 안느에게서 도자기 잔을 받아 들었다. 하얗고 따끈따끈한 우유에서 달콤한 냄새가 감돌았다. 미아는 만족스러운 한숨을 내쉬었다.

"그런데 미아 님, 오늘 이후 일정은……."

"아, 그러고 보면 안느의 생일이었죠."

지금 알아차렸다는 듯 손뼉을 짝 치는 미아. 참으로 엉성한 연기였다.

그 후 미아는 숨겨두었던 선물을 안느에게 내밀었다.

"네? 저기……, 이건?"

"선물입니다."

안에 든 것은 고급 과자였다.

"앗, 감사합니다."

꾸벅 인사하는 안느…… 였지만, 미아는 그녀가 무언가 하고 싶은 말이 있다는 표정이라는 걸 알아챘다.

"왜 그러는 거죠? 아, 가족과 함께 생일 파티를 하고 싶으니 오늘은 집에 가고 싶다는 건가요?"

"아뇨, 아닙니다. 그게."

안느는 안절부절 우물쭈물거렸다.

"대단히 실례되는 요청이라는 건 알지만, 미아 님께서도 와 주실 수 있을까 하고……."

"네?"

입을 떡 벌리는 미아.

"그, 그게, 동생들이, 그…… 미아 님도 같이 축하해드리겠다고 의욕이 넘쳐서……."

안느는 미아의 얼굴을 힐끔 훔쳐보고는 얼버무리듯 웃었다.

"아, 하하, 하지만 피곤하신 듯하니…… 안 되겠죠. 죄송합니다. 이상한 말씀을 드려서……."

"당신은 매번 열흘 늦게 생일을 축하해주는군요."

미아는 안느의 손을 꼭 붙잡았다.

"네? 저기, 미, 미아 님?"

"물론 가겠습니다, 안느. 기꺼이 가고 말고요."

얼굴을 든 미아는 눈이 부실 정도로 환한 미소를 짓고 있었다.

그로부터 며칠 뒤.

미아는 안느에게 세인트 노엘 학원에 같이 가 달라고 제안하게 된다.

그 미래에 어떤 모험이 기다리고 있는지는 아직 모르는 미아였다.

제38화 미아 황녀, 유능한 여자가 되다……

"으음……, 으으음……, 끄으응."

학생회실에 미아의 신음이 울려 퍼졌다.

새 학생회장 미아의 첫 업무는 학생회 구성원을 정하는 일이었다.

기본적으로 행정 능력이 전혀 없는 미아에게 측근을 착실히 채워 넣는 것은 지극히 중요한 일이었다.

평범한 자였다면 단락적으로, 자신이 부리기 편한 예스맨을 꽂아 넣겠지만……. 그 점에서 미아는 좀 달랐다.

그렇다. 그녀는 이해하고 있다.

"어설픈 인간을 골랐다간…… 제 목이 날아갈 거예요."

그것도 물리적으로.

아무튼 그 라피나에게 학생회장 자리를 양도받은 셈이다.

선거에서 이겼다면 그나마 나았다. 투표한 사람의 잘못이라는 말도 할 수 있기 때문이다.

하지만 라피나는 미아를 믿고 회장 자리를 양도했다.

그 믿음을 배신했다간 무슨 일이 일어날지…….

"그렇지 않아도 정화의 샘에서 저지른 짓을 용서받은 직후인데……. 만약 여기에서 제가 이상한 짓을 하려고 했다간……, 히이익!"

미아는 새빨갛게 물든 라피나의 눈을 떠올리고 파르르 떨었다.

솔직히 왜 라피나가 회장 자리를 넘겨준 건지는 모른다. ……
모르지만, 여기서 자신이 더 큰 일을 쳤다간 어떻게 될지는 안다.
잘 안다. 생생하게, 실감 나게, 그 미래를 볼 수 있다!

"라, 라피나 님의 신뢰에 온 힘을 다해 보답하지 않으면…… 큰
일이 날 거예요!"

따라서 미아는 선택해야만 했다. 루드비히만큼 두뇌 회전이 빠
른 학생회 임원들을!

그 임원들의 진언에 한두 마디 덧붙여서 허가를 내리기만 하면
만사가 돌아가는 것이 미아의 이상적인 형태.

그렇다. 미아는 주위에 예스맨을 두고 싶은 게 아니다. 자신이
예스맨이 되고 싶다!

"우선 부회장직은 라피나 님께 부탁드리기로 하고……."

수습할 수 없는 상황이 되어서 분노를 사는 것보다는 이른 단
계에서 지적을 받는 게 낫다. 게다가 실패해도 라피나의 책임도
있다고 주장할 수 있다! 참으로 고식적인 논리였다.

"또 다른 부회장은……, 시온을 시켜야겠군요."

같은 생각에서 미아는 시온을 끌어들였다.

티어문만이 아니라 선크랜드까지 실수했다고 하면 아무도 불
평하지 않을 것이다.

"아니, 그보다 그 녀석만 편하게 놀다니 말도 안 되죠!"

적극적으로 주위를 끌어들이는 스타일이다.

게다가.

"회장 보좌로 아벨을 옆에 두기로 하고……."

은근슬쩍 자신의 욕망도 반영했다. 육식녀인 미아였다.

"그리고 서기에는 티오나 양…… 이 좋으려나요. 으음, 선거 활동 때 신세 지기도 했고, 클로에에게도 회계를 시키는 것으로……."

이 인선은 선거 활동을 해준 보답이었다.

"어쩐지 이대로는 혼돈의 뱀과 싸우는 평소 인원들이라는 느낌 이네요……, 흐음."

그때 미아는 떠올렸다.

"맞아요……. 사피아스 공자도 서기 보좌로 들어와 달라고 하는 게 좋겠군요."

미아는 심술궂게 히죽 웃었다.

"이 녀석이 혼돈의 뱀의 관계자라는 건 이미 확실하니까요……. 그렇다면 괜히 자유롭게 두는 것보다 학생회에 끌어들여서 감시하는 게 상책이죠. 주위가 반 혼돈의 뱀 파벌로 둘러싸여 있으면 필시 바늘방석에 앉은 기분일 테고……."

참 좋은 아이디어라며 미아는 콧노래를 흥얼거리면서 명랑하게 종알거렸다.

참고로 사피아스가 혼돈의 뱀 관계자라는 것은 딱히 확실하지 않지만…….

"실컷 부려 먹어주겠어요! 나쁜 꿍꿍이를 꾸밀 여유도 없을 정도로!"

미아는 흡족해하며 외쳤다.

미아에게 부회장이 되어 달라는 의뢰를 받은 라피나는 즉시 수

락했다.

인수인계 관점에서 보면 그것은 타당한 인선처럼 보였다.

"게다가 인심 안정도 꾀하는 거겠지⋯⋯."

본래 베이르가 공작가의 인간이 학생회장이 아니게 된 것만으로도 대사건이다. 그런데다 학생회에도 들어가지 않는다면 영향이 너무 커질 것이다.

라피나의 부담을 경감한다는 관점에서 보면 바람직한 일은 아니지만, 그래도 부회장이라면 학생회장일 때에 비해 훨씬 편해진다.

"미아 님 덕분에 마음이 편해졌으니, 이 정도를 돕는 건 아무렇지도 않지만⋯⋯."

라피나는 작게 고개를 갸웃거리며 미아의 학생회 인사를 머릿속으로 곱씹었다.

"과감한 결단을 내렸구나, 미아 님."

기본적으로 학생회에는 티어문이나 선크랜드의 영향이 희박한 학생을 고르는 관습이 있었다.

하지만 미아의 인선은 그 관습을 깔끔하게 무시했다.

"시온 왕자를 고를 줄은 몰랐어. 게다가 아벨 왕자도⋯⋯."

나중에 들은 이야기이긴 하지만, 미아의 선거공약을 만들 때 두 왕자가 협력해주었다고 했다.

"선거공약을 도와준 두 사람에게 그대로 학생회 운영을 맡기는 것. 무척 자연스러운 흐름이지⋯⋯. 그리고 마찬가지로 선거 활동에 공헌한 티오나 양과 클로에 양을 학생회에 넣고⋯⋯. 표면적으로는 자연스러운 인선⋯⋯ 이지만."

라피나의 눈이 사르륵 가늘어졌다.

"이건……, 티어문과 선크랜드, 렘노…… 그리고 베이르가가 손을 잡고 혼돈의 뱀과 싸운다는 걸 표명하는 것처럼 보여……."

혼돈의 뱀과 싸우는 자들을 세인트 노엘 학원 학생회에 소집. 이 학원 생활을 통해서도 보폭을 맞춰나간다…….

라피나는 그런 미아의 의도가 보였다.

"게다가……, 그 사피아스 에트와 블루문을 학생회에 넣었구나……."

라피나는 눈을 감고 며칠 전 본 사피아스의 얼굴을 떠올렸다.

쭈뼛쭈뼛 움찔움찔, 참으로 미덥지 못하고 간사한 소인배라는 인상이었으나…….

"그리 좋은 인재로 보이지는 않지만……. 그래도, 이런 식으로 기회가 주어진다면 필사적으로 일할 수밖에……. 그걸 노린 거겠지……."

실수를 단죄하는 것이 아니라 오히려 기용한다.

그 의기를 느끼고 사피아스가 분발한다면 뜻밖의 이득이다.

"미아 님의 입장이라면 어쨌거나 사대공작가 중 누군가를 넣을 수밖에 없지. 그렇다면 차라리 그가 부리기 쉬워……."

참고로 혼돈의 뱀이 제국 사대공작가 중 어느 한 가문에 접촉했다는 정보는 라피나에게도 들어왔지만……, 사피아스가 범인이라고는 생각하지 않는 라피나였다.

"그 외에는, 그래……. 티어문 제국 내의 귀족과 그 외 학생들에게 보내는 메시지일까……."

아마도 미아는 선을 그은 것이다.

제국 귀족을 어느 정도로 우대할 것인가.

편애를 전혀 하지 않는다는 건 그거대로 수상하다.

라피나 같은 입장에 있는 사람이라면 모를까, 제국의 황녀가 학생회장이 되었으면서 자국의 귀족을 임원에 기용하지 않는 것은 너무나도 부자연스럽다.

티오나는 선거 활동 내내 미아를 응원했으니, 일종의 미아의 수족으로 분류되고 있을 것이다. 따라서 다른 누군가를 기용할 필요가 있었다.

"본래 사대공작가 전원을 기용해도 이상하지 않아. 하지만 그래서는 주위의 반감을 사지. 한 명만 기용한다는 거는 참, 절묘해……."

전방위로 꼼꼼히 주의를 기울인 미아의 마음 씀씀이에 라피나는 그저 한숨을 내쉬었다.

"미아 님은 정치도 잘하는 분이구나……."

라피나 안에서 미아의 평가가 '유능한 여자'로 격상되었다.

……자신의 평가에 제법 큰일이 일어났다는 것을 미아는 아직 모른다.

제39화 선동가 미아!

학생회 구성원이 정해지자 미아는 의기양양하게 사피아스를 찾아갔다.

"사피아스 공자는 계신가요?"

당당히 문을 노크하자 안에서 얼굴이 핼쑥해진 사피아스가 나왔다.

"미, 미아 황녀 전하……. 죄송합니다. 지금 방이 엉망입니다. 당장 치우……."

움찔거리면서 맞은 사피아스를 향해 미아는 위엄이 넘치는 자세로 고개를 저었다.

"아뇨. 여기서 대화해도 충분합니다. 사피아스 공자, 저는 당신을 학생회 서기 보좌로 임명했어요."

"…………네?"

깜짝 놀라서 고개를 갸우뚱하는 사피아스에게 미아는 말을 이었다.

"부회장에는 라피나 님과 시온 왕자님, 회장 보좌로는 아벨 왕자님을, 회계에는 제 소중친 친구 클로에를, 서기에는 티오나 양을 지명했죠."

혼돈의 뱀 쪽 인물이라면 렘노 왕국에서 일어난 일은 이미 알고 있을 것이다.

시온과 아벨이 함께 혼돈의 뱀에 적대한다는 건 알려져 있다.

게다가 모든 사교의 적대자인 라피나가 있고, 미아의 친구인 클로에도 있다.

티오나는…… 뭐, 덤이긴 하지만, 그녀도 렘노 왕국에 동행했으니까.

즉 미아는 이렇게 말한 것이다.

『네놈의 주위를 반(反) 혼돈의 뱀 세력으로 에워싸고 감시해줄 테니까 각오해라, 요 녀석아!』

참고로 덧붙이자면 변경 귀족인 티오나의 보좌로 사피아스를 붙인 것도 미아의 소소한 심술이다.

그렇게 서두를 두고…… 도발했다!

"뭐, 이래저래 불편한 자리이긴 할 테니 딱히 거절하셔도 괜찮답니다. 다만, 그래도 이건 기회라고 보지만요……."

승리의 미소를 머금고 마구마구 도발했다!

사피아스가 혼돈의 뱀일 경우 학생회는 적진 한복판이다.

하지만 다른 관점에서 봤을 때 그곳은 적의 정보를 캐낼 수 있는 장소이기도 했다.

호랑이를 잡으면 호랑이 굴에 들어가야 한다. 그렇다면 이건 기회다.

──흐흥, 거절하기 어렵죠? 하지만 만약 학생회에 들어온다면 치졸한 음모 따위는 꾸미지 못하게끔 전원이서 단단히 감시해 드리겠어요!

미아는 목을 빳빳하게 쳐들고 사피아스의 방을 뒤로했다.

"설마 이런 결과가 기다리고 있을 줄은 몰랐어⋯⋯."

미아를 배웅한 사피아스는 비틀비틀 주저앉았다.

라피나에게 호출을 받은 이후 사피아스는 방에 틀어박혔다. 라피나에게 실컷 위협을 받았으니 밖에 나가는 게 두려워졌기 때문이다.

심지어 약혼자가 보낸 편지가 그의 마음을 무겁게 했다.

사피아스가 학생회에 들어간다고 안 약혼자가 진심으로 사피아스를 축복하고 격려해주었기 때문이다.

미래의 남편 되실 사피아스 님께서 미아 황녀 전하에게 두터운 신뢰를 얻으셨다는 것을 기쁘게 생각합니다. 사피아스 님의 자질을 적확히 간파하시고 평가해주신 미아 황녀 전하께는 뭐라 감사의 말씀을 올려야 할지 모르겠습니다. 황녀 전하께 힘이 되어드리는 중책을 부디 훌륭히 수행하시길.

이런 편지를 받았더니 도저히 실패했다고 할 수 없었다.

그건 너무나도 비참했다.

그렇게 완전히 살아갈 기력을 잃어가던 차에 조금 전 미아가 방문했다.

"아아, 어쨌거나 편지. 사랑하는 마이 허니에게 편지를 써야지⋯⋯."

붓을 든 사피아스가 별안간 그 손을 멈췄다.

"⋯⋯내 자질을 평가하셨다라⋯⋯."

그것이 착각이라는 건 사피아스 본인이 잘 알고 있었다.

자신이 터무니없이 하찮은 소인배라는 건 최근 일주일 동안 뼈저리게 실감했다.

"그럼에도 이 나에게 기회를 주셨다는…… 건가……."

미아는 말했다. 라피나도 있고 자신이 무시했던 티오나도 있다고.

불편한 환경일 테지만 기회이기도 하다고…….

"기대…… 는 하시지 않겠지……. 아니, 그래도 조금도 기대하지 않으셨다면 말씀조차 걸지 않으셨을 거야."

학생회 임원이라는 지위. 그것은 사피아스가 자신의 힘으로 쟁취해낸 것이 아니다.

미아의 일방적인 온정 덕분에 받은 것이다.

"미아 황녀 전하께 힘이 되어드리는 중책, 이라……."

그런 건 형식적인 말이라고 생각했다.

하지만…… 지금의 그에겐 그 말이 묵직한 무게를 지닌 것처럼 느껴졌다.

"내 명예를 지킬 수 있게 해주신 미아 황녀 전하를 위해, 기회를 주신 그분께 보답하기 위해……. 이 은혜를 헛되게 한다면…… 나는 평생 구제불능의 남자로 끝날 것 같은 느낌이야……."

고개를 들었을 때, 사피아스의 얼굴에는 미약하게나마 늠름함이 늘어난 것처럼 보였다.

티어문 제국의 사대공작가가 모이는 다과회. 통칭 '월광회'.

정기적으로 열리는 그 회합에 보기 드문 인물이 모습을 드러냈다.

"어머나, 별일이네. 당신이 오다니 얼마 만이죠? 루비 양."

에메랄다는 들어온 사람을 보고 의외라는 표정을 지었다.

"안녕. 오랜만이야, 녹월의 공녀님."

쾌활한 미소를 지으며 인사한 사람은 사대공작가 중 하나인 레드문가의 영애, 루비 에트와 레드문이다.

어깨 부근에서 가지런하게 자른 선명한 붉은 머리카락. 단정한 이목구비는 남장미인이라는 수식어가 잘 어울리고, 여학생들도 자꾸만 넋을 잃고 쳐다보게 되는 늠름한 미모였다.

맑은 눈동자로 실내를 둘러본 루비는 작게 고개를 갸웃거렸다.

"으음? 오늘은 혼자야? 창월의 귀공자는 안 왔어?"

그렇게 묻자 에메랄다의 표정이 확 바뀌어 못마땅한 얼굴이 되었다.

"학생회 일 때문에 바쁘다나."

"아, 그러고 보면 그는 학생회에 소집되었던가. 하지만 황월의 공녀님은? 올해부터 세인트 노엘에 다닐 텐데."

"단순히 행운 하나로 지위를 유지해온 옐로문 따위는 알 바 아니죠. 가장 오래되고 가장 약한 노란색이 있든 말든 상관없잖아요."

"그건 그렇지만, 그래도 혼자 홍차를 마시는 것보다는 낫다고 보는데."

루비는 쓴웃음을 지으며 에메랄다의 정면에 앉았다.

"그럼 모처럼 왔으니 나도 마시도록 할까."

"어머나, 정말 별일이네. 영락없이 잠깐 얼굴만 비추러 온 줄 알았어요."

"너무 빼먹으면 아버지께 혼나거든."

어깨를 으쓱하며 씁쓸히 웃었다.

"하지만 미아 황녀 전하께는 놀랐어. 설마 학생회장에 입후보 하다니……. 심지어 라피나 님을 사퇴시키고 말이야. 제법 수완이 좋아……."

눈앞에 놓인 홍차를 한 모금 마신 루비가 조용히 숨을 내쉬었다.

"페르쟝 농업국산 홍차구나. 하하, 역시 농노의 후예답게 대단한 품질이야."

"딱히 산지 같은 건 몰라요."

아무렇게나 대답한 에메랄다가 불쾌해하는 얼굴로 코웃음을 쳤다.

"제게 최고급 품질이 제공되는 것만 철저히 유지된다면 산지 차이는 사소한 일이니까."

"음? 좀 화난 것 같은데? 에메랄다. 혹시 미아 황녀 전하께서 학생회장이 되신 게 마음에 안 들어?"

"흥. 딱히 아무런 유감도 없답니다. 그저 보는 눈이 없다고 생각했을 뿐이에요."

"보는 눈이 없다고?"

"어째서 사피아스 같은 무능한 남자를 데려가고 저를 데려가지 않은 건지……. 심지어 티오나 루돌폰 같은 시골 귀족까지 지명하시고……. 용서할 수 없어요. 이걸 어떻게 갚아야 할까……."

에메랄다의 손에 들린 홍차가 부들부들 떨렸다.

"으음, 일단 말해두겠는데. 너무 큰 소란은 일으키지 마. 뭐, 막진 않을 거지만……."

"어머 막지 않아도 괜찮겠어요?"

"아하하, 그야 점찍어두었던 기사를 빼앗겨버렸는걸. 나도 조금은 황녀 전하께 앙심이 있단 말이지."

루비는 웃었다. 하지만 그 눈은 전혀 웃고 있지 않았다.

이리하여 사대공작가의 후계자들은 각각의 생각을 품고 움직이기 시작했다.

제40화 또다시 모이고……

그날, 미아는 라피나에게 점심을 같이 먹자는 권유를 받았다.

세인트 노엘 학원의 부지 안에 있는 화원, 통칭 '비밀의 화원'에서 오찬회가 열렸다.

한 면이 연홍색 꽃으로 가득 찬 화원. 흐드러지게 피어있는 사랑스러운 꽃, '프린세스 로즈'의 향에 황홀해하면서도 미아는 라피나가 준비한 식사에 혀를 내둘렀다.

"이거 정말 맛있어요! 미아 언니."

참고로 오늘은 벨과 안느도 동행했다.

매우 호화로운 점심 식사를 앞에 둔 벨은 환한 미소를 지었다.

"우후후, 벨 양은 무척 맛있게 먹는구나."

라피나는 기쁘다는 듯 벨에게 시선을 주었다.

"헤헤헤, 아주 맛있으니까 어쩔 수 없잖아요."

방글방글 웃는 벨을 라피나는 흐뭇해하는 표정으로 바라보았다.

얼마 전까지만 해도 라피나를 무서워하는 줄 알았는데…….

——이 아이는 의외로 처세술이 좋은 건지도 모르겠어요…….

그러고 보면 벨을 대할 때는 다들 언제나 자상한 표정을 지었다.

——나이로 따지면 아벨이나 시온보다 한 살 연하일 텐데요. 유난히 어린아이처럼 대한단 말이죠…….

"저기, 미아 님."

그때 라피나가 말을 걸었다.

"미아 님에게 벨 양은 소중한 사람이지?"

"물론이죠. 제 소중한……."

손녀라는 말이 튀어나올 뻔한 바람에 미아는 급히 입을 다물었다.

작게 말을 삼킨 뒤 재차 입을 열었다.

"소중한 동생이니까요."

"어머나, 별일이야. 미아 님이 머뭇거리다니……. 후후, 미아 님은 아버지를 참 좋아하는구나."

미아벨이 미아의 아버지가 밖에서 낳아 온 아이인 줄 아는 라피나는 그런 말을 했다.

그런 설정을 붙인 건 미아였기 때문에 뭐라 말할 수 없었지만…….

──아바마마께서 외도로 저 아닌 다른 아이를 만들어왔기 때문에 제가 질투한다…… 고 여기는 건 좀 뜻밖이네요…….

미아는 아버지를 딱히 싫어하진 않지만……, 그렇게 열렬히 좋아한다는 이미지가 박히는 것도 싫었다.

까다로운 나이였다.

그나저나.

"그런데 벨에게 무슨 일이 있나요?"

"아니, 벨 양이 미아 님의 소중한 사람이라면 제대로 된 사람을 종자로 붙여야 할 것 같아서. 뱀이 파고들 빈틈이 될지도 모르잖아."

"제 종자…… 라고요?"

벨이 어리둥절한 얼굴로 고개를 갸웃거렸다.

"그래. 안느 양이 벨 양도 돌보는 건 힘들 테니까."

"그렇군요……. 벨 님께선 어지간한 일은 혼자서 하시니 부담은 그리 크지 않지만, 미아 님과 함께 수업을 들을 수 없는 건……."

──그렇죠. 안느가 옆에 있길 바랄 때가 얼마나 많았는지…….

미아는 마음속으로 동의했다.

만약 벨에게 믿을 수 있는 종자를 붙여줄 수 있다면 결코 나쁜 일은 아니다.

문제는 그 조건에 맞는 인재를 찾지 못했다는 것이지만…….

──라피나 님께서 추천하시는 분이라면……. 아!

미아는 급히 입을 열었다.

"하지만 방은 저희와 같이 쓰게 해주셨으면 해요."

"응? 하지만 좁지 않아?"

그건 부정할 수 없는 사실이지만…… 미아는 언제든지 벨의 이야기를 들을 수 있는 상황을 마련해두고 싶었다.

"괜찮습니다. 문제없어요. 하고 싶은 이야기도 많이 있으니까요……."

"어머나, 후후후. 미아 님은 의외로 동생에게 무르구나."

라피나는 재미있다는 듯 웃은 뒤 뺨에 손을 올리고 고개를 갸웃거렸다.

"하지만…… 그래. 그렇다면 당분간 벨 양은 미아 님과 같은 방을 쓰도록 조치해둘게."

"배려해주셔서 감사합니다."

"그래서 벨 양의 종자로 추천하는 사람 말인데……."

그렇게 말한 라피나는 손뼉을 두 번 쳤다.

그걸 신호로 한 소녀가 들어왔다.

"어머나, 당신은……."

"오랜만에 뵙습니다, 미아 황녀 전하."

"세상에! 린샤 씨잖아요. 오랜만이에요."

몇 달 만에 재회한 반가운 얼굴에 미아는 무심코 미소 지었다.

렘노 왕국에서 일어난 혁명 사건 이후 그녀와는 만나지 않았다.

아벨과 라피나의 옹호 덕분에 무거운 형벌을 받진 않았다고 들었지만……. 직접 얼굴을 보니 조금 안심이 되었다.

"건강해 보여서 다행이에요."

"오빠와 함께 그때는 대단히 신세 겼습니다."

깊이 허리를 숙이는 린샤.

"어라? 유난히 공손한 태도네요……. 왜 그러세요?"

그런 그녀의 행동에 미아는 작게 고개를 갸웃거렸다.

그때는 좀 더 편한 말투로 말했던 것 같은데…….

"아, 아뇨……. 아무래도, 그……. 티어문 제국의 황녀 전하께 실례니까……."

"후후후, 그 황녀 전하를 재워버린 사람들의 동료가 무슨 말을 하는 건가요. 그건 용서받았으니 새삼 닭살 돋는 말투를 쓰지 말았으면 해요."

농담처럼 말하는 미아. 그걸 본 린샤는 순간 깜짝 놀란 표정을 지었다가, 이어서 라피나의 얼굴을 살피고는…….

"그렇다면 호의를 감사히 받아들이겠습니다."

체념한 듯 어깨를 움츠렸다.

"그래서 린샤 씨가 벨의 종자로 일해주시는 건가요?"

확실히 린샤는 혼돈의 뱀과는 적대관계다. 어느 정도 믿을 수 있는 사람이다. 게다가 그 위기를 함께 극복한 린샤에게 미아는 친근감을 느끼고 있었다.

"고마워요. 무척 도움이 되겠네요."

"나야말로. 세인트 노엘에서 공부할 수 있다는 좋은 조건은 내 쪽에서 매달릴 일이니까."

미아의 솔직한 인사에 린샤는 조금 쑥스러워하는 표정을 지었다.

"우후후, 린샤 양은 미아 님의 도움이 될 수 있다면 기꺼이 그리하겠다며 바로 받아들여 줬어."

"잠깐, 라, 라피나 님!"

웬일로 허둥대는 린샤를 본 미아는 즐거운 미소를 지었다.

그 후 벨에게 시선을 옮겼다.

"벨. 이 사람은 린샤 씨예요. 렘노 왕국 사람으로, 제가 무척 신세를 졌죠."

"그러셨어요? 잘 부탁드립니다, 린샤 씨. 저는 미아벨이라고 합니다. 벨이라고 불러주세요. 미아 할…… 언니의, 그…….."

"여동생이랍니다. 아바마마의 숨겨놓은 아이로, 공공연히 드러낼 수 없는 이런저런 사정이 있어요."

"알았어. 자세히는 안 물어볼게."

그 모습을 조용히 지켜보던 라피나는 우아하게 웃었다.

"우후후, 다행이야. 그럼 정해졌네. 그리고 또 한 사람, 미아 님에게 소개해주고 싶은 사람이 있어. 모니카 양도 들어와."

라피나의 목소리를 신호로 메이드복을 입은 여성이 들어왔다.

"처음 뵙겠습니다. 미아 황녀 전하. 모니카 부엔디아라고 합니다."

"모니카 양……? 어머, 당신은 혹시, 아벨의…….."

미아치고는 드물게도 그녀의 이름을 기억하고 있었다.

──분명……, 아벨이 이야기해줄 때 조금 기뻐하는 표정이었던 분이었죠.

모르는 여자의 이야기를 기쁜 얼굴로 말하는 아벨에게 조금 질투심을 느낀 미아였다.

──흐음, 이분이 모니카 양인 거군요. 흐음. 흐으응. 그렇군요! 아벨도 역시 성숙한 누나에게 약한 거군요!

다시금 모니카를 본 미아는 뺨을 부풀렸다.

"그때는 황녀 전하 덕분에 동료들도 온정을 받을 수 있었습니다."

"아뇨, 저야말로 도움을 받았죠. 당신이 없었다면 렘노 왕국은 더 비참한 사태에 빠졌을 테니까요."

미아는 생글생글 웃으면서도.

──흥! 아벨은 절대 넘겨주지 않겠어요!

속으로는 전투 자세를 취했다.

이렇게 라피나의 안배로 혼돈의 뱀에 항거하는 자들이 모여들었다.

그런 가운데 미아 앞으로 제국에서 어떤 소식이 날아들었다. 그것은…….

제41화 질문을 잘하는 미아 님

"지금부터 제1회 학생회 회의를 시작합니다. 뭐, 오늘은 인사가 주목적이지만요."

미아는 학생회실에 모인 사람들을 둘러보고 입꼬리를 올리더니…… 그 후 책상 위에 놓인 반짝반짝한 디저트에 시선을 주며 눈부신 미소를 머금었다.

"자기소개가 필요할 것 같지는 않으니 바로 케이크를……."

"아뇨, 미아 회장님. 이런 건 형식도 중요하답니다."

자상한 미소를 지은 라피나가 날카롭게 지적하자 미아는 말을 삼켰다.

"그, 그렇군요. 그럼 간결하게 자기소개와 포부를……."

그렇게 회의가 시작되었다.

미아, 라피나, 아벨과 시온. 이미 익숙한 얼굴의 거물들이 매끄러운 자기소개를 마치자 클로에와 티오나의 조금 쭈뼛거리는 자기소개가 이어졌다.

그리고 마지막에 일어난 사람은 긴장해서 조금 얼굴이 경직된 사피아스였다.

"이렇게 명예로운 자리의 말석에 가담할 수 있게 되어 영광입니다. 부족한 몸이지만 미아 황녀 전하의 신뢰를 저버리지 않도록 열심히 일하겠습니다."

누구보다도 딱딱한 인사를 마치고 자리에 앉은 사피아스. 그걸 본 미아는 조금 의외라고 느꼈다.

　──흐음, 의외로 성실하게 인사했네요. 뭐, 아무리 혼돈의 뱀이라고 해도 갑자기 선전포고를 날리는 짓은 안 하겠죠.

　그런 생각을 하는 미아였으나, 그것도 눈앞의 달콤한 케이크들을 보자 깃털처럼 날아갔다.

　"그럼 딱딱한 인사는 여기까지 하고……, 바로…….""

　"그래. 그럼 차와 케이크를 즐기면서…… 예산을 편성할까요."

　"…………네?"

　"각 클럽에서 올해 예산 배분에 대해 의견을 보냈어. 그걸 읽어보고 대략적인 걸 정하자."

　"네? 아, 저기, 라피나 님. 그, 그런 건 또…….""

　"우후후, 까다로운 숫자 이야기를 할 때는 역시 달콤한 것이 좋지. 역시 미아 님이야."

　방긋 웃는 라피나.

　옆구리 부근에서 사랑스럽게 주먹을 불끈 쥐고 기합을 넣었다.

　"열심히 해서 끝내자."

　그런 라피나의 말을 들으니 미아는 아무 말도 할 수 없었다.

　"그, 그래, 요……. 저도 예산 문제는 빠, 빨리 처리하는 게 좋다고 생각했어요. 오호호. 여, 열심히 하죠."

　미아는 시무룩해지면서 한숨을 쉬었다.

　그렇게 논의가 시작되었…… 으나…….

　미아는 구성원들의 얼굴을 두리번거리면서 분위기를 파악하고…….

"저기, 라피나 님. 여기 말인데요……."

모르는 건 질문했다.

이전 시간축에서 루드비히와 함께 제국의 이런저런 일을 처리했던 미아는 배웠다.

이런 종류의 문제는 모르는 걸 모르는 채 내버려 뒀다간…… 나중에 어마어마하게 혼난다는 사실을.

……루드비히에게 수도 없이 혼나서 울상을 짓곤 했다.

너무나도 초보적인 걸 물어보는 것도 문제지만……, 물어봐야 하는 걸 제대로 묻지 않으면 오히려 상대방의 신뢰를 잃게 된다.

그리고 무엇을 질문할지, 미아가 판단기준으로 참고했던 것은 다른 임원들의 안색이었다.

물론 시온은 참고가 되지 않는다. 아벨도 미아 안에서는 '유능한 남자'라는 인식이다. 그리 참고가 되지 않는다. 클로에도 이러니저러니 해도 숫자에는 강할 것 같았다. 참고할 수 없다.

미아가 주로 참고한 사람은 티오나, 그리고 사피아스였다.

그들이 잘 모르겠다는 표정을 짓는 타이밍이라면 아마도 제법 어려운 이야기일 터.

즉, 그때라면 질문할 수 있다!

미아는 모르는 걸 메모하면서 질문할 수 있을 법한 건 질문했다.

……사실 미아는 질문을 못하는 건 아니다.

이 또한 이전 시간축에서 있었던 일이다.

루드비히에게 거듭 비아냥을 들었다.

"질문하는 건 좋습니다. 하지만 생각하기 선에 뭐든 다 질문하진 말아 주시길."

"무엇을 모르는 건지, 애초에 그것부터 모르시는군요. 그런 애매모호한 질문이 아니라, 좀 더 구체적으로."

수도 없이………… 통한의 눈물을 흘려야 했다.

코를 훌쩍거리면서 이를 악물고 눈물을 머금은 쓰라린 기억이 되살아났다!

그렇게 루드비히의 훈육으로 요령을 얻은 미아는 완전히 질문을 잘하는 사람으로 재탄생했다.

그렇다. 미아는 자신이 뭘 모르는 건지 아는 사람으로 성장했다!

미아에게는 커다란 한 걸음이다!

그런 미아를 본 라피나는…….

──미아 님……. 티오나 양과 사피아스 공자를 진심으로 단련할 생각인 거구나…….

절절히 감탄했다.

논의 도중 미아는 계속 메모하면서 두 사람을 살폈다.

그렇게 그들이 이해하지 못할 법한 부분에선 알아듣기 쉬운 질문을 던져 그들의 이해를 도왔다.

라피나는 당연히 자신이 말하는 내용을 이해할 수 있다. 하지만 그걸 다른 사람에게 쉽게 설명하는 건 꽤 어려운 일이다.

하물며 적절한 질문을 던져서 라피나의 입에서 설명을 끌어내고, 잘 모르는 사람들에게 이해하게 해주는 건 보통 일이 아니다.

──두 사람의 자존심을 지켜주면서도 착실하게 지식을 주입하는 거야……. 역시 대단해.

라피나 안에서 미아의 평가가 거품처럼 차곡차곡 부풀어 올랐다. 언젠가 그 거품이 꺼져서 대폭락하지 않을지 무척 걱정이다.

학생회의 첫 회의가 일단락되고 잠시 지났을 때였다.

마침 인수인계 일로 안느와 린샤가 없는 날이 있었기 때문에 미아는 재차 벨에게서 미래의 이야기를 들으려 했다.

그러자…….

"아, 맞아요. 그럼 '미아 황녀전'을 읽는 게 좋으실 거예요."

"들어본 적이 있는 책…… 이네요."

분명 도서실에서 봤던 역사서에 등장했던 서적이다.

"……미아 황녀전."

"네. 에리스 어머니가 쓰신 미아 할머니의 기록입니다."

벨의 말에 의하면 도서실에서 눈을 떴을 때 분서되지 않도록 책장에 숨겨두었다고 했다.

"그렇군요. 책을 숨기려면 도서실에 숨기라는 거군요……."

벨의 뒤를 따라 미아는 도서실을 찾아왔다.

"이쪽이에요. 언니."

벨은 곧장 도서실 안쪽으로 향했다. 이윽고 한 책장 앞에서 멈춰 섰다.

그곳은 예전에 미아가 역사서를 발견했던 책장이었다.

두꺼운 책을 몇 권 꺼내자, 그 뒤편에서 너덜너덜한 책이 한 권

269

나왔다.

"이게 그 책이에요. 미아 언니."

벨이 꺼낸 책……. 다 닳은 표지에 적힌 제목은 정말로 '미아 황녀전'이었다.

그 책을 받은 순간…… 미아는 불길한 예감이 들었다.

책 전체에서 정체를 알 수 없는 독기가 감도는 것 같은, 그런 오한이 등을 타고 올라왔다.

'아 정말 싫은데, 읽고 싶지 않은데'라고 생각하면서도 차마 읽지 않는다는 선택을 할 수도 없었다.

미아는 굳게 결심하고 책을 펼쳤다!

괴로워졌다!!

"이, 이건……."

그곳에 담긴 것은 자신을 칭송하는 수많은 미사여구. 읽기만 해도 팔에 소름이 돋았다.

페이지를 넘길 때마다 얼굴이 홧홧해지고 몸이 자연스럽게 오그라들기 시작했다.

……조금 무섭다.

미아는 마음을 진정시키기 위해 크게 숨을 내쉬었다.

"와, 와아. 이 미아라는 사람 참 대단하군요. 왠지 소설 속 등장인물 같아요."

가까스로 그 말만을 뱉을 수 있었다.

"아하하, 미아 언니도 참. 아무리 그래도 그건 농담이 지나치세요. 어엿하게 현실에 계시잖아요."

재미있다는 듯 웃는 벨. 책에 적힌 초인 미아와 현실의 미아를 동일시하는 벨의 태도에 미아의 뺨이 꿈틀거렸다.

──대체 뭐가 어떻게 되면 이런 인간이 현실에 있다고 생각할 수 있는 거죠?!

미아 황녀전 가라사대, 미아 루나 티어문이라는 인물은 어릴 때부터 매일 10권 이상의 책을 읽었고 그 빼어난 지혜는 100년, 1,000년 앞을 내다본다. ……라나…….

곤궁해진 제국의 재정을 되살리고, 청빈하고, 천마조차 교묘하게 길들이고, 하늘을 날며(비유가 아니라) 춤을 추고, 그 아름다움은 달의 여신과도 같으며…….

──아니 이거, 제 외모 말고는 전부 허무맹랑한 거짓말이잖아요!

미아는 기가 막혀서 한숨을 쉬었다.

…………………일단 지적은 미뤄두고.

──그보다 이, 바다에 빠질 뻔했을 때 사람을 잡아먹는 거대어(巨大魚)인 메갈로돈의 공격을 받았는데 코를 때려서 쓰러뜨렸다는 건 대체 뭔가요?!

애초에 지력과는 관계가 없어졌다. 완력이다.

코에는 감각기관이 모여있기 때문에 거기를 때리면 격퇴할 수 있다는 건 일단 지식의 일환일지도 모르지만…….

명백한 픽션. 허풍을 잔뜩 섞은 에피소드였다.

애초에 미아는 수영도 못한다.

──벨이 저를 이런 초인이라고 생각하면 큰 문제예요…….

그런 생각을 하며 미아는 책을 덮었다.

"우선 이런 위험한 책은 회수할 필요가 있겠군요……."

이런 책이 자칫 누군가의 눈에 띄었다간 큰일이다.

——수치심은 사람을 죽인다고도 하니까요…….

너무 부끄러워서 죽는 건 절대 받아들일 수 없었다. 미아는 책을 가슴에 품고 부리나케 도서실에서 나왔다.

중간에 사서에게 붙잡혔지만, 전에 왔을 때 책을 깜빡 두고 갔다고 설명해서 해결했다.

기록과 대조해봐도 해당하는 책이 없었기 때문에 믿어주었다.

제목을 보여줘야 했던 미아는 수치심에 호흡이 멎을 뻔했지만…….

"정말이지, 제 이름이 들어간 책이라니 너무하잖아요……. 다음에 만나면 에리스에게 말해둬야겠어요……."

그렇게 중얼거리면서 자신의 방으로 돌아왔다. 하지만…….

"어머?"

그 문 앞에 한 소녀가 서 있었다.

"아, 미아 님. 안녕하세요."

미아가 온 걸 알고 스커트 자락을 살짝 들어 올려 인사하는 소녀.

건강해 보이는 연갈색 피부, 밤하늘을 녹여서 빚은 듯한 칠흑의 머리카락은 티어문 제국의 남부에 있는 나라에서 사는 민족의 증표.

깊은 녹색 눈동자와 사랑스럽게 미소 짓는 그 얼굴을 미아는 알고 있다.

"어머나, 라냐 양. 잘 오셨어요."

라냐 타하리프 페르쟝.

페르쟝 농업국의 제3왕녀에게 미아는 붙임성 있는 미소를 돌려주었다.

이미 오래전에 느슨해지긴 했지만……, 미아는 세인트 노엘에서 생활할 때 두 개의 규칙을 정해놓았다.

하나는 자신이 단두대에 서게 되는 운명으로 이어질 법한 인간에겐 최대한 접근하지 않을 것.

또 하나는 단두대를 회피하기 위해 유익한 인물들과 인맥을 쌓을 것…….

이미 첫 번째는 반쯤 와해되긴 했으나, 두 번째는 열심히 지키려고 노력하고 있다.

그리고 눈앞의 인물, 라냐는 미아의 인맥 형성에서 몇 없는 성공사례였다.

"우선 방 안으로 들어오세요."

제42화 미아는 알고 있다. 케이크도 빵도 밀가루로 만든다는 사실을……

페르쟝 농업국은 티어문 제국의 남서쪽에 있는 나라다.

국토 대부분이 농경지고, 국민도 농업관계자가 대다수를 차지하는 그 나라를 경시하는 제국 귀족이 많다.

농노의 후예, 티어문의 속국……. 그런 눈으로 보는 사람들도 있을 정도다.

……하지만 미아는 안다.

만약 페르쟝에게서 농작물 수입이 불가능해졌을 경우, 제국은 처참한 식량난에 시달리게 된다는 것을.

그리고 여차할 때 가장 중요한 것은 고운 비단도, 휘황찬란한 보석도 귀금속도 아니라.

배를 채울 수 있는 농작물이라는 사실을.

──그래요, 저는 안답니다. 빵과 케이크는 둘 다 밀가루로 만든다는 사실을!

따라서 빵이 없으면 케이크를 먹으면 된다는 소리는 더는 하지 않게 된 미아였다.

이전 시간축에서 그 말을 했다가 루드비히가 진심으로 한심하다는 눈으로 쳐다봤다. 같은 전철은 밟지 않는다.

페르쟝의 제3황녀인 라냐에게도 무례한 태도는 절대 취하지 않는다.

정중하게, 최대한의 예를 보이며 임하는 미아였다.

"실례합니다. 미아 님, 죄송합니다. 갑자기 이렇게 찾아와서……."

"괜찮습니다. 다만 지금은 안느가 외출 중이라서 차를 내올 수 없지만요……."

"앗, 미아 언니. 제가 다녀올게요."

"어머나, 제법 배려심이 좋네요. 벨."

"헤헤헤."

방긋방긋 기쁘게 웃는 벨을 보고 미아는 깨달았다.

──아아, 그러고 보면 요즘 벨은 달콤한 핫밀크에 빠져있었죠. 너무 많이 마시면 몸에 안 좋다고 안느가 말렸지만……, 그걸 가져올 생각인 거예요! 약삭빠르다니까요. 정말이지, 누굴 닮은 걸까요……?

그런 생각을 하면서도 미아는 막지 않았다.

이유는 몹시 간단하다. 자신도 마시고 싶기 때문이다. 손녀와 할머니의 공범 관계가 성립했다!

벨은 라냐에게 인사한 뒤 방에서 나갔다.

"후후, 귀여우시네요. 동생이신가요?"

"네, 뭐……. 그 비슷한 겁니다. 그런데 오늘은 무슨 일이죠?"

미아는 라냐에게 의자를 권한 뒤 자신도 그 반대쪽에 앉았다.

의자에 앉은 라냐는 순간 생각에 잠긴 듯 침묵했다가…… 입을 열었다.

"실은 둘째 언니 때문에 왔습니다."

"언니라고요……?"

미아는 어리둥절해져서 고개를 갸웃거렸다. 그 후 천천히 머릿속으로 중얼거렸다.

——라냐 양의 언니가……, 이름이 뭐였죠……? 으음, 아, 아, 이, 이, 우, 우, 에, 오……. 으음, 이 중 하나로 시작했던 것 같은데요. 아, 아, 앗!

"……아냐 타하리프 페르쟝 님이셨죠?"

"네. 역시 미아 님이세요. 알고 계셨나요?"

라냐는 기쁨 어린 미소를 지었다.

한편 미아도 밝게 웃었다. 이름이 떠올라서 개운해졌기 때문에 무의식중에 웃음이 나왔다.

——떠올리려고 노력하는 게 중요하다고, 루드비히도 그랬죠.

그렇다. 치매 예방에는 기억을 떠올리려고 노력하는 게 중요하다.

"아냐 언니는 이 세인트 노엘에서 6년간 공부하고 전문 지식을 익히셨습니다. 나라를 더 풍요롭게 만들고 싶다고 열심히……. 하지만 아바마마께선 그걸 인정하려 하지 않으셨어요. 페르쟝에게 도움이 되는 나라와 친교를 돈독히 하기 위해서 시집가라고 하시는 거예요."

"흐음, 그렇군요……."

흔히 듣는 이야기이긴 하다. 왕족의 결혼이란 그런 법이다.

나라의 미래를 고려하여 더 좋은 나라의 귀인과 혼인 관계를 맺는다.

적어도 학문이나 개인적인 능력으로 나라를 부유하게 만드는 것보다는 일반적인 사고방식이다.

——흐음……. 라냐 양의 부왕께서 말씀하시는 바는 이해할 수 있어요.

미아는 아무래도 귀찮은 일이 될 것 같다는 기척을 민감하게 감지하면서 라냐 쪽을 보았다.

"그래서 제게 언니에 대해 이야기해주신 이유는 뭐죠?"

"언니의 마음을 헛되게 만들고 싶지 않습니다. 어떻게든, 그…… 라피나 님께, 중개해주실 수 없을까요? 이 세인트 노엘에서 일할 수 있도록……. 그래서 실력만 인정받는다면 아바마마께서도 이야기를 들어주실 거예요."

——아아, 역시 그런 거였군요…….

미아는 '흐음……' 하고 생각에 잠겼다.

솔직히 라냐와의 관계는 미아가 소중히 온존해두고 싶었다. 그래서 최대한 할 수 있는 건 해주고 싶다.

하지만 그 때문에 페르쟝 국왕에게 나쁜 인상을 주는 건 현명한 처사가 아니다.

——라냐 양의 소원을 들어주면서도 페르쟝 국왕의 심기가 악화하는 걸 막을 방법을 생각할 필요가 있겠군요…….

미아는 고민하면서 팔짱을 꼈다.

"라피나 님께 부탁드리는 건 문제가 없지만요. 참고삼아 언니는 어떤 걸 배우셨어요?"

"네. 식물학을 전공했습니다. 동생인 제가 말하는 건 조금 그렇지만, 우수한 성적을 거두셨어요."

"그렇군요. 식물학⋯⋯."

그때 라냐가 한 말을 미아가 떠올리는 건 조금 지난 뒤였다.

얼마 후 벨이 핫밀크와 함께 방에 돌아오고⋯⋯.

바로 이어서 다급한 표정인 안느가 제국에서 보낸 소식을 가져오는 바람에 많은 것들이 흐지부지해졌기 때문이다.

제43화 제도 귀환

안느가 가져온 것은 루드비히가 보낸 소식이었다.

『학원도시 계획 건으로 상담하고 싶은 일이 있습니다. 조속히 제국에 돌아와 주시길 청합니다.』

이런 내용이었다.

"어머, 별일이네요. 루드비히의 호출이라니……."

기본적으로 우수한 루드비히가 미아의 손을 번거롭게 하는 일은 거의 없다.

이따금 이름을 빌려달라는 말을 할 때가 있는데, 매번 깊게 생각하지 않고 허락해주는 미아였다.

미아는 옛날부터 예스맨이다!

……나쁜 사람에게 속아 넘어가지 않을지 조금 걱정이다.

어쨌거나…….

수완 좋게 편지를 보낼 때 황녀직속 근위부대도 파견된 모양이었다.

호반에 부대가 대기 중이라고 했기에 미아는 바로 다음 날에 제국에 돌아가기로 했다.

동행자는 안느와 벨, 그리고 벨의 종자인 린샤였다.

"미안해요, 린샤 씨. 모처럼 세인트 노엘에서 배울 기회인데……."

미아의 사과에 린샤는 어깨를 으쓱했다.

"일이니까 신경 쓰지 마세요. 게다가 티어문 제국에는 간 적이 없으니 후학을 위해서죠."

그렇게 네 사람을 태운 마차는 호위하는 부대를 이끌고 제국으로 서둘렀다.

"그나저나 학원도시 계획 건……, 이라고 했죠. 건물은 이미 건설이 시작되었고, 여름 무렵부터 학생들이 공부를 시작할 예정이라고 들었는데요……."

무슨 일이 일어난 건지 의아해하면서 미아는 지참해 온 '미아 황녀전'을 꺼냈다.

마차를 타고 가는 동안 시간이 남으니 지금 미리 검증작업을 해 두고 싶었기 때문이다.

그리 남에게 보여주고 다닐 법한 책은 아니지만, 이 세 사람이라면 대충 얼버무리면 된다는 적당한 판단하의 행동이었다.

"어머나? 미아 님, 무슨 책을 읽으세요?"

바로 린샤가 질문을 던졌다. 흥미로운 듯 책을 들여다보려고 했다.

"아, 이건 말이죠……."

도서실에서 빌린 외국 서적…… 이라고 적당한 날조를 뱉으려고 한 바로 그 순간!

"우후후, 저건 말이죠. 미아 언니의 업적을 칭송하기 위해 쓰인 '미아 황녀전'이에요!"

벨이 득의양양하게 말했다.

"무슨?!"

충격을 받아 할 말을 잃어버리는 미아. 그러는 사이에도 대화가 쑥쑥 진행되었다.

"미아 황녀전이라니⋯⋯. 아, 혹시 다른 나라의 누군가가 멋대로 써서 출판한 걸 입수하고 분석하는 건가? 세간의 평가를 아는 것은 왕족에게 아주 유익할 테니, 음⋯⋯."

알아서 수긍하며 고개를 끄덕이는 린샤.

"책을 쓴 사람은 미아 언니의 전속 작가인 에리스 어⋯⋯, 에리스 씨예요."

그런 린샤에게 벨이 나불나불 설명했다.

"어머나. 에리스는 언제 그런 걸 적은 거지⋯⋯?"

신기해하는 표정인 안느.

그 옆에서 린샤가 죽은 눈으로 미아 쪽을 보고 있었다.

'너 자기 전속 작가에게 자신의 업적을 칭송하는 책을 쓰게 한 거냐? 아니, 그걸 심지어 마차에서 읽는다고? 우리에게 자랑하면서⋯⋯? 와. 제정신?'이라는 감정이 생생하게 느껴지는 시선을 받은 미아는⋯⋯.

"으, 으으⋯⋯. 그, 그만, 보지 마세요! 그런 눈으로 저를 보지 말아 주세요!"

얼굴을 두 손으로 가리고 고개를 마구 저었다.

수치심은 인간을 죽인다. 참으로 무시무시한 일이다.

──여, 역시 이 책은 위험해요!

린샤 앞에서 읽었다간 마음이 꺾여버릴 거라고 판단한 미아는 안느와 린샤에게 마부석으로 이동해달라고 했다.

다행히 오늘 밤 숙박 장소와 저녁 준비 등 근위기사들과 상의할 안건이 있었기 때문에 두 사람에게 그 임무를 맡겼다.

벨과 둘만 남은 미아는 벨에게 단단히 주의를 준 다음 다시금 '미아 황녀전'을 펼쳤다가………… 위화감을 느꼈다.

──왠지…… 이상하네요. 이거, 전에 읽었을 때와 서술이 조금 달라진 것 같은데…… 앗!

그때 미아는 발견했다.

어느 서술의 누락……. 그것은.

"……벨, 갑작스러운 질문이지만 저는 티어문 제국에 학원도시를 만들었죠?"

"네. 성 미아 학원을 말씀하시는 거죠?"

……불길한 이름이 들리자 미아는 무심코 굳어버렸다.

"저기, 지금, 뭐라고……?"

"성 미아 학원이요. 정해의 숲 바로 옆, 황녀 직할령에 있는 티어문 제국에서도 가장 격조 높은 학교로 다양한 학문을 연구하고 있어요."

"아……, 네, 이름은 좀 그렇긴 하지만, 그게 맞는 거죠?"

'대체 누구야! 그런 이름을 붙인 사람!' 하고 투덜거리며 미아는 작게 고개를 갸웃거렸다.

"그렇다면 더 이상하네요. 이 황녀전에…… 그 학교에 대해 전혀 실려있지 않아요."

그런 이름의 학교라면 틀림없이 이 책에 실렸을 것이다. 그럼에도……, 미아 황녀전에는 학교에 대해 일절 적혀있지 않았다.

"네……? 그럴 리가요. 저는 읽은 적이 있는데요."

책을 들여다본 벨은 '어라?' 하고 의아해했다.

"어? 어? 그럴 리가……. 어째서? 이거 이상해요."

혼란스러워하는 벨을 보고 미아는 무슨 일이 일어난 건지 알아차렸다.

──아마도 그 일기장이나 역사서와 마찬가지…… 인 거겠죠. 어떠한 계기로 글귀가 바뀐 거예요……. 어라? 하지만 벨의 기억 자체는 바뀌지 않았네요. 즉 기억은 바꿀 수 없거나, 아니면 시간 차로 바뀌는 걸까요?

글자와는 달리 기억은 바꿔 넣으려면 시간이 걸릴 것 같다는 이미지가 있었다.

──으음, 알 수 없는 게 많아요…….

미아는 고개를 갸웃거렸다.

──대체 이건 어떻게 된 일이죠?

갸우뚱, 갸우뚱. 미아는 생각했다. 생각했다. 생각, 생각…….
그리고 한 가지 진리에 도달했다.

──그래요. 벨은 제가 이정표가 필요하다고 바라서 여기에 온 거잖아요? 그렇다면 이 황녀전의 바뀐 글귀와 변하지 않은 벨의 기억을 비교해 보면 다양한 일을 알 수 있는 거죠. 그래서 이런 구조인 거예요!

그건 '왜 그렇게 되는가?' 하는 현상에 대한 분석이 아니었다.

벨과 '황녀전'이 한 곳에 모인 것에 '어떤 의미가 있는가?'라는,

완전히 다른 관점이자 접근법이다.

……결단코 '어려운 문제를 이 이상 고민하는 건 귀찮아요!'라며 대충 넘겨버린 결과가 아니다.

……절대로 '생각해도 알 수 없는 일을 계속 생각해봤자 피곤할 뿐이니, 누군가에게 듣는 것도 아니니 뭘 알고 뭘 모르는지는 딱히 생각할 필요가 없겠죠……. 일단 그렇게 생각해둬야겠어요'라며 생각을 포기한 결과가 아니다. 그것은 커다란 오해다!

뭐, 그건 그렇다 치고…….

"으음, 게다가 신형 밀도……."

"네? 신형 밀……? 그건 어……, 뭘 말씀하시는 거예요? 미아언니."

벨의 표정을 본 미아는 무심코 신음했다.

──그렇군요……. 즉 벨이 있던 미래에선 학원도시는 존재했지만 신형 밀은 개발되지 않은 거예요……. 뭐, 기근은 식량 비축과 클로에의 상회 덕분에 극복한 거겠지만요…….

미아는 계속해서 깊은 생각의 늪에 빠졌다.

디온이 꾼 꿈

DREAMS OF DION

전편 못다 꾼 꿈의 잔해

과거에 티어문 제국 최강이라 일컬어진 기사가 있었다.

그의 이름은 디온 알라이아.

제국의 예지, 미아 루나 티어문의 중신으로서 힘을 발휘한 그였으나, 미아가 독에 당해 쓰러진 뒤에는 군부에서 은퇴해 역사의 무대에서 모습을 감췄다.

귀신이라고까지 불리며 수많은 적병을 두려워하게 만든 남자는 신기하게도 제국을 양분한 내전에조차 모습을 드러내지 않았다.

누구보다도 피와 전투를 좋아한다고 유명했으나, 그 어떤 싸움에도 관여하지 않고 은거했다.

그런 그가 다시 역사의 무대에 모습을 드러낸 것은 티어문 제국 남방 '루난트 대교의 사투'라 불리는 전투였다.

북상하는 아쿠에리안 포스의 기마병으로부터 황실의 마지막 황녀인 미아벨 루나 티어문을 지키기 위한 싸움은 귀신 디온 알라이아의 마지막 전투이기도 했다.

베르만 자작령의 영지에 있는 작은 주점.

쇠락한 분위기의 가게지만, 내부는 그와는 반대로 번성했다.

호쾌하게 술잔을 기울이는 자는 이미 노년기를 맞은 남자들.

뺨에 상처가 난 자, 한쪽 눈을 잃은 자, 수많은 전장을 헤쳐나온 증표를 그 몸에 새긴 남자들은 전원이 낡은 갑옷을 입고 있었다.

불현듯 주점의 문이 열렸다.

문을 열고 들어온 사람은 허리에 두 자루의 검을 찬 노인이었다.

나이를 먹고도 힘을 잃지 않는 안광, 그저 조용히 서 있기만 해도 숨이 답답해질 정도의 압력. 빈틈이 일절 없는 행동거지에서 그가 역전의 용사라는 게 느껴졌다.

그런 남자의 모습을 알아본 건지 가게 안에 있던 노병들이 환호성을 질렀다.

"오오, 역시 왔잖아. 디온 대장! 오랜만이야."

태평한 인사에 두 자루의 검을 찬 노인, 디온 알라이아는 기가 막힌다는 듯 말했다.

"뭐냐, 너희들. 그 내전에서 살아남았냐."

"헤헤, 디온 대장이랑 똑같죠. 은퇴해서 시골에 돌아갔었습니다. 황녀 전하가 돌아가신 뒤로 보람이 느껴지는 전쟁이 사라졌으니까요."

"이 녀석은 얼마 전에 자식이 결혼해서 손주까지 생긴대요."

노병 중 한 명이 옆에 있는 남자의 머리를 찔렀다. 찔려진 쪽은 화내지도 않고 쑥스러운 듯 웃을 뿐이었다.

주점에는 온화한 분위기가 가득했다.

도저히 지금부터 사지로 향하는 사람들처럼 보이지 않을 만큼 온화한 분위기가……

"참나, 어쩔 수 없는 녀석들이군……. 얌전히 침대 위에서 마지막을 기다리는 착한 놈은 없었나?"

쓴웃음을 지은 디온을 향해 당연하다는 듯 남자 중 한 명이 대답했다.

"제국 최강인 디온 대장과 함께 제국의 예지 미아 황녀 전하를 위해 싸운다. 이런 꿈같은 전장에 우리가 안 달려올 리가 있나."

신이 난 듯 들뜬 그 말투에 디온은 그저 고개를 저었다.

"……꿈같다, 라……."

그 중얼거림은 황당함이 반, 수긍이 반 섞인 것이었다.

그렇다. 확실히, 이건 이어서 꾸는 꿈이다…….

한때 디온이 꿨던 즐거운 꿈.

제국의 예지, 미아 루나 티어문과 함께 달려온, 못다 꾼 꿈의 잔해.

인생도 종막에 가까워졌는데 설마 이렇게 죽을 장소가 마련될 줄이야. 아무리 디온이라고 해도 예상하지 못했다.

──이런, 감상에 젖었군. 나도 나이를 먹긴 했어.

의자에 앉아 술을 들이켰다. 강한 술기운에 머릿속이 화르륵 뜨거워졌다.

그것은 각성을 위한 한 잔이다. 모처럼 꿈같은 시간인데 멍하니 있는 건 아깝다.

"그럼 제군. 일 이야기를 시작할까. 뭐, 제국이 난리가 났는데도 이렇게 질척거리며 살아남은 우리에게는 별로 거창한 임무도 아니지만 말이야."

젊은 날의 그가 생각나는 어조로 말한 디온은 '질척거리며 살아남지 않은 자들'을, 먼저 가버린 자들을 떠올렸다.

성실하게 제국의 내전에 참가해서 죽어간 병사들.

디온에 육박하는 실력을 지녔던 부대장조차 지금 이 자리에는 오지 못했다.

──이렇게 즐거운 축제에 참가하지 못하다니, 운이 나빴어.

먼저 가버린 자들에게 마음속으로 헌배(獻杯)한 뒤 디온은 다시금 주위를 둘러보았다.

"우리 임무는 황녀님의 에스코트다. 지금은 죽은 우리의 황녀님이 남기고 간 미아벨 황녀 전하를 제도 루나티어까지 호위하는 거지."

"미아벨 전하는 지금 어디 계시는데?"

"남부에 있는 루돌폰 변경백작령에서 미아 황녀 전하의 직할령, 프린세스 타운으로 피난 가셨어."

사대공작가를 둘로 갈라놓은 내란은 제국 귀족들에게 무조건 둘 중 한쪽에 설 것을 강요했다.

그런 상황에서도 루돌폰가는 어느 한쪽 진영에도 가담하지 않고, 그저 친미아파임을 표명. 황녀 미아의 직할령이 본인의 영지 안에 있는 베르만 자작가도 루돌폰가에 동조했다.

이렇게 정해의 숲을 포함한 인근 영토는 싸움이 없는 땅으로서 잠시 평화로운 시간을 누렸다.

그것은 마치 제국의 예지가 마지막으로 남긴 잔광처럼…….

하지만 한때의 평화는 오래 가지 않았다.

남부에서 침공한 성황제 라피나의 군대, '아쿠에리안 포스'로 인해 루돌폰 영지가 유린당했다.

미아가 죽은 후 루돌폰 가에 의탁하고 있던 미아벨은 그들의 헌신 덕분에 가까스로 아쿠에리안 포스의 손에서 도망치는 데 성공. 하지만 도망친 곳인 베르만 자작령에도 추적자의 손이 뻗어왔다.

"지금은 황제의 직계 핏줄을 방해라고 여기는 자들도 많아. 아군이라고 단언할 수 있는 귀족이 마땅히 없는 상황이니 제도 루나티어가 거의 유일하게 남은 안전지대야."

아무리 그래도 제도를 전쟁의 불길로 태워버리려는 진영은 아직 나타나지 않았다. 자신이 황제 자리에 앉았을 때를 생각하면 그것도 당연하다고 할 수 있지만…….

"하하, 그렇군. 구(舊)시가지에선 아직 미아 황녀 전하의 인기가 높으니까요. 몸을 숨기기에는 딱 좋겠죠."

"긍정적으로 생각하면 그래. 하지만 실제로는 국내에 안전지대가 거의 없는 실정이지. 게다가 그 안전지대도 언제까지 유지될지 모르고…….''

디온은 히죽 웃은 뒤 술을 들이켰다.

"뭐, 그걸 걱정하는 건 우리 일이 아니니까. 그럼 노병 제군, 준비는 됐나?"

모여있는 남자들은 들고 있던 술잔을 비운 뒤 질서정연하게 디온의 뒤를 따라갔다.

지금부터 황녀전속 근위대의 마지막 싸움이 시작된다.

프린세스 타운에서 무사히 미아벨을 보호한 그들은 황녀를 지키면서 제도로 진군했다.

실제로 디온이 이끄는 그들은 틀림없는 정예였다.

숙련된 검기와 연계력에 더해, 이곳을 죽을 장소로 삼겠노라고 각오한 자들이었다.

동시에 조금이라도 오래 살아남는 끈질김도 있었다. 여기서 죽는 게 두렵지는 않지만, 이 꿈을 조금이라도 더 길게 꾸고 싶다는 마음에서 버티는 것이었다.

아쿠에리안 포스의 매서운 추격을 무찌르기를 여러 차례. 그들은 점점 숫자가 줄어들었지만, 자신들보다 10배도 넘는 적의 손에서 도망치며 어떻게든 제도 근교의 큰 강에 난 루난트 대교까지 도착하는 데 성공했다.

하지만…….

"흥……. 틀렸군. 역시 끝까지 도망칠 수 없나……."

디온은 혀를 차면서 멀리서 희미하게 보이는 흙먼지에 눈을 가늘게 좁혔다.

역전의 그들이었지만 적의 추격부대의 수는 압도적이었다. 이미 디온을 제외한 생존자 7명은 만신창이의 상태였다.

"다행히 눈앞에는 강과 다리……. 발을 잡기에는 딱 좋은 장소야. 미아벨 황녀 전하, 실례합니다."

양해를 구한 디온은 자신 앞에 태웠던 미아벨과 함께 말에서 내려왔다.

그 후 디온은 부대원 중 두 명의 노병을 선발했다. 설묘하게도 그들은 과거 정해의 숲 교섭 때 미아와 함께 갔던 두 근위병이었다.

"잘 들어. 너희는 이대로 제도까지 멈추지 말고 가. 우리가 탔던 말들을 소모품으로 써도 괜찮아. 이 다리에서 발을 잡고 있는 동안 최대한 멀리 가는 거다."

"하지만……."

말문이 막힌 두 사람에게 디온은 매서운 미소를 지었다.

"아쉽게도 너희 두 명 말고 다른 녀석들은 원래 근위병이라는 충성스러운 직책과는 거리가 먼 놈들이거든."

과거에는 디온의 백인대 소속이었고, 그 후에는 황녀전속 근위대로 배치가 바뀐 남자들. 그들은 디온에게 지지 않을 만큼 사나운 미소를 지으며 고개를 끄덕였다.

"우리는 지키는 것보다는 적을 때려눕히는 게 성미에 맞아."

"예의 바른 근위병은 냉큼 황녀 전하를 데리고 가버리라고."

떠들썩하게 부추기자 두 전직 근위병은 쓴웃음을 지으며 어깨를 으쓱했다.

"그럼 미아벨 님을 에스코트하는 건 우리 근위대가 담당하겠습니다. 부디 무운을 빕니다."

그런 대화를 뒤로 하고 디온은 옆에서 조용히 지켜보고 있는 미아벨의 발치에 무릎을 꿇었다.

"미아벨 황녀 전하. 저희는 이 땅에서 불온 분자들에게 철퇴를 내리겠습니다. 부디 마음 편히, 제도로 향해주십시오."

그 후 살며시 얼굴을 들어 미아벨을 보았다.

올해로 7살이 된다는 마지막 황녀 전하는 어리둥절한 얼굴로 디온을 바라보았다.

그 사랑스러운 얼굴에서 디온은 옛 주인, 미아의 모습을 보았다.

——후후후, 역시 미아 님을 닮았어. 전혀 똑똑해 보이지 않는 점이 똑같아.

그런 무례한 생각을 하는 디온을 향해 미아벨은 의아한 얼굴로 물었다.

"디온 아저씨……, 왜요?"

"뭐……?"

"저는 모르겠어요. 왜 다들 절 지키기 위해 죽어주시는 거죠?"

생각지도 못한 미아벨의 의문에 디온은 한숨을 쉬었다.

——죽음이 무엇인지도 모를 나이인데…….

그건 분명 위에 서는 자로서 교육을 받았기 때문에.

목숨을 걸어가며 자신을 지키려 하는 자가 있다는 것을, 그런 자에게 어떤 태도를 보여야 하는지를……. 그런 걸 배웠을 것이다.

그렇기에 나온 질문이다.

왜 다들 자신을 지키고 자신을 위해 목숨을 바치는 것인지. 그런 의문을 느낀 것이다.

"미아벨 황녀 전하. 사실 저희는 그냥 신나게 날뛰고 싶을 뿐입니다. 옛날에 당신의 할머니와 함께 싸우지 못했던 게 너무 억울해서, 그걸 해소하려는 것뿐이죠."

그렇게 말한 뒤 디온은 씩 웃었다.

"저희는 즐겁게 싸우고 있습니다. 말하자면 이건 놀이예요. 그러니 아무쪼록, 미아벨 황녀 전하는 신경 쓰지 마시고, 돌아보지 말고 제도로 가십시오."

디온의 말을 묵묵히 듣던 미아벨은 그의 눈을 똑바로 응시했다. 그리고 등을 곧게 펴면서 말했다.

"디온 알라이아 경, 그리고 당신을 따르는 충성스러운 병사들을…… 제 목숨이 다하는 그 순간까지 이 마음속에 간직하겠다고 약속합니다."

미아벨은 진지한 얼굴로 말했다. 그 후 살짝 표정을 일그러뜨리고는…….

"그럼 건강하시길."

깊이 고개를 숙인 다음 발걸음을 돌렸다.

그 작은 등을 배웅한 뒤 디온은 쓴웃음을 지었다.

"뭐야, 손녀가 훨씬 의젓하고 똑똑해 보이잖아."

"하하, 그러게. 미아 님은 좀 어리바리한 구석이 있었으니까요."

"이거 제국도 안녕하겠는데. 이래야 목숨을 버리는 보람이 있지."

밝은 말투로 웃음을 주고받는 남자들을 향해 디온은 말했다.

"자, 우리의 싸움은 아무래도 저 작은 황녀님의 가슴에 남아버리는 모양이다. 꼴사나운 모습은 보여드리지 마라."

그 일갈에 남자들의 안광이 날카로워졌다. 용맹한 미소마저 머금으며 그들은 개전의 순간을 기다렸다.

디온을 선두로 그들은 다리 앞부분에 진을 쳤다.

허리에 찼던 두 자루의 검을 발치에 찔러넣은 디온은 팔짱을 낀 채로 적을 노려보았다.

그 앞에는 적의 기마대가 포진하고 있었다. 상황을 살피듯 조금 떨어진 곳에 말을 세운 기병을 보고 디온은 어깨를 으쓱했다.

"이거 자기소개라도 하는 게 좋을 것 같은 분위기인데? 내 이름은 디온 알라이아. 가장 고귀한 제국의 예지의 검이자 제국 최후의 기사다. 이 세상에 미련을 버린 자들⋯⋯."

그 말을 무시한 기병이 디온의 옆을 지나가려 했다.

그 순간 디온의 검이 번뜩였다!

눈부신 백은빛이 그리는 아름다운 궤적은 기사의 갑옷 절반을 가로지르고⋯⋯.

한순간의 정적 후, 말 위에 있던 기병이 쓰러졌다.

"이야기는 끝까지 들어야 하는 법이다, 젊은이. 목숨은 소중히 해야 하지 않겠어?"

강철로 만든 갑옷째 병사를 베어버리는 참격. 실력자들이 모인 아쿠에리안 포스 중에서도 사용할 수 있는 자가 거의 없는 참철(斬鐵)의 일격에 기병들 사이에 동요가 퍼져나갔다.

"그럼⋯⋯, 다음은 누가 내 검의 녹이 되어 사라질까?"

무시무시한 미소를 짓는 디온. 그것을 신호로 노병들이 매서운 기합과 함께 검을 뽑았다.

디온을 선두로 세운 최후의 황녀 직속 근위대는 잘 싸웠다.

끊임없이 밀려왔다 물러나는 파도와도 같은 기병대의 공격을 정면에서 받아내며 격퇴. 막대한 피해를 입은 적은 후퇴했다.

하지만 대가도 컸다.

지금 이 세상에 머물러있는 자는 오직 디온 한 명뿐.

그런 디온도 자신과 타인의 피로 몸을 붉게 물들이며 만신창이라는 수식어가 딱 어울리는 모습으로 앉아있었다.

"이런……. 10년만 더 젊었어도…… 조금 더, 어떻게든 되었을지도, 모르는데……."

작은 중얼거림과 동시에 입꼬리에서 선홍빛 피가 한 줄기 흘러내렸다.

"그나저나…… 멋진 자리를, 준비…… 해줘서, 끝까지, 즐겁게 해준다니까. 황녀님도……. 너희도 그렇게 생각하지?"

그 목소리에 대답하는 자는 한 명도 없었다.

다들 스러졌다.

제국의 예지를 위해, 그녀가 남긴 소중한 손녀를 위해 목숨을 바칠 수 있다는 걸 자랑스럽게 생각하며.

쾌활하게 웃으며 죽어갔다.

멋진 무덤을 받았다면서, 가슴을 펴고 죽어갔다.

"멋진 무덤이라……. 그, 래. 확실히……. 이건, 정말…… 나다운, 마지막이야. 하하……."

그렇게 중얼거리면서 아득히, 지금은 없는 과거의 주인을 우러러보며 디온은 생각했다.

"하지만 황녀님이라면…… 더 다른…… 내가 예상도, 하지 못할 마지막을…… 마련해줄 거라고, 생각했는, 데……."

안락한 최후는 기대하지도 않았고, 바라지도 않았다.

전장에서 목숨이 다하고 적병에게 짓밟히는 최후를, 지금과 같은 최후를 늘 예상했고, 희망해왔다.

하지만……. 저택 침대에서, 혹은 병원에서. 사람들의 안타까움을 받으며……, 울상이 된 주군의 얼굴을 바라보면서, 쓴웃음을 지으며 죽어가는 것도 나쁘지는 않았을 것이라고…….

그렇게 생각한 순간이 분명히 존재했다.

그 예지가 마련해준, 상상도 가지 않을 만큼 평온하고 평범한 마지막을…… 시시하다고 불평하면서, 어깨를 으쓱하면서 받아들이는 것도……. 그건 그거대로 나쁘지 않았을지도 모른다고…….

그런 생각을 한 순간이 분명히 존재했다.

그리고 그런 마지막을 맞지 못한 것이 아주 조금 아쉬웠다.

"또, 감상에 젖었나……? ……이 내가? 귀신이라 두려움을 받은, 이 디온 알라이아가?"

디온은 사나운 미소를 지었다.

피가 뜨겁게 끓어오른다.

아직 덜 싸웠다고, 마음속에서 누군가가 소리친다.

그 목소리에 떠밀리듯 디온은 일어났다.

멀리서 말이 달려오는 소리. 그 소리가 점점 가까워졌다.

"미아벨 님, 부디 무사하시길……."

노인의 목소리로 기도하듯 중얼거린 뒤 살며시 눈을 감고……

디온은 근처에 떨어져 있던 검을 들었다. 그리고.

"흥……. 조금 덜 놀았어……. 일기당천까진, 아니어도……, 100이나 200은 길동무로 삼지 못하면 제국 최강이라는 이름의 체면이 말이 아니지."

디온은 경쾌한 미소를 지으며 말했다.

"어디 그럼, 한 번 더 날뛰어볼까?"

밝은 목소리로 그렇게 말한 디온은 검을 계속 휘둘렀다.

그것은 별이 그 생애를 끝내는 순간, 한층 더 강하게 빛나듯이.

그 검의 궤적은 빛이 되고, 명멸하며, 수많은 목숨을 거둬갔다.

제국 최강이라 불리던 기사, 디온 알라이아는 성황제 라피나의 아쿠에리안 포스와 대치하며 사망했다.

그날 그와 황녀 직속 근위대 잔당의 검에 쓰러진 자는 200명하고도 80명에 이르렀다.

이렇게 티어문 제국의 마지막 황녀 미아벨은 중립지대인 제도로 도망쳤고, 그곳에서 미아의 최고의 충신인 안느와 에리스, 루드비히의 곁에서 자라게 되었다.

후편 디온 알라이아의 학교 방문

"나더러 전선에서 물러나라고……?"

심심풀이로 루드비히의 집무실을 방문한 디온은 갑작스러운 말에 기가 막힌다는 듯 고개를 저었다. 손님용 의자에 앉아 의욕이 사라진 듯 힘을 빼고서 루드비히에게 시선을 주었다.

"그래. 전에도 말했던 걸로 기억하지만, 디온 씨는 흑월청 내부의 협력자가 되어 미아 황녀 전하에게 협력해줬으면 해. 그러려면 최대한 높은 지위를 얻어야 하지."

"영락없이 농담인 줄 알았는데……."

도적단 토벌, 국경의 자잘한 분쟁, 폭도 진압……. 디온은 전장의 신경을 태우는 듯한 긴장감 속이야말로 자신이 있어야 할 곳이라고 생각했다.

그래서 당연하다는 듯 그곳에서 살다가 죽을 줄 알았다.

하지만 눈앞의 청년, 루드비히는 진지한 말투로 말했다.

"안타깝게도 진심이야. 디온 씨. 적어도 나는."

그 곧은 시선을 받은 디온은 드물게도 민망한 듯 어깨를 움츠렸다.

"하이고. 설마 이렇게 될 줄이야……. 그 황녀님과 만난 뒤로 상상하지 못한 일이 계속 일어난다니까."

설령 흑월청에서 출세하는 걸 노리지 않는다고 해도, 디온의 부대는 황녀 직속 근위대에 편입된다.

그건 전선의 백인대보다는 훨씬 싸움에서 멀어지고 명예로운 일.

봉급도 올라가니 기뻐하는 자는 당연히 있다. 위험이 적은 일을 고마워하는 자도 있었다. 하지만 당혹스러운 마음도 컸다.

"예전 부하 녀석들도 너무 갑작스러워서 당황하던데. 이런 변화가 있을 줄은 생각지 못했으니까."

"당황이라. 참고로 싫어하는 사람은?"

"그건 없었던 것 같은데……. 아무튼 봉급이 올라가고, 제도에 머무르면 놀러 가기도 쉬우니까."

그 대답을 들은 루드비히는 만족스럽게 고개를 끄덕였다.

"그래. 그것이야말로 미아 님의 성질이지. 그분과 엮인 자는 다들 좋은 방향으로 바뀔 수밖에 없어. 나도 그렇고. 디온 씨나 부하들, 그리고 기존의 근위대도. 아마 학우인 왕자 전하들도, 그리고 그 성녀 라피나 님도 예외는 아닐 거야."

루드비히는 마치 자기 일처럼 자랑스러워하며 말했다.

"오오, 그거 무서운데. 원하든 원하지 않든 강제적으로 바꿔버리다니. 설령 그게 진짜 좋은 방향이라고 해도 그건 좀 거만한 거 아닐까?"

그렇게 말하며 어깨를 으쓱하는 디온이었으나, 그 눈동자에는 다른 누가 바뀐다고 해도 자신은 바뀌지 않는다고 확신하는 듯한, 묘하게 완고한 빛이 깃들어 있었다.

"원하든 원하지 않든…… 이라는 건 조금 다를지도 모르지. 미아 황녀 전하께선 바뀌는 걸 원하지 않는 자도 스스로 바라게 만드니까. 바뀌고 싶어지는, 그런 미래를 보여주시는 게 제국의 예지의 두려운 점이야."

"검에 살고 검에 죽는 인생이라 확신한 이 나조차 검을 버리고 싶어지게……, 그런 식으로 바뀐다는 건가? 말도 안 되는 것 같은데."

허리에 찬 검을 가볍게 쓰다듬었다.

그곳에 그것이 있는 게 지독히 자연스럽게 느껴지는 검. 자신이 전선에서 이것을 휘두르는 것 말고 다른 삶의 방식을 살 수 있으리라고는 조금도 생각하지 않는 디온이었다.

"그런데 이건 뭐야? 루드비히 씨."

"미아 님께 보낼 보고서. 미아 님께 위탁받은 자금이 있으니까, 그 운용상황을 상세히 알려드려야 할 것 같아서."

"흐음……. 아, 그래. 그렇다면 내가 전해드리러 가지."

디온은 문득 떠올랐다는 듯 웃었다.

"아니, 하지만……."

"세인트 노엘 학원의 경비 상황도 확인해보고 싶거든. 흑월청에는 베이르가를 시찰하러 간다고 해둘까."

"그래……? 아니, 그렇겠군. 그렇다면 겸사겸사 라피나 님과도 만나 뵙고 오도록 해."

"베이르가 공작 영애, 성녀 라피나를?"

"디온 씨가 앞으로 출세하기 위해서는 그런 인맥도 필요해질 테니까."

"아니, 딱히 그럴 생각으로 한 말은 아니었는데……."

실수했다는 듯 떨떠름한 표정이 된 디온이었지만 이미 늦었다.

사흘 뒤, 디온은 티어문 제국의 특별무관으로서 베이르가 공국으로 떠났다.

"뭐, 기왕 가는 거니까 좀 즐기고 오도록 할까."

그런 불길한 소릴 중얼거리면서…….

그날 미아는 기분이 좋았다.

라피나의 학생회 인수인계가 드디어 일단락되어 오늘과 내일은 푹 쉴 수 있기 때문이었다.

"후후후, 모처럼 쉬는 날이니 마을에 나가보는 것도 좋겠군요. 달콤한 디저트 탐방. 아직 가지 않은 디저트 가게가 많이 있으니까요……, 우후후. 너무 기대돼요."

"앗, 저기, 미아 할머니! 저도 같이 가도 괜찮을까요?"

옆에서 미아의 혼잣말을 들은 벨이 손을 들었다.

제국이 붕괴한 미래에서 왔다는 그녀는 이 시대의 달콤한 음식에 완전히 마음을 빼앗겨버렸다.

"그래요. 저를 할머니라고 부르지 않는다면 생각해드릴 수도 있어요."

자꾸만 실수하는 손녀에게 작은 한숨을 쉬면서도 미아는 계속 기분이 좋았다.

'오늘과 내일 이틀 동안 섬에 있는 맛있는 걸 전부 다 먹어버리겠어요!'라며 기합이 단단히 들어가 있었다!

따라서…….

"오! 오랜만이네요, 미아 황녀 전하."

싱글싱글 웃으면서 손을 든 디온과 마주쳤을 때는 '흐걱!' 하는 비명을 지르고 말았다. 그곳은 세인트 노엘 섬의 마을. 사람들로 북적이는 중앙대로였다.

"어, 어어, 어째서? 왜 디온 씨가 세인트 노엘에 계시는 거죠? 다, 당신은 티어문에서 군무를 보고 있을 텐데……."

근처 노점에서 산 꼬치구이를 먹던 디온은 품에서 종이 다발을 꺼내 팔랑팔랑 흔들었다.

"물론 임무로 왔죠. 허 참. 루드비히 씨의 전언을 가져오는 김에 황녀님이 어떻게 지내시는지 보러 왔습니다. 그 라피나 공작영애에게 싸움을 걸었다고 들어서요. 걱정될 만도 하죠."

"싸움 건 적 없습니다. 표현이 안 좋으시네요!"

라피나에게 싸움을 걸다니 말도 안 된다는 듯 미아는 목을 도리도리도리 내저었다.

"그런 아니 땐 굴뚝에 연기 날 수 있는 발언은 자중해 주세요!"

"하하하, 여전히 황녀님은 재미있다니까."

디온은 쾌활한 미소를 지었다. 그 후 '음?' 하고 고개를 갸웃거렸다.

미아는 그걸 의아해하면서 그의 시선을 따라갔다. 그러자 그곳에는 어안이 벙벙한 얼굴로 디온을 올려다보는 벨이 있었다.

──아차! 벨에 대해 완전히 잊고 있었어요!

"……황녀님, 이 아이는……?"

"아, 그, 그게, 그래요. 이 아이는……."

대답하려던 미아는 무심코 머뭇거렸다. 대체 어떻게 설명해야 할까.

──여기서 아바마마의 숨겨둔 아이라는 거짓말을 했다간 나중에 일이 귀찮아질 것 같은데요……. 흐으으음…….

그러는 동안 벨이 종종걸음으로 디온에게 걸어가 와락 끌어안았다.

"저기……."

"디온 경, 그때는 신세 많이 졌습니다."

미아벨은 조금 울먹이는 눈동자로 디온을 똑바로 바라보았다.

"……글쎄, 언제인지 기억이 안 나는데……."

웬일로 곤혹스러워하는 표정을 짓는 디온.

"네. 그래도 괜찮습니다. 또 만나 뵙게 되어서 무척 기뻐요."

한 걸음 뒤로 물러나 생긋 웃는 벨. 그걸 본 미아는 알아차렸다.

──그렇군요. 미래 세계에서 디온 씨와도 아는 사이었던 거예요. 벨은……. 그렇다면 뭐…….

"저는 미아벨, 미아벨 루……."

갑자기 자기소개를 시작하는 벨! 미아는 급히 막았다.

──여기서 티어문 성을 댔다간 귀찮아진다고요.

뒤에서 입을 틀어막은 뒤 디온 쪽을 보고 얼버무리고자 생긋 웃었다.

"흐음, 미아벨이라……. 흐응, 비슷한 이름이군요. 미아 황녀 전하?"

디온은 그렇게 말한 뒤 생글생글 웃었다. 하지만 그 눈은, 어쩐지 웃지 않는 것처럼 보여서…….

──히, 히이익?! 잘 모르겠지만 의심받는 기분이에요!

뺨을 움찔거리면서도 어떻게든 웃는 얼굴을 유지한 미아가 고개를 끄덕였다.

"그, 그그그, 그렇죠? 그, 그래서 이름이 비슷해서, 그게. 친하게 지내고 있답니다. 자매처럼요. 이 아이도 저를 언니라고 부르거든요. 그렇죠? 벨."

미아는 벨의 눈동자를 빤히 응시하면서 말했다.

그 결과, 벨은 작게 고개를 끄덕이고 웃었다. High-power Eye Princess의 진면목이 발휘된 순간이었다.

"흐음……. 하지만 조심하세요. 황녀님은 적을 만들기 쉬운 성격이니까요. 귀엽게 생긴 암살자가 존재할지도 모르는 일이고."

그런 말을 하며 디온은 드디어 의혹의 시선을 풀었다.

"물론 이 섬의 경비체계는 꽤 철저한 상태이니 그렇게 쉽게 암살자를 보낼 수 없다고 보지만요……."

"어머……? 그건 무슨……."

디온의 아무렇지도 않은 한마디에 무언가 수상한 냄새를 맡은 미아가 고개를 갸웃거린……, 바로 그 순간이었다.

문득 미아의 등을 타고 불길한 오한이 퍼졌다.

그 직후…….

"아, 맞아요. 미아 언니."

무언가를 떠올렸다는 듯 벨이 짝 손뼉을 쳤다.

"모처럼 디온 경이 와 주셨으니까, 저희가 관광 안내를 해드리는 건 어떨까요?"

──무슨! 아! 얘, 얘는, 대체 무슨 말을 하는 건가요!

미아는 당황해서 디온 쪽을 봤다.

"오, 그거 좋지. 부탁드려도 될까요? 미아 님."

그는 싱글싱글 즐겁게 웃고 있었다.

──저, 적극적이잖아요! 크윽, 자신의 주군에게 안내를 시키다니, 정말 무례해요! 참으로 디온 씨답군요! 아아, 어째서 이런 일이…….

뭐 그렇게 미아가 한탄하고 있을 때……, 벨이 미아의 눈을 빤히 들여다봤다.

"부탁드려요. 미아 언니. 디온 경에게 조금이라도 은혜를 갚고 싶어요."

그 얼굴을 보고 미아는 아주 조금 침착함을 되찾았다.

──흐음……. 벨이 이렇게까지 말하는 걸 보면 어지간히 큰 은혜를 느끼나 보군요……. 어쩌면 디온 씨도 미래 세계에서는 조금 개심한 걸까요……? 뭐, 잘 생각해보면 렘노 왕국에서는 저도 그에게 은혜를 입었다고 할 수 있고……. 으으, 하지만…….

미아는 디온의 허리에 찬 검에 눈을 주었다.

──검을 지닌 디온 씨와 나란히 걷는 건 좀…….

길을 안내하려면 그보다 조금 앞에서 걸어야 할 필요가 있을지도 모른다. 그렇다면 언제 뒤에서 목을 베어버릴지 불안함을 느끼게 되는 미아였다.

잠시 생각한 끝에 미아는 말했다.

"어쩔 수 없죠. 특별히 제가 안내해드리겠어요. 단, 디온 씨. 그 허리에 찬 것은 다른 곳에 맡겨주시겠어요?"

"뭐야, 눈치채고 있었습니까? 역시 황녀님은 날카로운데……."

쓴웃음을 지은 디온은 어깨를 으쓱하며 뒤를 돌아보았다.

"그렇다고 하니 검을 맡아줄 수 있겠어? 아가씨."

──어라? 누구에게 말하는 거죠?

미아가 의아해하고 있었더니 디온의 뒤쪽에서 걸어오는 한 명의 여성이 보였다.

갈색의 긴 머리카락을 흩날리며 작게 인사한 뒤 얼굴을 든 그 사람은…….

"어머, 당신은…… 모니카 양?"

"강녕하셨습니까. 미아 황녀 전하."

미아를 향해 생긋 웃은 뒤 모니카는 디온에게 시선을 주었다.

"그쪽 분은 미아 황녀 전하의 관계자셨나요……."

"관계자라고 할까……, 제국의 기사인데요……. 무슨 일이죠?"

"정식 방법으로 섬에 건너오지 않았기에 영락없이 어느 나라의 자객인 줄……."

"무슨…… 아…….."

생각지도 못한 말에 미아의 머리가 어질어질해졌다.

"어, 어떻게 된 일이죠? 디온 씨. 정식 절차를 밟지 않았다니……."

"아니 그게, 섬에 들어가기 전에 검을 맡겨야 한다고 거들먹거리길래 그만."

"뭐가 '그만'이라는 건가요! 대체 무슨 짓이에요!"

"성녀 라피나에게 싸움을 건 미아 황녀 전하의 가신이죠?"

"그, 그러니까 싸움 건 적 없다고 말했잖아요!"

거기까지 들은 디온이 모니카 쪽에 시선을 돌렸다.

"하지만 역시나. 무기를 소지하고 들어온 수상한 인간에겐 제대로 감시가 따라붙는군."

모니카는 사교적으로 생긋 웃었다.

"안심도 하셨으니 슬슬 그 허리의 무기를 맡겨주시겠어요?"

그 말에 디온은 순순히 허리에 찬 검을 풀어 모니카에게 건넸다.

"황녀 전하께서 직접 내리신 명령이니까. 물론 따라야지…….
하지만…….."

그는 검을 받기 위해 뻗은 모니카의 팔을 잡고 얼굴을 바싹 붙였다.

"……뭐죠?"

"……평범한 메이드는 아니지? 너도. 나를 미행할 때의 발놀림이 암살자와 가까운 느낌이 들었는데. 정체가 뭐야?"

모니카는 디온의 얼굴을 똑바로 마주 바라보면서 작게 한숨을 쉬었다.

"바람 까마귀로서 렘노 왕국에 파견되었던 자입니다."

"아, 그 사람……. 그렇군, 선크랜드에서 나와 지금은 베이르가에게 충성을 맹세한 건가……. 하하, 그것참 화끈한 변화인데. 역시 간첩. 발놀림이 가벼워."

약간 비아냥이 섞인 그 말을 들어도 모니카는 화내지 않았다.

오히려 그 얼굴에 감도는 것은 온화한 미소였다.

"네. 설마 저도 이렇게 될 줄은 생각지 못했습니다. 상상도 하지 못한 변화였지만, 그래도……. 이런 말은 좀 그렇지만, 그때 미아 황녀 전하께서 음모를 깨트려주셔서 다행이라고 생각합니다. 저는 지금 무척 행복한 업무를 하게 되었으니까요. 미아 황녀 전하 덕분이죠."

그러더니 미아를 향해 고개를 숙이는 모니카.

"어머, 그건 우연이에요. 운 좋게 잘 풀렸을 뿐이지 제 공적도 뭣도 아닌걸요……."

거짓 하나 없는 사실이다. 미아가 드물게도 멀쩡한 말을 했다.

"뭐야, 전직 간첩치고는 퍽 밝게 말하잖아."

어이없어하는 디온에게 모니카는 이번에도 미소를 돌려주었다.

"네. 아무튼, 지금의 저는 라피나 님의 메이드니까요……."

그 후 꾸벅 인사한 모니카는 그 자리를 떠났다.

"흐음……."

어딘가 석연치 않아 하는 표정인 디온이었으나, 이윽고 작게 고개를 저었다.

"뭐, 됐다. 그럼 갈까요. 안내 부탁드립니다."

그 말에 말없이 고개를 끄덕인 미아는 내심 결의했다.

──이, 일단…… 어떻게든 됐는데요……. 역시 디온 씨는 위험해요. 라피나 님의 분노를 사정없이 사버리게 될 것 같아요. 히이익, 디온 씨와 라피나 님이 싸운다니. 완전히 현세에 재현된 지옥이잖아요! 여, 여여, 여기선 제가 적절히 유도해서……. 라피나

님이 경계하지 않도록 해야⋯⋯. 아아, 정말이지. 제 관계자라는
말을 하지 말 걸 그랬어요!

  ──성녀 라피나의 메이드라⋯⋯.
  미아 뒤를 따라 걸으면서 디온은 조금 전 만난 메이드의 모습
을 떠올렸다.
  격투술을 체득한 모양이지만 당연하게도 디온에게 위해를 가
할 수 있을 수준은 아니었다. 그럼에도 어째서인지 무언가가 걸
리는 걸 느꼈다.
  ──상대가 원하든 원하지 않든, 모든 이를 바꿔버리는 사람인
미아 황녀 전하⋯⋯ 라.
  시선을 옮기자 뭔가 으스대면서 허리에 손을 얹고 득의양양하
게 설명하는 미아의 얼굴이 보였다.
  ──으음, 이렇게 보면 도저히 그런 대단한 존재로는 보이지
않는데⋯⋯.
  아니, 굳이 따지라면 조금 멍청해 보일 정도다.
  그런 디온의 속마음이 전해지고 만 걸까. 미아가 조금 부루퉁
한 표정을 지으며 디온을 바라보았다.
  "잠깐만요, 디온 씨. 듣고 있는 건가요?"
  "하하하, 거참. 당연히 다 듣고 있죠. 그게."
  디온의 얼굴을 바라보던 벨이 알겠다는 듯 고개를 끄덕이며 말
했다.
  "디온 경, 저 승마장에서 미아 언니가 자주 승마 연습을 하신답

니다. 그리고 말을 타고 호수에 가기도 하세요."

"그렇군. 여기가 황녀님이 소속된 승마 클럽인가."

그러고 보면 자신이 보고 싶다고 했던가……. 그런 생각을 하며 디온은 벨의 머리를 자상하게 쓰다듬었다.

"헤헤헤……."

방긋방긋 웃으며 쓰다듬을 받는 벨이었다. 참으로 약삭빠른 아이다.

"하지만 이상하네요. 왠지 말의 수가 적은 것 같은데……."

"오, 아가씨. 어쩐지 오랜만인데."

마침 그때 마구간 방향에서 한 소년이 걸어왔다.

나이는 10대 후반. 탄탄한 몸과 균형 잡힌 걸음걸이, 밤하늘처럼 까만 머리카락을 보고…….

──기마민족……, 인가.

디온은 그렇게 예상했다.

"확실히 오랜만이네요. 마롱 선배. 한동안 전혀 못 왔어요. 학생회 일이 너무 바빠지는 바람에……."

미아는 마롱이라는 소년에게 꾸벅 인사했다.

"아벨에게 들었어. 아깝네, 아가씨. 조금 더 일찍 왔다면 아벨과 함께 말을 탈 수 있었을 텐데."

"어머나, 아벨도 왔었군요!"

얼굴이 밝아지는 미아를 보고 마롱은 호쾌하게 웃었다.

"요즘 매일 와. 승마술도 많이 숙달되었어."

그리고 잠시 먼 곳을 봤다가 말했다.

"아가씨 덕분에 그 녀석이 변했지. 나약한 구석이 사라지고 다부진 왕족의 얼굴을 보이게 되었어."

"어머나? 그렇지 않답니다. 아벨은 원래 멋있어요. 제 덕분이라니, 전혀 그렇지 않은걸요……. 우후후."

아하하, 우후후……. 부끄러워서 몸을 배배 꼬며 웃음을 흘리는 미아를 두고 디온은 마롱에게 말을 걸었다.

"그 이야기, 조금 관심이 있는데. 내가 아는 아벨 왕자 전하는 장래가 유망하고 성실한 소년이거든……."

"응? 뭐야, 당신은. 아가씨의 일행?"

마롱은 조금 경계한 표정을 지었다가 디온의 발치에서 미아벨이 방긋방긋 웃는 걸 보고는 작게 어깨를 으쓱했다.

"아벨과는 오래 알고 지냈지만……, 옛날의 그 녀석은 근성이 없었거든. 아니, 근성이 없다기보다는 노력할 이유가 없었다고 해야 하나. 그런데 저 아가씨에게 반한 뒤로 아무리 서툴러 하는 일이라도 끈질기게 임하게 되었어."

'사랑은 위대하지'라며 고개를 내젓는 마롱. 반면 미아는.

"어머, 반하다니 정말. 마롱 선배도 참……, 우후후."

변함없이 촐싹거렸다. 디온은 조금 짜증이 났다.

"게다가 이 승마부도 아가씨 덕분에 분위기가 많이 바뀌었어."

"흐응? 그건 무슨 소리야?"

정신을 차리고 마롱 쪽으로 시선을 돌리는 디온.

"아가씨의 영향으로 여학생 중에도 입부희망자가 늘어난 덕분에 말이 부족해졌지. 옛날에는 귀족 영애라 하면, 일부 괴짜를 빼면 말에서 냄새가 난다는 둥, 말똥이 더럽다는 둥…… 아주 제멋대로 떠들어댔는데 말이야. 지금은 견학하러 오는 사람도 늘었어. 좋은 관계가 되었지."

"그렇군……."

디온은 다시금 미아 쪽을 보았다.

──황녀님 덕분에 승마부의 부당한 평판이 정정되었다는 건가……. 도저히 그런 짓을 할 법한 아이로는 안 보이는데……. 하하, 역시 재미있다니까. 황녀님은.

승마부 견학을 대강 마친 뒤.

──여기예요! 학원에서 최대한 떨어져서 라피나 님과 마주칠 가능성을 줄여야 해요…….

미아는 타이밍을 가늠해 입을 열었다.

"자, 그럼 학원 내는 이 정도로 하고 슬슬 마을로……."

"모처럼 왔으니 라피나 님과도 인사하고 싶은데요."

"윽……."

일축당하고 말았다.

"하, 하지만……, 그, 그래요. 당신도 정식 절차를 밟고 여기에 온 건 아니니까, 거북하지 않은가요? 게다가 라피나 님께선 화나시면 무섭다고요……."

"어머나. 너무하네, 미아 님. 나는 별로 무섭지 않은데……."

그 목소리에 미아는 펄쩍 뛰어올랐다.

허둥지둥 뒤를 돌아본 미아는 그 소녀의 모습을 발견했다. 발견하고 말았다!

 깨끗한 시냇물 같은 하늘색 머리카락, 맑은 눈동자는 청정한 빛을 머금고……, 단정한 얼굴에는 온화한 미소를 그린 라피나 오르카 베이르가는 우아하게 미아 일행 쪽으로 걸어왔다.

 미아는 반사적으로 무슨 일이 있을 때를 위해 디온과 남남을 가장하려 했다가…….

 "라피나 님? 앗, 그, 이 남자는……."

 "우후후, 모니카 양이 알려줬어. 미아 님의 소중한 가신이라면서……?"

 "…………그, 그렇습니다. 으으, 라피나 님께도 꼬, 꼭 소개해 드리고 싶어서……."

 도망칠 길이 없다는 걸 깨닫고 살짝 울상이 된 미아. 눈가를 누르고 하늘을 올려다보았다.

 "어머나, 왜 그래?"

 "눈에 먼지가 좀……. 괜찮습니다……."

 미아는 손가락으로 눈물을 닦은 뒤 다시금 웃으면서 말했다.

 "라피나 님, 그는 디온 알라이아입니다. 티어문 제국의 기사로……."

 "들었어. 렘노 왕국에서는 크게 활약했다면서……. 제국 최강의 기사, 디온 씨."

 라피나는 우아한 동작으로 스커트 자락을 들어 올리며 말했다.

 "처음 뵙겠습니다. 저는 라피나 오르카 베이르가. 베이르가 공국 공작의 딸입니다."

그 후 라피나는 조금 목소리를 낮췄다.

"처음이야, 디온 씨. 이 세인트 노엘 섬에 허가 없이 무기를 반입한 사람은. 역시 미아 님의 검이구나."

"그거 영광이군요. 성녀 라피나 님."

디온은 익살스러운 태도로 대답한 뒤 무릎을 꿇고 기사의 예를 갖췄다.

"제 이름은 디온 알라이아. 지금은 제국의 기사로 미아 황녀 전하께 검을 바친 자입니다. 물론, 어디까지나 지금은 그렇다는 거지만요."

"어머, 내 친구인 미아 님이 평생 충성을 바치기에는 부족하다?"

라피나의 눈동자에 묘하게 험악한 기운이 감도는 걸 본 미아는 '히익!' 하고 숨을 삼켰다.

"뭐, 지금은 합격점이죠. 제 기준에서……."

어깨를 으쓱하는 디온.

"그런데 이 섬의 지배자님께서 허가 없이 무기를 반입한 무뢰배에게 할 말이 칭찬밖에 없어도 괜찮은 겁니까?"

디온은 반격하듯이 도발하는 말을 날렸다. 그 말에 라피나는 여전히 완전무결한 미소를 무너뜨리지 않았다.

"으음……, 그래. 당신이 평범한 외적이었다면 비난하는 말 정도는 했겠지. 하지만 당신이 미아 님의 종자라면 내가 할 말은 아무것도 없어. 미아 님이 당신이 안전하다는 걸 보장해준다면 나는 그걸 믿으니까."

──저는 단 한 번도 이 위험한 남자가 안전하다고 보장한 적이 없는데요…….

그런 생각을 하면서도 결코 입 밖으로 내지 않는 수줍은(=소심한) 미아였다.

"미아 님은 저에게 너무도 소중한 친구인걸. 미아 님이 믿는 사람을 나도 믿는 건 당연하지 않을까?"

키득키득 즐겁게 웃은 뒤, 라피나는 말을 이었다.

"게다가 미아 님은 현재 학생회장. 당신이 이 학원에 해악이 될 만한 일을 한다면 분명 내버려 두지 않을걸?"

'그렇지?' 하고 동의를 구하는 말이 날아와 미아의 정신력이 팍팍 깎여나갔다.

──가, 강철창을 검으로 두 동강 내는 상식 밖의 인간을 제가 어떻게 할 수 있을 것 같진 않은데요…….

미아는 침을 꼴깍 삼키며 자신을 향한 기대에 크게 전율했다.

전율하면서도 미아는 온 힘을 다해 만용을 부렸다!

"그, 그래요. 물론 그렇죠. 저, 저는 학생회장이니까요……."

두 사람에게 들릴락 말락 한 작은 목소리로 돌려주는 맞장구! 여기서 제국 황녀의 기개를 보이다!

"흐응……. 제 주군을 많이 신뢰하시는군요……. 시험 삼아 여쭙는데, 당신에게 미아 황녀 전하는 어떤 사람이죠?"

그 질문에 라피나는 작게 고개를 갸우뚱했다. 하지만 대답은 바로 돌아왔다.

"소중한 친구, 둘도 없는 친구야. 지금까지 나에게 함께 짐을 짊어지겠다고 말해준 사람은 없었으니까……."

——어라? 저는 그런 말 한 적 없는데…….

그런 생각을 한 미아는 여기서도 실낱같은 용기를 쥐어짜서……, 자신을 고무하여 입을……, 입을——!

"………………."

열지 않았다! 전략적 후퇴다!

그렇다. 위험지대에 발을 들여놓는 건 용기가 아니라 무모!

공국의 사자 라피나와 제국의 호랑이 디온의 대화에 끼어든다니, 소심한 고양이 미아에게는 도저히 불가능한 일이다!

미아가 할 수 있는 것. 그것은 흐름에 몸을 맡기는 것뿐.

이따금 화제가 넘어올 때만 온화하게 웃으면서 '그렇네요!' 하고 맞장구를 치는 것뿐이다.

궁극의 예스맨이 되는 것만이 이 자리에서 살아남을 방법이다.

따라서 부정하는 말은 절대 입에 담아선 안 된다. 명망 높은 교섭가 같은 미아였다.

"사슬에 묶여있던 나를 자유롭게 해줬어……. 이런 기분이 드는 날이 오다니, 생각지도 못했지……."

"그렇군요……."

그 대답에 수긍한 건지 뭔지……. 디온은 고개를 끄덕일 뿐이었다.

그렇게 라피나와 헤어진 세 사람은 세인트 노엘 학원을 뒤로했다.

"아하하, 음. 제법 재미있었습니다, 미아 황녀 전하."

밝게 웃으면서 디온이 말했다.

"그……, 그랬군요. 그거, 다행이네요……."

한편 미아는 이미 녹초가 되어버렸다.

"뭐, 또 어울려드릴 수도 있어요. 오늘처럼 검을 가져오지 않는다면, 말이지만……."

그러니 오늘은 이쯤에서 돌아가라는 뉘앙스를 담아 말했다.

"흐음. 역시 황녀 전하도 루드비히 씨와 마찬가지로 제게 검을 버리게 할 생각입니까?"

"어머, 루드비히도 그런 생각을 했군요. 잘 알고 있잖아요."

역시 루드비히라며 감탄하는 미아였다.

그건 미아의 변함없는 목표다. 비원이라고도 할 수 있다.

자신의 목을 베어버린 남자, 아직도 종종 '잘 모르겠지만 베일 것 같아요!'라는 살의가 느껴지는 남자, 디온 알라이아.

이 위험한 남자에게 검을 버리게 했을 때 처음으로 평화로운 일상을 보낼 수 있게 된다! ……뭐 그런 생각을 하는 미아였다.

따라서 그것은 무슨 일이 일어나든 계속 요구하고 싶은 미아의 진심 어린 소원이다.

"그렇습니까……. 하하, 참나."

디온은 작게 고개를 으쓱했다. 하지만…….

"뭐, 그런 거라면 흥미도 있으니. 아무쪼록 열심히 해보세요."

그 말을 하며 그가 지은 미소는 지금까지 한 번도 본 적이 없을만큼 날카로움이 빠진 순수한 웃음이었다.

생각지도 못한 미소를 본 미아는 얼떨떨해져서 입을 벌렸다.

"음? 왜 그러시죠?"

"아, 아뇨. 아무것도 아니에요. 네, 그럼, 조심해서 돌아가세요……."

……방심했다.

이대로 좋은 분위기에서 헤어질 수 있는 흐름이 아닐까……. 그렇게 생각하고 방심했다.

그래서 미아는 어느 인물에 대해 완전히 잊어버렸다.

그렇다. 그녀의 손녀이자 디온에게 막대한 은혜를 느끼는 인물……, 바로!

"미아 언니! 모처럼 오셨는데 마을도 저희가 안내해드리는 건 어떨까요?"

방긋방긋. 무척 상큼하게 웃는 벨.

"……네?"

"아, 그거 감사하군요……. 꼭 부탁드리겠습니다."

벨의 제안에 기분 좋은 듯 웃는 디온.

"………………네?"

그리고 정신이 아득해지는 미아였다.

그 후 즐겁게 섬 안을 안내하는 벨과 디온에게 종일 끌려다닌 미아는…….

"으, 으응……."

가까스로 디온을 배웅한 뒤 방에 돌아오자마자 풀썩 쓰러졌다.

기력이 완전히 깎여나갔기 때문이다.

　모든 체력을 소진한 미아는 기대했던 다음 날도 침대 위에서 보내게 되었다…….

　애초에, 설령 기운이 넘쳤어도 휴일은 침대에서 보내는 게 미아라는 사람일지도 모르지만…….

　이리하여 황녀와 기사의 꿈같은 이야기는 계속된다.
　그 꿈의 끝은 아직 아무도 모른다.

　제3권 끝

티어문   TEARMOON

EMPIRE

STORY

제국 이야기

미아의 괴담 일기장

MEER'S GHOST STORY

DIARY

TEARMOON
EMPIRE STORY

3월 10일

오늘의 저녁 메뉴는 새끼 양 치즈 소테. ☆☆
고기가 흐물흐물하게 푹 익어서 무척 맛있었다. 하지만 황월 토마
토가 조금 딱딱하다. 별 하나 감점.

3월 12일

오늘의 점심 메뉴는 샌드위치. ☆
속은 다섯 종류의 베리 잼. 달고 맛있었다. 하지만 모양이 평범하
다. 신선미가 없다. 역시 말 모양으로 만든 제 발상력에는 따라오지
못하는군요. 별 두 개 감점.

3월 17일

오늘의 저녁 메뉴는 갓 구워낸 버섯 파이. ☆☆☆
파이 생지가 바삭바삭해서 아주 맛있다.
아벨 왕자님께 만들어드릴까. 레시피를 물어봐야지.

3월 19일

오늘 라피나 님께 참으로 불쾌한 이야기를 들었다.
수수께끼의 비밀결사는 뭐고, 혼돈의 뱀은 또 뭐고. 정말 진절머

리가 납니다.

하지만 제국이 또 위험에 빠질 가능성도 있으니 내버려 둘 수 없겠네요. 어떻게든 손을 써야지…… 누가 어떻게 손을 써주지는 않으려나요?

뭔가 그 일기장처럼 앞으로 방침이 될 법한 것이 필요해요.

그러고 보면 도서실 책 중에 뭔가 있었던 것 같은데…….

3월 20일

오늘 도서실에서 기분 나쁜 그림자를 발견했다.

저건 대체 뭐지? 그냥 잘못 본 건가?

위험한 것인지도 모르니 안느에게는 최대한 제 옆에 있도록 말해 둬야겠어요. 안 그러면 안느가 위험하니까요…….

3월 21일

도서실에서 본 그림자의 정체는 알아내지 못했다.

안느와 함께 어제 도서실의 그 장소를 조사해봤지만, 아무것도 발견하지 못함.

뭐, 분명 그냥 착각이겠죠. 신경 쓰지 말아야겠어요.

하지만 만약을 위해 안느에게는 제 근처에 있으라고 말해둬야겠어요. 방심은 금물. 안느를 위험에 처하게 할 수는 없죠.

3월 22일

왠지 벽에 난 얼룩이 얼굴로 보입니다. 저를 물끄러미 응시하는 것 같아 자꾸 신경이 쓰여서 잠을 잘 수 없어요. 잠이 오지 않는데 정신을 차리고 보면 아침이라니, 분명 이상해요.

도서실에서 본 귀신과 뭔가 관련이 있는 걸까요?

라피나 님께 상담해볼까요?

만약을 위해 안느에게 천으로 가려달라고 해서 보이지 않도록 했습니다. 빤히 쳐다보다니, 저는 그렇다 쳐도 안느는 무서울 테니까요.

그나저나 이렇게 될 줄 알았다면 제국에 돌아갈 걸 그랬어요. 루드비히는 귀신을 믿지 않을 테니, 건방진 말투로 그런 것 없다고 말해줄 텐데요.

3월 23일

안느가 걱정되어서 오늘부터 같이 자 주기로 했습니다.

만약 그 귀신이 와서 안느를 잡아먹으면 어떡할지 걱정이 되어 잠이 오지 않았는데, 이제 안심하고 잘 수 있겠네요. 안느도 저와 함께 자서 안심할 수 있을 테고, 일석이조란 바로 이런 걸 가리키는 거겠죠. 좋은 생각이에요.

4월 3일

곧 새 학기. 또 바쁜 나날이 시작되겠군요.

결국 그 그림자 같은 것은 그 후로 나오지 않았으니 분명 제가 잘못 본 거예요.

벽의 얼룩도 잘 보니까 그냥 점이 세 개 찍힌 것뿐이더군요. 정말이지, 저런 게 얼굴로 보이다니. 안느도 겁이 많다니까요.

그래서 저는 제 침대로 돌아가기로 했습니다.

여차하면 바로 옆에서 자고 있으니까 괜찮죠? 안느.

후기

안녕하세요, 오랜만입니다. 잘 지내셨어요? 2권에 이어 3권, 게다가 만화판도 연속 간행이라는 여태껏 경험해본 적 없는 사태에 우왕좌왕 중인 모치츠키입니다.

그런고로 3권이었습니다.

이번 권에서는 예전에 미아의 숙적이었던 라피나와, 티오나를 괴롭혔던 귀족 자제들이 다 미아의 아군이 되고…… 하는 이야기가 나옵니다.

사람은 자신이 뿌린 씨앗을 자신이 거둬야 하는 법. 그 결실이 좋은 것이든, 나쁜 것이든 상관없이 말이죠…….

과연 울상인 미아가 거둔 과일은 좋은 것일지, 나쁜 것일지…….

부디 본편에서 확인해주셨으면 좋겠습니다.

그나저나, 이 티어문 제국 이야기는 원래 2권에서 일단락 지을 예정으로 쓰던 이야기입니다. 그래서 이번 3권은 1, 2권을 영화 첫 번째 작품으로 치면 두 번째 작품의 앞부분에 해당되는 내용입니다. 새 캐릭터가 등장하고 우정 이야기가 전면에 나오는 등 다양한 사건이 있는데 즐겁게 읽어주셨을까요?

그래서 이번에는 등장이 별로 없었던 루드비히 씨를 초대해 미아 황녀와 대담해보겠습니다. 그럼 갑니다!

미아 : 아아……, 모처럼 장밋빛 미래가 보였는데요……. 전부 물거품이 되어 사라지고 말았군요……. 2권에서 끝났다면…….

루드비히 : 역시 미아 님께서 여제가 되시는 것 외의 다른 미래는 없는 듯하군요. 발타자르와 준비를 진행해두겠습니다.

미아 : 아아……, 역시 해야만 하는 건가요…….

루드비히 : 미아 님의 신중한 점은 장점이라고 생각하지만, 그래도 이건 하셔야만 하는 일이니까요.

미아 : (귀찮아요……. 누가 대신해주지 않으려나요……?)

마지막으로 감사 인사를.

일러스트 담당인 Gilse님. 매번 귀여운 그림을 그려주셔서 감사합니다. 2권, 3권 연이은 작업 수고하셨습니다. 벨의 일러스트가 최고예요!

담당 편집자 F님, 다양한 측면에서 신세 졌습니다. 3권도 무사히 내게 해 주셔서 감사합니다. 만화판과 함께 이대로 달려 나가고 싶습니다. 계속해서 잘 부탁드립니다.

가족에게. 늘 응원해주셔서 감사합니다.

독자 여러분. 3권을 읽어주셔서 감사합니다. 즐겁게 읽으셨다면 좋겠습니다.

그럼 또 4권에서 만나 뵐 수 있길 빕니다. 실례했습니다.

충성스러운(?) 메이드

후다닥

미아 님, 미아 님, 큰일입니다.

이런 책이...!

제가 무척 매력적 이네요

우후후

티어문 제국 이야기 3권도 무척 재미있었어요.

틀림없는 베스트셀러 감이에요.

아...

티어문

티어문 제국 이야기라고 하는데

정말 너무해요! 주인공인 미아 황녀님이 단두대에서 목이 날아가면서 시작된다고요!

저, 저기, 안는......

훌쩍 훌쩍

그 외에도 미아 님의 깊은 자비심은 사라지고 그냥 자기중심적이고 소심하고 얼빠진한 황녀라는 설정이라고요. 너무 실례되는 거 아닌가요?

누가 쓴 건지는 모르겠지만 너무해요. 정말 너무해요.

누구예요! 안느에게 이 책을 준 사람!!

너무 흥흥하잖아요, 진정하세요!

아무튼 이런 책은 미아 님의 위신을 깎아내립니다.

어떻게 할까요? 태워 버릴까요?

티어문 제국 이야기 만화판 1권도 기대해 주세요!

③

티어문 제국 이야기

3권

구매해 주셔서 감사합니다

모리노 모리노.

권말 보너스

코미컬라이즈 미리 보기

COMICS TRIAL READING

TEARMOON

EMPIRE STORY

원작 ── 모치츠키 노조무

만화 ── 모리노 미즈

캐릭터 원안 ── Gilse

일본과 제작 방식의 차이로

오른쪽에서 왼쪽으로 읽어주세요!

대륙 사람들이 오래전부터 믿어왔던 중앙정교회의 본거지인 이 나라에는 '학교'가 하나 있다.

신성 베이르가 공국.

세인트 노엘 학원.

이웃 나라의 왕후·귀족의 자제가 모이는 엘리트 중의 엘리트 학교다.

올봄부터 미아가 6년 동안 다니는 곳은 그런 학교였다.

와아!

대단해라!

제5화

바다! 저기 바다가!

아─!!

저건 호수랍니다.

하, 하지만.

미아님, 대단한걸요.

안느.

지금부터 그런 식이면 지쳐버릴 거예요.

만에 하나 불행한 혁명이 일어났을 때를 대비하여 최대한 유익한 인맥을 쌓아두는 것과……

무엇보다 중요한 건, 단두대로 이어질 법한 위험인물에겐 접근하지 않는 거예요.

이전 시간축에서 몇 년이라는 시간을 보냈던 배움터니까요….

떨컹

미아 님께선 역시 침착하시네요.

뭐, 그렇죠…….

떨컹

……6년.

앞으로 보낼 6년이 중요해요.

그래요.
절대로,
반드시,
꼭!!

특히
'그 두 사람'
과는······

절대로
엮이지 않도록
해야죠.

그 외모와
온화하고
정의감 넘치는
성격.

시온
솔
선크랜드.

티어문 제국과
비등한 대국이자,
역사와 전통을
지닌 나라인
선크랜드 왕국의
제1왕자.

성적은
당연히 우수하고,
검술 실력도
교사 중에서도
견줄 사람이
몇 명 없다.

퍼펙트 프린스는
모든 여학생의
동경의 대상이었고,
미아도 예외가
아니었으나······.

꺄ㅡ악!

이전
시간축.

그건 사랑
이라기보다는
좀 더 오만한
감정이었다.

당신 같은 왕자에게
걸맞은 인간은
티어문 제국의 황녀인
저 정도일 테니까요!

자,
말을
거시죠.

?

티오나!

……

뭐……,
뭐죠.
저 여자는…!

저를
제쳐놓고…….
용서 못 해요!

으으으윽

티오나
루돌폰.

티어문 제국의
남쪽 변두리,
농경지가 펼쳐진
변경지역에
영지를 지닌
귀족가의 영애.

그 결과
이것이
티오나의
원동력이
되어

ㅇ호호호호호

......

그녀는
민중의 분노를
대변하는
혁명의 지도자가
되었다.

왜아아아아

성녀라 불리는
그녀의
지휘하에서
미아는…….

……저도 참,
어리석은 짓을
했다니까요.

자신이 뿌린 씨는
자신이 거두는 법…….
전부 저에게
돌아오는 거예요…….

음 음 음 음 음

그러니 그 두 사람에게는 절대 접근하지 않을 거예요.

아는 사이조차 되지 않는다면 개인적인 원한을 살 일도 없을 테니까요!

반짝

반짝

와아……

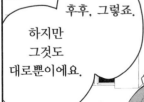

후후, 그렇죠. 하지만 그것도 대로뿐이에요.

후아아아아아

드, 들어가기도 무서운 가게가 우글우글……!

이 섬에 사는 일반인들을 위한 저렴한 가게도 당연히 있어요.

학교 안에도 매점이 있는데, 그쪽은 그럭저럭 적당한 가격에 생활에 필요한 걸 살 수 있답니다.

그렇군요…!

그리고 괜찮은 가격에 어느 정도 품질이 좋은 걸 살 수 있는 가게를 전부 찾아줘야겠어요.

당신은 내일부터 한동안 이 근방에 있는 가게를 조사해 주겠어요?

그러니 안느.

다행이다. 그럼 내가 쓸 물건은 그쪽에서 사면 되겠다…….

네, 알겠습…

네!?

휴우…

네. 물론 제국의 황녀로서 위신을 지키기 위해 필요한 경비가 있긴 하죠.

하, 하지만 미아 님.

생활이 곤궁하지 않도록 생활비는 넉넉하게 지급된다고…….

하지만……

혈세를 낭비하는 것 같아서 마음이 편치 않네요…….

흠칫

……!

자기 자신보다도 나라를 먼저 생각하시는 거군요…!

역시 미아님이세요…!

으으읏

네!

그러니 본국에서 오는 돈의 절반은 루드비히에게 보내서 유용하게 사용하도록 해야겠어요.

미아 님…!

금화 한 닢
낭비할 때마다
단두대가
한 걸음씩
다가오니까요…!

그래요.
절대
낭비할 수는
없어요…….

쿵ー!!

의도는
어찌 되었든
안느의 충성심은
한층 깊어졌다.

……!

?

미아 님,
저기…….

티오나!

헉!

우연히 지나가던
저는 시큰둥하게
무시했지만요.

그때 사용인이
무례한 짓을
저질렀다고 해서
매도당하고 있었죠….

이건……

이전 시간축에서
처음 만났을 때와
완전히
똑같은 상황이에요.

어떻게
하냐니……,
그야 당연하죠.

어떻게
하시겠어요?
미아 님…….

……응?

여기선
다른
길로…….

조금 전에
위험한 일에는
접근하지
않는다고
맹세했는걸요.

멈칫

슬금…

어떻게
구하실까?

반짝반짝
없어
미아 님이
곤경에 처한
사람을 구하지
않을 리가

으.

저를
더없이
신뢰하는
이 눈…!

무슨
생각인 건지
훤히
다 들여다보여요.

반짝 반짝
반짝
반짝

히얍

자신의 원수를
구할 것이냐.

Thank you
& Kill you!!

미아는
궁극의 선택을
강요당했다.

제일가는
충신의 신뢰를
잃을 것이냐.

미아 님…ㅇㅇ

......

저건......

아쉽게도 각국의 왕후·귀족은 날이 갈수록 부패하고 있지.

하아

......여기도 마찬가지인가.

국왕 폐하나 시온 전하 같은 훌륭한 뜻을 지닌 사람은 쉽게 찾아볼 수 없어.

......

질끈...

...그래도 세인트 노엘 학원에는 기대했었어.

여기에는 남들 위에 서기에 어울리는 인간이 많이 있을 것이라고.

집사 키스우드

당연하지.

어떻게 할래?

일방적으로 모욕을 받는 소녀를 내버려 둘 순 없어.

귀찮아질 것 같은데, 도와주려고?

전하라면 그렇게 말할 줄 알았지.

가자.

타앗

잠깐, 거기 당신들!

뭐 하는 거죠?

저건…….

전하?

이건…….

저기

그

어

아, 아뇨.
하지만…….

제국 귀족이라고 해도
변경 귀족,
사교계도 모르는
시골뜨기고…….

들리지
않은
겁니까?

우리 제국의
국민에게
무례한 짓을
저지르고
있는 것처럼
보였는데요….

흠칫

구해줬으니
무슨 말을 들어도
불평은
못 할 테죠?

요약
하자면

밉살맞은
너 따위는
노예와 같은
대접인 거다,
요 녀석아!

……라는
의미였으나.

딱히 괴롭힘을
당하는 사람이
노예라고 해도
구했을 터이니,
티오나가
특별한 건
아니거든?

깜짝

또르르르

?!

티오나

님……

………흑.

계속 귀족으로
대하지도 않고,
제국의 국민으로도
봐주지 않아서…

아무리 노력해도 인정해주지 않는다고

나는, 루돌폼 가문의 사람은 영원히 제국인으로서 인정받지 못한다고 생각했어!

그런 녀석들에게 갚아주려고 피가 배어 나올 정도로 노력해서 세인트 노엘 학원에 입학했다.

그런데 첫날부터 또 이런 괴롭힘을 받으니……

그만 우세요.

저도 말이 지나쳤네요.

저기,

하지만 이분은……

나를 제국의 국민이라고 인정해주셨어.

안전

부전

어.

어, 저기.

으음.

저 소녀가
제국의 예지(叡智)라
일컬어지는
미아 황녀……

인가.

듣자 하니
그녀의 지시로
빈민가에
병원을 만들었다고
하던가.

그래,
그 이야기를
들은 뒤로
만나보고
싶었는데……

영락없이
물건의 가치를
잘 모르는
온실 속 화초거나.

혹은
자비심만
넘쳐나는
호인인 줄
알았지만……

악행이
이뤄지는 현장에서
정당히 분노할 수
있다는 것.

그것은
백성 위에
서는 자로서
지녀야만 하는
자질이야.

당신들,
뭐 하는 거죠?

파아아 아아앗

그녀에게는
제국의 황제
다음가는 자에
어울리는 예지와,
정의를 사랑하는 마음이
있는 게 분명해.

그저 동정심이
깊은 사람은
스스로 소동에
끼어들어
악을 처치할 수 없지.

타인을
괴롭힌 게
전부 자신에게
돌아왔던 것처럼

······그녀와 지기가
될 수 있기만 해도
세인트 노엘에
온 보람이
있는 셈이야.

타인에게
베푼 선행의 씨앗도
언젠가 열매를 맺고
수확하게
된다는 것을,
미아는
아직 이해하지
못했다.

미안

다음 내용은
코믹스에서 즐겨주세요

서민을 위해…. 역시 미아 님 이세요!

성 미아 학원 개교를 향해!

제2부 「이정표의 소녀」 클라이맥스!

신종 말가루 개발이라니, 할머니, 대단해요!

하지만 이대로는….

Tearmoon Teikoku Monogatari 3~Dantoudai kara hazimaru hime no gyakuten story~
by Nozomu Mochitsuki

티어문 제국 이야기 3 ~단두대에서 시작하는 황녀님의 전생 역전 스토리~

2021년 4월 1일 1판 2쇄 발행

저　　　자	모치츠키 노조무
일러스트	Gilse
옮 긴 이	현노을
발 행 인	유재옥
본 부 장	조병권
담당편집	정영길
편 집 1 팀	이준환 정현희
편 집 2 팀	정영길 김민지 조찬희
편 집 3 팀	오준영 곽혜민 김혜주
편 집 4 팀	성명신
미　　　술	김보라 서정원
라이츠담당	김슬비 한주원
디 지 털	박상섭 이성호 최서윤
발 행 처	㈜소미미디어
인쇄제작처	코리아피앤피
등　　　록	제2015-000008호
주　　　소	서울 마포구 토정로 222, 403호(신수동, 한국출판콘텐츠센터)
판　　　매	㈜소미미디어
마 케 팅	한민지 이주희
물　　　류	허석용
전　　　화	편집부 (070)4164-3962, 3963 기획실 (02)567-3388
	판매 및 마케팅 (070)4165-6888, Fax (02)322-7665

ISBN 979-11-6507-984-0 04830
ISBN 979-11-6507-670-2 (세트)